BASTEI
LÜBBE

MICHAEL KURLAND

Zehn kleine Zauberer

Fantasy-Roman

Ins Deutsche übertragen
von Ralph Tegtmeier

BASTEI
LÜBBE

BASTEI-LÜBBE-TASCHENBUCH
Fantasy

Band 20148

Erste Auflage: Oktober 1990

Deutsche Lizenzausgabe 1990
Bastei-Verlag Gustav H. Lübbe GmbH & Co., Bergisch Gladbach
Originaltitel: Ten Little Wizards
Lektorat: Michael Schönenbröcher
Titelillustration: David Mattingly
Umschlaggestaltung: Quadro Grafik, Bensberg
Satz: Fotosatz Schell, Bad Iburg
Druck und Verarbeitung:
Brodard & Taupin, La Flèche, Frankreich
Printed in France
ISBN 3-404-20148-5

1

Pyat, der Agent, schlich sich auf Zehenspitzen durch den dunklen Gang im zweiten Stock; lautlos huschten seine nur mit Strümpfen bekleideten Füße über das polierte Hartholzparkett. Es war drei Uhr an einem kalten, feuchten Aprilmorgen, und im ganzen *Gryphon d'Or,* ja sogar im Umkreis von zehn Meilen um den alten Gasthof herum, war keine Menschenseele wach. Selbst die Stallknechte, die über den Stallungen auf ihren Pritschen schnarchten, würden erst in einer Stunde ins Halbbewußtsein zurückkehren und damit beginnen, die frühen Postpferde zu füttern und zu striegeln.

Vor einer Tür, einer ganzen Reihe, blieb Pyat stehen und betastete vorsichtig die Messingnummer. Eine Tür zu früh; er suchte nach dem nächsten Zimmer. Fünf weitere Schritte, mit den Fingern hauchzart im pechschwarzen Gang über die Wand streifend, dann war er am Ziel.

Die Tür war natürlich verschlossen. Denn selbst hier, mitten im friedlichen Herzogtum Normandie, mitten im Anglo-Französischen Reich, im Jahr der Gnade 1988, gab es doch immer noch heimliche Diebe und Einbrecher. Aber einem erfahrenen Schloßknacker bereiteten die Türschlösser eines Gasthofs keine großen Schwierigkeiten, und der kommerzielle Schloßzauber konnte es mit dem von einem Meisterhexer hergestellten Gegenzauber nicht aufnehmen.

Zehn Minuten lang kauerte Pyat vor der Tür, während seine Finger komplizierte Muster zogen. Dabei intonierte er mit präziser Aussprache hart klingende Silben. Ein plötzlicher Lichtblitz, dann ein zweiter, und schon begann es stechend nach Wermut zu riechen, doch der Geruch verteilte sich sofort wieder in der kalten Luft. Vorsichtig schob Pyat einen schmalen Silberschlüssel ins Loch und drehte ihn sanft im Uhrzeigersinn. Die Sperren lösten sich, die Riegel und Bolzen hoben sich, und mit einem Klicken öffnete sich das Schloß.

Lautlos schob Pyat die Tür auf. Im Zimmer war es ebenso finster wie draußen im Gang. Er blieb stehen und lauschte, konnte aber nur das regelmäßige, leicht asthmatische Atmen des im Zimmer schlafenden Mannes wahrnehmen und das stete Trommeln des Regens am Fenster. Befriedigt trat er ein und schloß die Tür wieder. Mit großer Umsicht tastete er sich durchs Zimmer, näherte sich dem Bett. Er berührte es, ortete das große Daunenkopfkissen und kurz darauf den Kopf des Mannes.

Er holte einen dünnen Draht aus seinem Kurzrock, und schon im nächsten Augenblick hatte er ihn um den Hals des Schlafenden geschlungen. Fest zog er an beiden Enden. Ein leises Gurgeln, aus der zusammengepreßten Luftröhre hervorplatzend; ein Aufbäumen des Körpers, ein kurzes Ausschlagen der Beine, dann trat Ruhe ein.

Auf der gegenüberliegenden Seite des Doppelbetts raschelte das Bettzeug; das unmißverständliche Geräusch einer sich aufsetzenden Person. »My Lord? Stimmt etwas nicht?«

Pyat erstarrte. Es war eine Frauenstimme. Seine Zielperson befand sich in weiblicher Gesellschaft. Wo war sie nur hergekommen? Keine Zeit zum Nachdenken. Pyat stürzte sich über den Leichnam und bekam den Körper einer Frau unter der Bettdecke zu fassen. Sie kicherte etwas, als er mit seinen Händen ihren Leib hinauffuhr. »Aber wirklich, My Lord«, flüsterte sie, »um diese Zeit!«

Pyat bekam ihren Hals zu fassen und drückte zu.

»My Lord!« keuchte die Frau, sie griff nach Pyats Handgelenken und versuchte sie fortzureißen. »Was tut Ihr ...« Da überfiel sie eine furchtbare Erkenntnis, und mit der letzten Atemluft gelang es ihr, einen Schrei auszustoßen; einen schrillen, durchdringenden Schrei. Dann fiel sie nach hinten zurück aufs Bett; nun bewegte auch sie sich nicht mehr.

Pyat lag da, über eine Leiche gebreitet, mit den Händen noch immer die zweite packend, und versuchte die Luft anzuhalten. Hatte jemand im Haus den Schrei gehört? Im Regen wäre er draußen nicht zu hören gewesen. Würde irgend jemand sich aus seinem bequemen Bett heben und aufstehen, um dem Geräusch nachzugehen, das gerade, noch vor der Morgendämmerung, ertönt war?

Niemand rührte sich.

Pyat erhob sich und schritt zur Tür hinüber. Er öffnete sie, blieb stehen und horchte in dem großen Gasthof nach den allerleisesten Geräuschen. Doch außer dem üblichen Knarren eines alten Hauses war nichts zu vernehmen.

Pyat machte sich an die Arbeit. Zwei Leichname – das würde die Angelegenheit zwar komplizieren, aber nicht über Gebühr. Er hatte Pläne gemacht, hatte sich vorbereitet. Eine halbe Stunde harte, feuchte Arbeit, dann waren die Leichen beseitigt und er lag in dem Bett, das sie für ihn freimachen mußten. Er schlief gut.

2

Der Hexenmeister Raimun DePlessis wurde das Gefühl nicht los, daß irgend etwas nicht stimmte. Master Raimun, ein hochgewachsener Mann, der sich mit Hilfe seiner Körpermassen vor der Außenwelt abschirmte, litt selten unter derlei Gefühlen. Und nun, da es da war, wußte er nicht genau, was er damit anfangen sollte. Er saß in der Ecke des Eisenbahnabteils erster Klasse, in dem er Tournadotte und das wirklich ausgezeichnete Frühstück im *Gryphon d'Or* hinter sich ließ, und versuchte festzustellen, was ihm Unbehagen verursachte.

Normalerweise wäre Schloß Christobel Master Raimuns Ziel gewesen, per Bahn in nur ungefähr drei Stunden zu erreichen; doch angesichts der schweren Regenfälle hatte man Warnungen ausgegeben, daß die Reise bis zu zwei oder drei Stunden länger dauern könnte. Aber Master Raimun litt nicht unter Zeitnot. Er hatte mehrere gute Bücher dabei: zwei historische Erzählungen und eine Abhandlung über topologische Magie, die er schon seit längerer Zeit hatte lesen wollen. Nein – es mußte etwas anderes sein, das an seinem Gemüt nagte.

Master Raimun raffte seinen schießpulverblauen Meisterhexermantel und lehnte sich in seinem Sitz ein Stückchen weiter zurück, bis er die Erscheinung eines runden, erkahlenden, grobschlächtigen Kopfes angenommen hatte, der auf einem blauen Strandball ruhte. Er musterte seine Reisegefährten. Sie hatten alle mit ihm zusammen im Gasthof gefrühstückt, folglich hatten sie dort wohl auch übernachtet, obwohl er sich nicht daran erinnern konnte, sie vor dem Frühstück jemals gesehen zu haben.

Ihm gegenüber saß wie ein schlanker Vogel, knapp auf der Sitzkante, ein junger Edelmann in einem schwarzen Reisecape und einem schwarzen Hut mit breiter Krempe. Alles an ihm, vom Zuschnitt seiner Stiefel bis zu den strategisch angebrachten Lederflicken auf seinen Reithosen, machte den Eindruck eines jungen Mannes, der sich auf einem Pferderücken viel behaglicher fühlen würde. Aus hellblauen Augen ließ er seinen Blick durch das Abteil huschen, heftete ihn mal an dies, mal an jenes. Sein Gesichtsausdruck schien darauf hinzuweisen, daß er damit rechnete, irgendeiner der toten Gegenstände im Abteil könne plötzlich zu Leben erwachen und ihn anspringen, und daß er sich davon nicht überraschen lassen wollte.

Die Kuriertasche, die er zwischen den Beinen eingeklemmt hatte, sah offiziell aus, sie kennzeichnete den jungen Mann als einen Boten, was auch sein Reiteraussehen erklärte. Das Eisenbahnnetz erstreckte sich noch nicht auf sämtliche Gebiete des Reichs, und so mußten die Kuriere noch immer viel Reisezeit zu Pferde verbringen.

Rechts von dem jungen Edelmann saß ein kleiner, gedrungener Mann in der Kleidung eines Geschäftsreisenden; er hatte sich weit zurückgelehnt, die Füße aneinandergelegt, die Arme hingen seitlich herab. Er starrte ausdruckslos an die Wand, einen Fuß von Master Raimuns rechtem Ohr entfernt, und war offensichtlich tief in eigene

Gedanken versunken. Es mutete merkwürdig an, daß der Mann jegliche überflüssige Bewegung zu vermeiden schien: kein Zucken, kein Umherrutschen, kein Korrigieren der Haltung von Schultern, Händen oder Beinen. Es war, als würde er darauf warten, daß jemand ihn aufzog.

Und zu seiner Rechten, auf dem Ecksitz an der Abteiltür, saß ein kleiner, geschniegelter Mann mit Spitzbart und stechenden braunen Augen. Seine Kleider waren von jener etwas überschwenglichen Fasson, wie sie für südliche Schneider kennzeichnend war; vielleicht Rom oder Pisa. Master Raimun stellte fest, daß das Gepäck über seinem Sitz von feinem italienischen Leder war. Als der Mann merkte, daß Master Raimun ihn musterte, lächelte er und nickte höflich, bevor er sich wieder seiner Ausgabe des *Courier de Paris* widmete.

Direkt neben Master Raimun saß ein ernst dreinblickender junger Mann mit rundem Gesicht und gut entwickeltem, buschigem Schnauzbart, in ein Buch über das Angeln mit Ködern vertieft, das voller Farbabbildungen von Köderfliegen war, die man sich aus Bindfaden und der einen oder anderen Feder zusammenbasteln konnte. Seine Kleider wirkten etwas abgetragen und legten den Gedanken an Bäche und Moorlandschaften nahe.

Die einzige weitere Person im Abteil war eine ältere Dame in einem dunkelroten Kleid mit hohem Kragen, die sich an einen zusammengerollten Regenschirm klammerte. Sie sah so aus, als würde sie schon bei der geringsten Ansprache damit loslegen, ihrem Konversationspartner die Lebensgeschichte ihrer sämtlichen Enkelkinder zu erzählen. Möglicherweise aber auch die ihrer Hauskatzen.

Nachdem er seine fünf Abteilgenossen gemustert hatte, richtete Master Raimun seinen Blick wieder aus dem Fenster. Es war ein kalter, regnerischer Morgen, und das Fenster war so beschlagen, daß man nur die Bäume und Sträucher am Rand des Bahndamms erkennen konnte, die draußen vorbeisausten. Während er diese monotone Szenerie beobachtete, stellte er Gedankenruhe her. Irgendwo, am fernen Rand des Wollens, kämpfte die Angelegenheit, die ihn bedrückte, darum, gehört zu werden. Doch allzu leicht wurde ihre schrille, aber matte Stimme von den ungebetenen Alltagsgedanken übertönt.

Draußen wirbelte der Nebel und wurde immer dichter, während der Waggon sanft über die Schienen holperte. Master Raimuns Atmung wurde immer regelmäßiger, schließlich verschwanden die Nebensächlichkeiten aus seinem Geist, und er wurde empfänglich.

Empfänglich – das war es! Es war nicht sein eigenes Gefühl, das an ihm nagte, es war das eines anderen. Master Raimun war ein Heiler und ein Sensitiver, wenngleich kein Priester. Heutzutage hatte er allerdings hauptsächlich mit theoretischer Arbeit zu tun, so daß sein Geist nicht mehr daran gewöhnt war, die Gedanken anderer aufzunehmen.

Doch hier gab es eine gequälte Seele. Tief verborgen und maskiert zwar, aber jetzt, da sein Geist sich aus seiner Selbstversenkung gerissen hatte, war sie deutlich wahrzunehmen. Einer der Menschen in diesem Abteil litt unter großen seelischen Schmerzen, das wußte er nun. Wurde er dadurch zum Schnüffler? Es galt als äußerst unschicklich und unhöflich, wenn ein Sensitiver sich ungebeten Zugang zu den Gefühlen eines anderen verschaffte. Auch wenn er die Gedanken eines anderen Menschen nicht wirklich *lesen* konnte, wie es die Unterhaltungskünstler in den Konzerthallen von sich behaupteten, war es doch eine Verletzung der Intimsphäre, wenn man den Gefühlen anderer nachspürte.

Aber ein so großer Schmerz ...

Er würde einfach feststellen, wer von den fünfen es war, um ihn dann beiseite zu nehmen und ihm unter vier Augen zu empfehlen, sich an einen qualifizierten Priester-Heiler zu wenden. Es konnte zwar sein, daß der Leidende auch dies nicht annehmen würde, doch Master Raimun hielt es für seine Pflicht, es zu tun.

Er konzentrierte sich mit geschlossenen Augen und ließ sich von den Gefühlen überfluten.

Was? Aber das war doch unmöglich! Master Raimun riß die Augen auf und hatte ein Gefühl, als hätte man ihm einen Schlag in den großen Wanst verpaßt. Wie in einer Explosion stieß er die Luft aus, als seine Magenmuskeln sich, den Befehlen seines Geistes gehorchend, zusammenzogen.

Der Schmerz – der Zorn, den er spürte – war ja gegen *ihn* gerichtet! Eine der fünf Personen in diesem Abteil trug eine Ladung Haß mit sich herum, die so stark war, daß man sie schon fast körperlich spüren konnte. Sie war gut maskiert hinter den Schichten der Selbstbeherrschung, aber Master Raimun konnte sie wie einen physischen Angriff spüren. Gegen ihn gerichtet! Einer von diesen Menschen in diesem Abteil haßte ihn.

Eine Weile blickte er weiterhin hinaus, versuchte, seine körperlichen Reaktionen wieder unter Kontrolle zu bekommen, fürchtete sich vor dem Umdrehen. Denn sein Gesicht würde seine Gefühle verraten. Die aber mußte er tarnen. Er mußte herausfinden, wer von seinen Mitreisenden diese arme, verworrene Seele war. Er mußte ihm professionelle Hilfe verschaffen. Vielleicht sollte er ihn zu einem der heilenden Priester in dem Stephainiterkloster auf Schloß Christobel schicken. Doch er durfte sich nicht anmerken lassen, daß er etwas darüber wußte. Das würde den Betreffenden nur in Verlegenheit bringen und würde niemandem dienen. Zumal das Gefühl ja gegen ihn selbst gerichtet war. Nein, das wäre überhaupt nicht das richtige.

Langsam, gelassen drehte er sich wieder um, sah ins Abteilinnere. Keiner seiner Begleiter sah ihn an. Keine einzige Miene verriet das Aufgewühltsein, das Master Raimun hinter der äußeren Fassade erkannte.

Ein wirklich professioneller, geweihter Heiler, ein Priester mit dem Talent, der ganz in seiner Berufung aufging, hätte sofort feststellen können, um welchen der fünf es sich handelte. Aber Master Raimun war kein Priester, und sein Talent war in andere Richtungen geschult und trainiert worden.

Sorgfältig ging er sie alle noch einmal durch: den Mann in Schwarz, den gedrungenen Mann, den Mann mit dem Spitzbart, den jungen Mann mit dem Schnäuzer, die ältere Dame – er konnte sich nicht erinnern, auch nur einen von ihnen vor dem heutigen Tag jemals gesehen zu haben. Es war undenkbar, daß er irgendeinem von diesen Menschen jemals Schmerz zugefügt haben könnte. Und doch wurde er von einem von ihnen gehaßt. Es war ihm ein Rätsel.

Andererseits war es aber auch eine äußerst peinliche Situation. In dem Abteil durfte er nicht bleiben. Nicht angesichts dieses Gefühlsschwalls. Täte er es, würde er auf Schloß Christobel nur noch als nervöses Wrack ankommen.

Er stand auf, lächelte die anderen nichtssagend an, um an den Fußpaaren vorbei in den Gang hinauszuwatscheln. Irgendwo in einem der anderen Abteile mußte es doch noch einen freien Platz geben.

Ja, er hatte Glück! Zwei Abteile weiter fand er seinen alten Freund Master Sir Darryl Longuert, einen großartigen Zauberer und prächtigen Gefährten. Obwohl er erst kürzlich zum Hofhexer von England ernannt worden war, reiste Master Sir Darryl immer noch allein und ohne großes Aufhebens. Master Raimun klopfte an die Abteiltür und trat ein. »Sir Darryl!« sagte er und ließ sich in der Ecke nieder. »Welch ein Glück, Euch hier zu treffen. Ich habe gerade eine allerseltsamste Erfahrung machen müssen.«

Sir Darryl, ein gütiger Mann mit Lachfalten im Gesicht und gesundem Zwinkern in den haselbraunen Augen, seufzte und schlug sein Buch zu. »Erzählt mir davon«, sagte er.

3

Es waren zwei Wochen vergangen.

Der Chevalier Raoul d'Espergnan zügelte sein Reittier und blieb stehen, um zu den fernen Türmen von Schloß Christobel hinüberzuspähen, das sich glänzend und funkelnd aus dem Morgennebel emporhob. Er mußte einfach an das legendäre Camelot denken, das den auf ihrer Queste umherreisenden Rittern in den mythischen Zeiten des Arthur Pendragon ganz ähnlich erschienen sein mußte. Doch das Camelot des Königs Arthur pflegte immer weiter in der Ferne zu verschwinden, je mehr man sich abmühte, es zu erreichen, während Schloß Christobel lieber dort bleiben sollte, wo es war.

D'Espergnan war ein Kurier im Dienst des Königs. Er überbrachte die Londoner Depeschen, die wegen der verdammten schweren Regenfälle, welche das ganze Land überfluteten und die Straßen wegspülten, ohnehin schon einen ganzen Tag zu spät dran waren. Für diesen Teil der Reisestrecke nahm er normalerweise die Bahn, doch seit seiner letzten Tour vor zwei Wochen war ein Teil der Gleise fortgeschwemmt worden, und es würde noch einen vollen weiteren Tag dauern, bis man sie repariert hatte.

Vier Stunden hatte er am Bahnhof gewartet, bis man die Ursache der Verspätung festgestellt hatte, und dann noch weitere drei Stunden, bis er in der Poststation von Tournadotte ein Pferd bekommen hatte. Es würde ihn einige Erklärungen kosten, und seine Allergefürchteste Majestät John IV liebte es nicht, sich Erklärungen anzuhören. D'Espergnan zog die Stulpe seines Lederhandschuhs zurück und sah auf die Uhr. Es war schon nach zehn.

Der Chevalier ließ einige Flüche vom Stapel, die für einen solch jungen Mann doch sehr flüssig und einfallsreich wirkten, und gab seinem Pferd die Sporen durch das knietiefe Wasser, das den Weg bedeckte.

Schloß Christobel, dessen riesiges Anwesen sich über

einen hohen Hügel im ansonsten flachen normannischen Küstental erstreckte, war einer der ältesten königlichen Paläste der Plantagenets. Erbaut hatte es der erste Arthur – nicht der mythische König Arthur, sondern der durchaus reale, aus Fleisch und Blut bestehende Neffe und Erbe des ersten Richard. Als Stammredoute und -besitztum in seinem normannischen Reich hatte er es zum stärksten eines ganzen Netzes von Stützpunkten jener von ständigen Schlachten erschütterten, prahlerischen und unentschiedenen Zeit gemacht.

Es war noch immer eine Festung, Sitz der Justiz und der Regierung, königliche Residenz, Registratur der Königlichen Archive und – in einem kleinen Kloster auf dem Schloßgelände – der Stephainiter, eines monastischen Heilerordens, der im 13. Jahrhundert von dem legendären St. Stephain d'Aviss gegründet worden war. Obwohl man den Hauptsitz der Regierung und die Hauptresidenz der Plantagenet-Könige schon vor langer Zeit nach London verlegt hatte, gab es doch immer noch eine Zeremonie, die ausschließlich, wie schon seit sechshundert Jahren, auf Schloß Christobel vollzogen wurde.

Gwiliam Richard Arthur Plantagenet, Baron Ambrey, Herzog von Lancaster, der siebenundzwanzigjährige jüngere Sohn von König John IV, sollte der Titel und das Amt eines Prinzen von Gallien verliehen werden. Sein Großonkel Charles, der den Titel dreiundsechzig Jahre lang geführt hatte, war im Vorjahr gestorben, und Gwiliam war sein logischer, erblicher Nachfolger. Und da sein älterer Bruder John, Prinz von Britannien, eher klösterlicher Gesinnung und dem Gelehrtenleben zugetan war, war es nur wahrscheinlich, daß der zu salbende, zukünftige Prinz von Gallien eines Tages zum nächsten König von England und Frankreich und zum Kaiser des Anglo-Französischen Reichs gewählt werden würde.

Doch John IV war noch jung für einen Plantagenet, die einer äußerst langlebigen Zucht angehörten; also konnte Prinz Gwiliam sich wohl noch auf viele Jahre freuen, in denen sein Vater sich um die Regierung sorgte, bevor er diese würde übernehmen müssen.

Es war elf Uhr dreißig, als die Hufe des Reittiers des Chevalier d'Espergnan über die Holzbrücke klapperten, die zum Rittertor von Schloß Christobel führte. Der Regen hatte wieder begonnen, und der Himmel war bleigrau. Am Tor wurde er von einem Wachmann in rotem Regenumhang angehalten.

»Aus London im Auftrag des Königs«, teilte d'Espergnan dem Wachmann mit. Er zog die gummibeschichtete Kapuze seines Regenumhangs zurück und beugte sich in seinem Sattel vor, um das silberne Windhundabzeichen vorzuzeigen, mit dem der Reichskurierdienst sich schmükken durfte. »Laßt mich durch!«

Der Wachmann musterte den hochgewachsenen, schlanken jungen Edelmann, der in seinem Sattel saß, als hätte er einen Rapier verschluckt. Junge Männer im Auftrag des Königs hatten es immer eilig. Aber deshalb hatte der König sie wahrscheinlich auch zur Durchführung seiner Aufträge ausgesucht, überlegte sich der Wachmann. »Ihr dürft hinein«, sagte er, beiseite tretend. »Aber laßt Euer Pferd im äußeren Burghof von Großchristobel. Dort wird man sich darum kümmern. Die nächsten paar Wochen darf kein Pferd diese Grenze überschreiten.«

D'Espergnan nickte. »Ich danke Euch, Wachmann«, sagte er. Gentlemen im Auftrag des Königs waren immer höflich, wenn die Zeit es zuließ. Alles andere wäre Machtmißbrauch gewesen. Er lenkte sein Pferd herum, und er bahnte sich klappernd und Wasser verspritzend den Weg zum äußeren Burghof. Stall und Stallhof lehnten gegen die Innenmauer, davor mehrere hundert Ellen offenes Gelände, verziert mit verstreuten Zelten, Kabinen und weniger leicht zu definierenden Bauten. Der äußere Burghof von Großchristobel, der neueste und äußerste Teil des Komplexes von Schloß Christobel, war das größte freie Gelände innerhalb der Schloßmauern. Dort fand das ganze Jahr über offener Markt statt, und zweimal im Jahr schlug ein ganzer Wanderzirkus seine Zelte an der Mauer auf. Mit bewunderungswürdiger Selbstbeherrschung überquerte d'Espergnan das Feld in einem Tempo, das nicht ganz einem Trab entsprach.

Zehn Minuten später, nachdem er nur eine Pause eingelegt hatte, um sich seines Regenkleides zu entledigen und sich mit einem Handtuch Gesicht und Haare trockenzureiben, übergab der junge Kurier seine lederne Depeschentasche dem Inhaber des goldenen Windhunds: Lord Peter Whiss, ein kleingebauter, schlanker Mann mit schütter werdendem blondem Haar, der das Amt des persönlichen Sekretärs des Marquis Sherrinford innehatte, des Oberhofstallmeisters des Königs. Die Silberwindhundkuriere waren durch Eid daran gebunden, ihre Botschaften ausschließlich Inhabern des goldenen Windhundes, dem König oder einem Königlichen Herzog persönlich zu übergeben.

»Ich danke Euch, Sir Raoul«, sagte der Sekretär hinter seinem alten Walnußschreibtisch in seiner Schreibstube, als er die pralle braune Tasche entgegennahm und sie mit wohlgeschrubbten Händen hochhob. »Und nur siebenundzwanzig Stunden zu spät. Wenn man den Zustand der Straßen bedenkt, habt Ihr, so meinen wir, gute Arbeit geleistet.«

»Ich danke Euch, My Lord«, sagte Raoul und atmete auf, weil Lord Peter das Wetter mitberücksichtigt hatte.

»Aber sorgt dafür, daß dies nie wieder geschieht«, fügte Lord Peter lächelnd hinzu.

»Jawohl, My Lord.«

»Gibt es irgendwelche Privatbotschaften?«

»Keine, My Lord«, erwiderte d'Espergnan.

»Ich bin froh, das zu hören«, meinte Lord Peter. Eine Privatbotschaft bedeutete hier kein Liebesschreiben einer Dame in London oder irgendwelche andere nichtoffizielle Post. Vielmehr stellte sie die einzige Ausnahme des Aushändigungseids dar: eine Nachricht aus hochrangiger Quelle, die so vertraulich war, daß sie dem Adressaten nur persönlich übergeben werden durfte. Das war meistens keine freudige Neuigkeit. Lord Peter mußte von ihrer Existenz in Kenntnis gesetzt werden, wenn auch nicht von ihrem Inhalt.

»Laßt Euch vom Seneschall ein Zimmer zuweisen«, trug Lord Peter dem jungen Mann auf. »Trocknet Euch ab, eßt etwas und ruht Euch aus. Von nun an meldet Ihr Euch jeden Morgen bei mir, um zu erfragen, ob ich irgendwelche Instruktionen für Euch habe. Davon abgesehen geht Ihr bitte den Krönungsvorbereitungen aus dem Weg und macht Euch eine schöne Zeit.«

»Danke, Lord Peter«, erwiderte d'Espergnan. Er salutierte und zog sich schnell zurück. Hätte man d'Espergnan danach gefragt, so hätte er der Meinung Ausdruck verliehen, daß zwar Seine Gefürchtete Majestät John IV mit gütiger, aber fester Hand das Anglo-Französische Reich regierte, daß es aber Lord Peter Whiss war, der Privatsekretär des Marquis Sherrinford, der tatsächlich über das Reich *herrschte*.

Lord Peter hegte eine andere Meinung, was die tatsächliche Situation anging. Obwohl es eine Tatsache war, daß einige seiner Pflichten weitaus gewichtiger für das Reich waren als die eines Königlichen Postmeisters, betrachtete er sich selbst doch nur als Rad im komplizierten und weitreichenden Getriebe der Königlichen Regierung. Ein wichtiges Rad vielleicht, aber dennoch nur ein Rad. Er drehte die Depeschenmappe um und untersuchte das Siegel. Es war nicht manipuliert worden. Nachdem diese Untersuchung beendet war, wußte Lord Peter mit Sicherheit, daß die Tasche seit ihrer Versiegelung nicht mehr geöffnet worden war. Das glaubte er nicht nur, er *wußte* es. Das war ein Teil seines Talents.

Andere Inhaber des goldenen Windhunds, die selbst keine Zauberer waren, bedienten sich eines Regierungshexers, um sich davon zu überzeugen, daß der Schutzzauber nicht verletzt worden war, doch das brauchte Lord Peter nicht. Er hätte es auch gewußt, wenn man eine ungeschützte Depeschentasche geöffnet hätte, unabhängig davon, wie umsichtig es geschehen wäre. Natürlich benutzte man trotzdem noch die Zauber, denn es hatte ja keinen Sinn, unvorsichtig zu werden.

Der andere Teil seines Talents, dessen König John sich reichlich bediente, war, soweit man wußte, einzigartig. Lord Peter wußte nämlich, wenn jemand log. Er konnte nicht feststellen, *worüber* er log – er wußte nur, daß ein Teil dessen, was ein anderer sagte, nicht stimmte.

Lord Peter öffnete die Depeschentasche und entleerte sie auf den Schreibtisch. Dann fuhr er mit der Hand durch das Innere der Tasche, um sicherzugehen, daß sich kein Umschlag in der Naht verhakt hatte. Von Natur aus war er eigentlich kein sehr sorgfältiger Mann, doch im Laufe der Jahre hatte er sich selbst gut darin geschult. Unentwegte Wachsamkeit und ein nervöser Magen waren der Preis seiner Stellung.

Er sortierte die zweiundvierzig Umschläge in drei verschiedene Stapel, wobei er routinemäßig jedes Siegel überprüfte. Den ersten Stapel band er mit einem roten Band zusammen; er war für den Lordgroßkämmerer bestimmt. Der zweite wurde mit einem blauen Band zur Auslieferung an den Außenminister gekennzeichnet. Und den dritten öffnete er mit einem eisernen Brieföffner, um die Schreiben eines nach dem anderen durchzugehen. Er schraubte seinen Füllfederhalter auf und paraphierte jedes Schreiben beim Lesen, wobei er manchmal einen Kommentar hinzufügte, manchmal aber auch nicht. Beim vorletzten Schreiben hielt er nachdenklich inne, dann las er alle drei Seiten noch einmal durch, wie um sicherzugehen, daß er sie beim ersten Mal richtig verstanden hatte. Dann faltete er es zusammen und schob es in eine Innentasche seines rotbraunen, goldbestickten Rocks. Schnell las er den letzten Brief durch, bündelte den Stapel geöffneter Nachrichten zusammen und verschnürte ihn mit einem grünen Band.

Alle drei Bündel gab er in seine eigene goldbestickte, lederne Schultertasche, um sie zu überbringen. Diesen Teil seiner Arbeit hätte er auch einem anderen auftragen können, doch das hätte gegen seine Pflichtauffassung verstoßen. Je kürzer die Kette blieb, um so wahrscheinlicher, daß ein Glied riß. Dann verließ er sein Büro, die Tür sorgfältig hinter sich verschließend.

Der Thronsaal, zu dem Lord Peter wollte, befand sich am Ende eines Ganges, den man auch die Königsgalerie nannte und entlang dessen die meisten königlichen und kaiserlichen Ämter ihre provisorische Bleibe hatten. Der Regierungssitz folgte stets dem König, und als dieser letzte Woche hierher übergesiedelt war, um die Krönung seines Sohnes vorzubereiten, waren die wichtigsten Ämter mitgekommen. Doch es bedurfte einer leistungsfähigen Nachrichtenverbindung zwischen beiden Orten; die auf Schloß Christobel gefällten Beschlüsse mußten noch immer von London aus durchgeführt werden.

Lord Peter schritt langsam die Königsgalerie hinunter; die bisherige einwöchige Residenz hatte nicht genügt, um ihn für ihre Symbolik unempfänglich zu machen. Dort an der rechten Wand waren die offiziellen Porträts der Plantagenet-Könige, von Geoffrey von Anjou, den man wegen des Zweigs des *Genet*-Strauchs den ›Plantagenet‹ nannte, den er an seiner Mütze zu tragen pflegte, bis zu John IV, dem direkten Abkömmling einer königlichen Linie, die den größten Teil des letzten Jahrtausends diesen Titel trugen.

Dort war Henry II, Geoffreys Sohn, der bereits den Titel eines Herzogs der Normandie innegehalten hatte, als sein Vater 1151 gestorben war und er den Thron von England bestieg. Auf dem Porträt schien er etwas zu schielen und sehr düster dreinzublicken, doch Lord Peter gelangte zu dem Schluß, daß ersteres wahrscheinlich auf den Versuch des Künstlers zurückzuführen war, perspektivisch vorzugehen, und zweiteres daran lag, daß das Gemälde wahrscheinlich in den vergangenen dreihundert Jahren nie mehr saubergemacht worden war.

An der nächsten Tür blieb Lord Peter stehen, überbrachte

das rotverschnürte Bündel dem Obersekretär des Kämmerers, dann ging er weiter.

Und dort, als nächstes Bild, kam Henrys Sohn, Richard Löwenherz, in hohem Alter väterlich herunterblickend.

An der gegenüberliegenden Wand befand sich das berühmte Gemälde von Jan Etyacht aus dem 19. Jahrhundert, eine Darstellung der Belagerung von Chaluz, die in jedem Schulgeschichtsbuch abgebildet war. Es war zwanzig Fuß breit und zehn Fuß hoch, und es zeigte das ganze Schlachtfeld vor den Mauern von Chaluz. In der rechten Ecke stand der Armbrustschütze auf den Zinnen, der soeben seinen Bolzen abgeschossen hatte. Etwas links von der Mitte sank Richard gerade in die Knie, als der Bolzen seine Schulter durchbohrte.

Die glücklichste Wunde in der Geschichte des Anglo-Französischen Reiches, dachte Lord Peter. Hätte Richard nicht Zeit zum Nachdenken gehabt, die ihm durch die Infektion und das Fiebern der Wunde beschert wurde, vielleicht auch ihre drohende Erinnerung an seine Sterblichkeit, so wäre er vielleicht nur der gute, aber verschwenderische König geblieben, der seine Zeit und seine Kräfte auf Kreuzzüge im Ausland verschwendete, anstatt sein Reich und sein Volk in Weisheit zu regieren. Wäre Richard im Jahre 1199 statt dessen an dieser Wunde gestorben, dann hätte sein jüngerer Bruder Johann Ohneland den Thron bestiegen und hätte sich als König wahrscheinlich als ebenso dumm und bösartig erwiesen, wie er es schon als Prinz gewesen war.

Doch Richard hatte überlebt und bis zu seinem Tod im Jahre 1219 weise und gut regiert; danach ging das Zepter an seinen Neffen Arthur über. Lord Peter blickte zum Porträt von Arthur I hinauf, dem ›Guten König Arthur‹, dessen Geschichte sich im Volk mit den Legenden des mythischen Königs Arthur von der Tafelrunde vermengte. Welchen Lauf hätte die Geschichte wohl genommen, wenn Arthur nicht regiert hätte? Was hätte die Herrschaft von Johann Ohneland dem Königreich und der Linie der Plantagenets gebracht? Lord Peter schüttelte den Kopf, als er weiter die Porträtreihe entlang ging. Derlei Spekulationen überließ man wohl besser den Schreibern phantasmagorischer Dichtung.

Da hingen sie, alle der Reihe nach: die Geoffreys, Johns, Gwiliams, Richards und Arthurs; Herrscher, die ihre britischen und normannischen Gebiete zusammengehalten und zum allergrößten Teil gut und weise regiert hatten. Am Fuß eines jeden Gemäldes befand sich, in den Rahmen eingelassen, das persönliche Wappen des Königs, das sich mit jeder Regentschaft leicht veränderte, aber stets und unvermeidlich die Löwen von England mit den Lilien von Frankreich verband.

Jeder der Plantagenets hatte diese Ländereien langsam und umsichtig durch Heirat, Diplomatie und durch das Schwert vermehrt und ausgedehnt, so daß das Anglo-Französische Reich nun über mehr Ländereien gebot als das Römische zu seiner Blüte, und es hatte auch schon doppelt so lange Bestand. Und zeigte keinerlei Abschwächung: An der Spitze eines loyalen und kraftvollen Volks stand ein intelligenter und tatkräftiger König, dem ein gut ausgebildeter, fähiger und absolut treuer Verwaltungsapparat zur Hand ging. Wenn es Gott so gefiel, gäbe es keinen Grund, weshalb nicht auch die nächsten tausend Jahre ein Plantagenet auf dem Thron des Anglo-Französischen Reichs sitzen sollte. Bei diesem Gedanken bekreuzigte Lord Peter sich und gemahnte sich selbst daran, daß man den Willen Gottes nur dadurch für sich gewann, indem man weiterhin Gottes Wille auf Erden befolgte, so gut man konnte.

Als Lord Peter den Thronsaal erreicht hatte, beschloß er, später die gegenüberliegende Tür zu nehmen, damit er auf dem Rückweg durch die Königinnengalerie schreiten konnte. Dort zierten Porträts der Plantagenet-Königinnen die Wände, von Eleanor von Aquitanien bis zur heutigen Marie von Rumänien. Die Königsgemahlinnen bewiesen, daß die Männer der Plantagenets ein Auge für Schönheit besaßen, und sie zeugten von der Kraft und der Intelligenz, die von Generation zu Generation immer wieder in die Blutlinie der Plantagenets eingespeist wurden. Und die fünf Köniqinregentinnen, Anne, Mary I, Edith, Stephanie und Mary II, hatten im Laufe ihrer Regentschaft bewiesen, daß die Fähigkeiten der Plantagenets in der weiblichen Linie ebenso stark vertreten waren wie in der männlichen.

Lord Peter nickte den beiden Wachen zu, die rechts und links neben der Tür standen, und betrat den Thronsaal. Der König war nicht anwesend; die zweistündige öffentliche Audienz würde erst um zwei beginnen. Doch der Marquis Sherrinford, prachtvoll anzusehen in seinem waldgrünen, silberbestickten Hofkostüm, saß bereits an seinem kleinen Schreibtisch neben dem uralten Eichenthron, sortierte Erlasse, las Akten, hörte dringende Anrufungen an, entschied, wer heute Seine Majestät zu sehen bekommen würde und wer nicht. Harbleury, der gnomähnliche Uralte, der ihm als persönlicher Assistent diente und in mehr Staatsgeheimnisse eingeweiht war als manch ein Herzog, stand hinter ihm.

Lord Peter sah seinen Herrn besorgt an, als er näher kam. Der Marquis Sherrinford litt nämlich unter Kopfschmerzen. Im letzten Jahr waren sie immer häufiger und stärker aufgetreten und hatten sich der Künste des Heilers immer mehr entzogen. Doch er weigerte sich, die Wahrnehmung seiner Pflichten davon beeinträchtigen zu lassen, und es hatte tatsächlich nicht den Anschein, daß seine Kopfschmerzen sein Urteilsvermögen beeinträchtigten; doch es gab Zeiten, da die Zusammenarbeit mit ihm schwierig war. Daneben, ja vor allem anderen, war er auch Lord Peters guter Freund, und zu merken, daß man einem Freund in seinem Schmerz nicht helfen konnte, war kein angenehmes Gefühl.

»Ah, guten Tag, Lord Peter«, sagte Seine Lordschaft, nahm die Brille ab und hob den Blick, als sein Privatsekretär sich näherte. Er rieb sich kurz mit den Daumen die Schläfen, dann setzte er die Brille mit dem Drahtgestell wieder auf. »Ihr bringt die Tagespost aus London, vermute ich. Irgend etwas Beachtenswertes?«

Lord Peter holte das blauverschnürte Bündel aus seiner Schultertasche. »Für Seine Lordschaft, den Herzog von Clarence«, sagte er. Dann entnahm er der Tasche das verbliebene, grün umschnürte Bündel: »Für Euer Lordschaft.«

»Das hier werde ich sofort an Seine Lordschaft von Clarence weiterleiten«, sagte der Marquis Sherrinford. »Harbleury, kümmert Euch darum. Gibt es irgend etwas in meinem Stapel Post, das meine sofortige Aufmerksamkeit verdient hätte?«

Lord Peter holte den Brief aus der Innentasche seines Rocks und reichte ihn dem Königlichen Hofkämmerer. »Ich denke doch, Euer Lordschaft, daß Ihr mit mir übereinstimmen werdet, dies von diesem Brief behaupten zu dürfen«, meinte er.

Der Marquis Sherrinford nahm wieder die Brille ab, polierte sie mit einem weißen Leintuchstück, hakte sie wieder sorgfältig hinter den Ohren ein und entfaltete dann die drei Blatt steifen Papiers. »Ha«, machte er. »Hmmm.«

Lord Peter blickte zu Harbleury hinauf, der das blauverschnürte Bündel einem Gehilfen überreicht hatte und nun wieder hinter seinem Meister stand. Leise hob er eine Augenbraue, worauf Harbleury den Kopf schüttelte. Der wortlose Nachrichtenaustausch war beendet. Litt seine Lordschaft wieder unter einem Anfall? Nicht im Augenblick, soweit Harbleury das feststellen konnte. Mit einem Nicken bedankte sich Lord Peter bei dem alten Mann.

Der Marquis Sherrinford musterte jedes Blatt des Briefs lang genug, um es gleich mehrere Male lesen zu können, dann sammelte er das Papier zusammen und legte den Brief sauber und ordentlich auf den Tisch. Auf seiner Stirn erschien ein Runzeln. »Was meint Ihr dazu, Peter?« fragte er ohne aufzublicken.

»Ich denke, daß wir es so behandeln sollten, als sei es wahr«, erwiderte Lord Peter. »Obwohl ich natürlich sofort versuchen werde, es durch meine eigenen Quellen überprüfen zu lassen.«

»Ja«, machte der Marquis ungeduldig, »aber was *denkt* Ihr? Stimmt es?«

»Ich kann nur sagen, daß ich der Angelegenheit nachgehen werde«, wiederholte Lord Peter. »Ich habe davon nichts gehört. Es ist sehr schwierig, das Gegenteil nachzuweisen, sollte es also nicht wahr sein, so könnte es eine Weile dauern, bis wir das bewiesen haben. Bis dahin müssen wir vorgehen, als sei es eine Tatsache.«

Ungeduldig klopfte der Marquis Sherrinford mit dem Ende seines Füllfederhalters auf die Schreibtischplatte. »Warum hat keine Eurer Quellen davon erfahren?«

Lord Peter zuckte die Schultern. »Vielleicht, weil es nicht wahr ist. Vielleicht, weil es gut verborgen ist. Vielleicht, weil ich unfähig bin, Euer Lordschaft.«

Mit scharfem Kopfrucken hob der Marquis den Blick und sah ihn über das Gestell seiner Brille hinweg an. »Nehmt es ernst, Lord Peter, aber nicht persönlich. Irgendwo muß es in diesem Königreich einen Mann geben, der kompetenter und loyaler ist als Ihr, und der für seine Stellung befähigter ist, aber ich bin ihm bisher noch nicht begegnet.« Er hob die steifen Papierblätter und schüttelte sie, so daß sie raschelten. »Wir müssen handeln. Geht los und sucht Seine Gnade den Erzbischof von Paris, Richard von der Normandie, Sir Darryl Longuert und Lord Darcy, und bittet sie darum, mir um vier Uhr die Ehre einer Zusammenkunft im Kartenzimmer zu gewähren. Tut es persönlich; von dieser Angelegenheit sollten so wenig Ohren und Münder erfahren wie möglich. Und kehrt natürlich selbst auch wieder zurück.«

»Natürlich, My Lord«, erwiderte Lord Peter. Er verneigte sich und machte kehrt. Hohl hallten seine Schritte auf dem Fliesenboden wider, als er zur Prunktür zurückging, um den schnellsten Weg zu den Privatunterkünften zu nehmen, wo er wahrscheinlich Seine Gnade den Erzbischof vorfinden würde. Seine Betrachtung des Königinnengangs würde eben warten müssen.

»So«, sagte der Marquis Sherrinford und schob das Ärgernis, den Brief, in die Innentasche seines Rocks, um sich wieder den anderen Papieren auf seinem Tisch zu widmen. »Um ein Uhr habe ich einen Termin mit diesem italienischen Heiler. Wahrscheinlich kann er mir doch nicht helfen, aber ich sollte wohl besser hingehen. Was uns für die Sache hier noch zwanzig weitere Minuten erlaubt, Harbleury; machen wir uns daran.«

Zwanzig Minuten später berührte Harbleury seinen Herrn an der Schulter. »Es ist Zeit für Eure Verabredung, My Lord«, sagte er.

»Wie? Ach so, ja. Sollte wohl besser gehen. Ist aber verdammt lästig. Dieser Bursche .. wie hieß er noch gleich ...?«

»Graf d'Alberra, My Lord. Wird sehr empfohlen, My Lord.«

»Ja. Nun, ich schätze, alles ist besser als diese verdammten Kopfschmerzen. Es ist nur so, daß ich es mir im Augenblick zeitlich nicht erlauben kann.«

»Das könnt Ihr nie, My Lord«, teilte Harbleury ihm mit. »Euer Mantel, My Lord.«

»Wie immer habt Ihr recht, Harbleury«, sagte der Marquis Sherrinford, erhob sich und ließ sich von seinem Assistenten in den reichverzierten Mantel helfen. »Räumt hier auf und bereitet danach das Kartenzimmer für unsere Versammlung um vier Uhr vor. Und – danke.«

Der Marquis Sherrinford verließ den Thronsaal, durchschritt die Große Halle, knöpfte unterwegs seinen Mantel zu, um sich vor dem Regen zu schützen, und trat aus dem Hauptgebäude. Er ging zum Außenhof von Arthurs Horst hinüber – der inzwischen tatsächlich zu einem Innenhof geworden war, nachdem man Arthurs Horst im Laufe der Jahrhunderte immer weiter umbaut hatte. Erfreut sah er, daß das Drainagesystem gut funktionierte und der Schloßhof frei von Pfützen blieb, trotz dieser schweren Frühlingsfluten. Er würde der Instandhaltungsmannschaft des Schlosses noch Anerkennung aussprechen müssen.

An die frühere Außenmauer des Hofs schmiegte sich das Kloster Sankt Stephain, wo in den letzten fünfhundert Jahren fromme, hingebungsvolle und talentierte Männer die Heilkunst studiert und weiterentwickelt hatten. Er ging darauf zu und klopfte an die winzige Vordertür, in die tief die Worte SED LIBRA NOS A MALO (›Sondern erlöse uns vom Übel‹) eingemeißelt waren. Kurz darauf öffnete ein Laienbruder die Tür und ließ ihn ein.

Einige der größten Heiler der vergangenen Jahrhunderte waren Stephainiter gewesen. Im 14. Jahrhundert hatte der Stephainitermönch Sankt Hilary Robert jenen Geistesblitz gehabt, der innerhalb bestimmter Heilkünste eine mathematische Beziehung aufgezeigt hatte. Die nächsten zwanzig Jahre seines Lebens hatte er damit verbracht, diese Beziehung genau zu definieren. Als er damit fertig war, veröffentlichte er die *Mathematicka manticka*, worin er die logische Grundlage für die Gesetze der Magie aufstellte, und seitdem war die physische Welt nie mehr die gleiche geblieben.

Aus Gründen, die keiner kannte, besaß nicht jeder das Talent, aber jene, die es hatten, konnten nun seine Prinzipien studieren und konsistente, reproduzierbare Ergebnisse erhalten. Heiler konnten das Handauflegen praktizieren und durften, mit Genehmigung der Mutter Kirche, darauf hoffen, vielen, wenn nicht sogar den meisten ihrer Patienten damit zu helfen. Die Kunst des Heilens war die erste magische Disziplin, die man erforschte, und vielleicht war es auch jene, die man bis heute am besten verstand.

Im Laufe der Jahrhunderte waren Männer wie Frauen zum Stephainiterkloster zu Walsingham gekommen, wo Sankt Hilary Robert gelebt hatte, oder in die anderen Zentren in Liverno, Genf und hier auf Schloß Christobel, um sich in den Heilkünsten ausbilden zu lassen.

Doch es gab auch Leiden, gegen die die Macht des Heilers nichts ausrichten konnte. So mußte ein gebrochener Knochen beispielsweise erst von einem Chirurgus gerichtet werden, bevor das Handauflegen die Heilung beschleunigen konnte. Und manche Leiden schienen sich überhaupt nicht beheben zu lassen.

Kopfschmerzen ließen sich in der Regel durchaus heilen. Wurden sie durch Verspannung verursacht, durch Sorgen oder durch den Rückzug eines sorgenüberlasteten Gemüts in den Schmerz, so konnten selbst Laienheiler sie lindern. Natürlich mußte man die eigentliche Ursache des Leidens behandeln, sonst kehrte der Schmerz wieder, aber er ließ sich immerhin lindern. Kopfschmerzen, die durch komplizierte Gemütserkrankungen erzeugt wurden oder denen eine körperliche Ursache zugrunde lag, beispielsweise ein Gehirntumor, verlangten die Behandlung durch professionelle Heiler, in der Regel Priester, die auf ihrem Spezialgebiet gut ausgebildet waren. Doch selbst diese mußten der Kunst des Heilers meist weichen; manchmal bedurfte es auch noch der Fähigkeiten des Chrirugus.

Doch Magie und Heilung waren Menschenkünste und daher unvollkommen; Wunder schienen allein dem Göttlichen vorbehalten zu bleiben. Aus irgendeinem unerfindlichen Grund heilten manche gebrochenen Arme nicht wieder richtig zusammen; manche Infektionen verbreiteten und verschlimmerten sich trotz der Einflußnahme der fähigsten Heiler; und manche Kopfschmerzen weigerten sich einfach zu weichen.

Die Kopfschmerzen des Marquis Sherrinford waren am Anfang eher geringfügiger Natur gewesen und hatten sich durch seinen Familienheiler leicht beheben lassen. Doch je häufiger sie auftraten und je extremer sie wurden, um so weniger ließen sie sich vom Handauflegen beeinflussen. Er war schon von einigen der allerbesten Sensitiven des Reichs untersucht worden, und alle waren der einhelligen Meinung gewesen, daß sie keine körperliche oder geistige Ursache dafür ausmachen konnten.

Der Marquis ertrug sein Leid in Würde und Verachtung; er ließ es nicht zu, daß es seine Arbeit oder sein Privatleben beeinträchtigte. Doch er war auch klug genug, um sich selbst nicht zum Märtyrer zu machen. Wenn sich die Möglichkeit zu einer neuen Behandlung bot, war er stets bereit, es damit zu versuchen, vorausgesetzt, sie hörte sich nicht albern an oder nahm zuviel von seiner Zeit in Anspruch.

Father Phillip, der ältere Abt, der das Kloster vorübergehend leitete, empfing den Marquis Sherrinford an der Tür zu seinem kleinen, ordentlichen Büro, wohin der Laienbruder ihn geführt hatte. »Es ist schön, Euch wiederzusehen, My Lord«, sagte er und bedeutete dem Marquis mit einem Winken, auf einem der beiden Stühle mit der steifen Rückenlehne Platz zu nehmen. »Beten wir darum, daß wir diesmal etwas für Euch tun können.«

»Ein Besuch bei Euch ist stets eine willkommene Pause an einem viel zu hektischen Tag, Father«, erwiderte der Marquis Sherrinford und ließ sich nieder. »Und die zusätzliche Möglichkeit, ein Mittel gegen diese Kopfschmerzen zu erhalten, macht diesen Ort wirklich zu einem Hafen der Hoffnung. Erzählt mir von diesem Graf d'Alberra. Meint Ihr, daß er etwas bewirken kann?«

Father Phillip schüttelte den Kopf. »Da möchte ich lieber nicht raten«, erwiderte er. »Einigen Menschen hilft er. Mehr, als ich für möglich gehalten hätte. Seine Erfolgsbilanz in Rom und Como und Verona ist sehr beeindrukkend und wird sogar von Seiner Heiligkeit persönlich bestätigt. Es besteht also kein Zweifel daran, daß seine Methode ihren Wert hat. Aber er ist erst seit ein paar Wochen hier – kaum lange genug, als daß ich mir ein Urteil darüber erlauben könnte, was sein System vermag oder nicht.«

»Erzählt mir von dem Mann selbst«, forderte der Marquis Sherrinford ihn auf, nahm die Brille ab und begann sie mit einem Tuch zu polieren.

»Ein sehr freundlicher, sanfter Gentleman aus dem Norden Italiens. Graf d'Alberra gehört zum Hofstaat von König Pietro und ist Professor für etwas, das man an der Universität Verona ›Geistige Wissenschaft‹ nennt. Seine Theorien der Heilung sind ein Ergebnis seiner Erforschung des Geistes. Er hat ein Buch mit dem Titel *Nichtphysische Symptomologie des Geistes und seine mögliche nichtmagische Behandlung* geschrieben. Ihr wißt, daß er selbst kein Heiler ist.«

»Nein, das wußte ich nicht.«

»Es stimmt.« Father Phillip seufzte. »Man sollte gar nicht erst versuchen, dem Menschen die Wege Gottes erklären zu wollen, denn das Leben selbst ist schon wunderbar genug, um darüber ein ganzes Leben lang nachzugrübeln.«

»Nun, wenn er kein Heiler ist, was tut er dann?« wollte der Marquis Sherrinford wissen.

»Graf d'Alberra redet und hört zu«, erklärte Father Phillip. »Soweit ich das beurteilen kann, ist dies seine Methode.«

»Und damit heilt er Leute?«

»In vielen Fällen. Es scheint so.«

Der Marquis Sherrinford nahm die Brille ab und rieb sich mit den Daumen die Schläfen. »Ich bin nicht überrascht, daß dieser Mann Wissenschaftler ist«, sagte er. »Seine Methode klingt ganz und gar unmagisch. Aber wenn sie funktioniert, kann ich ja wohl schlecht etwas dagegen einwenden.«

»Ich werde Euch jetzt zu ihm führen, My Lord«, sagte Father Phillip. »Er war entzückt, daß Ihr Euch entschieden habt zu kommen. Er sagt, daß er hofft, Euch helfen zu können.«

»Das tue ich auch«, teilte der Marquis Sherrinford dem guten Father mit, wobei er ein wenig skeptisch klang. »Das tue ich auch.«

Der Graf d'Alberra war ein kleiner, dunkelhaariger Mann mit kurzgeschnittenem Bart und einem Schnäuzer. Der Bart lief spitz zu, was das Eckige seines Kopfes betonte. Er trug die etwas dekorativere Kleidung Mittelitaliens, alles in Blau und Gelb und mit goldenen Borten versehen. Er empfing sie an der Tür zu seinem Behandlungszimmer. »Es ist mir eine Freude ... eine Freude ... Euch kennenzulernen, My Lord Marquis«, sagte er, den Marquis Sherrinford bei der Hand nehmend und sie fest pumpend. »Ich danke Euch, Father, daß Ihr mich weiterempfohlen habt. Ich werde mir jede Mühe geben, zu helfen.«

»Mehr kann ich nicht verlangen«, erwiderte der Marquis Sherrinford und ließ sich in das kleine Zimmer zerren.

»Ich lasse Euch jetzt allein«, sagte Father Phillip. »Gott segne Euch.« Er lächelte, nickte und ging davon.

»Was tut Ihr hier genau?« erkundigte sich der Marquis Sherrinford, als er sich in dem kleinen Zimmer umsah. Es enthielt einen Schreibtisch, einen Sessel und eine Ledercouch.

»Nichts Geheimnisvolles«, versicherte ihm der Graf d'Alberra. »Ich beginne mit der Aufnahme der Patientengeschichte, und dann werden wir uns unterhalten. Tatsächlich werdet Ihr das meiste reden. Ich werde Euch bitten, Euch auf die Couch zu legen, da ich festgestellt habe, daß die meisten Patienten sich im Liegen besser entspannen. Sollte Euch das aber stören, kann ich auch noch einen zweiten Sessel hereinbringen lassen.«

»Nein, nein«, wehrte der Marquis Sherrinford ab. »Ich habe nichts dagegen einzuwenden, mich hinzulegen. Ganz im Gegenteil. Allerdings dürfte es Euch Mühe machen, mich am Reden zu halten. Es kann gut sein, daß ich einschlafe. Es war schon ein anstrengender Tag heute, und er ist erst zur Hälfte vorbei.« Plötzlich setzte er eine sorgenvolle Miene auf. »Ihr werdet mich doch wohl nicht nach meiner Arbeit fragen, oder? Ihr wißt doch, daß ich über einige Dinge nicht ...«

»Das kann ich Euch versichern«, unterbrach ihn der Graf d'Alberra mit abwehrender Geste. »Die Arbeit Eurer Lordschaft geht mich nichts an. Unsere Gespräche werden sich hauptsächlich um Eure Kindheit drehen, um Eure Beziehung zu Euren Eltern, um solche Dinge eben. Möglicherweise beschäftigen wir uns auch damit, was Ihr hinsichtlich der, äh, der Damen empfindet, oder welche Sportarten Euch behagen und warum.«

»Das ist alles?«

»Das ist alles.«

»Und damit läßt sich möglicherweise mein Kopfschmerz heilen? Indem Ihr Fragen nach meiner Kindheit stellt?«

»Sofern es, wie die Heiler sagen, keine organische Ursache dafür gibt, könnte es das sehr wohl tun.«

Der Marquis Sherrinford legte sich auf die schwarze Ledercouch. »Schießt los, Freund Graf, schießt los.«

»Zunächst die Vorgeschichte«, sagte Graf d'Alberra und nahm seinen Füllfederhalter auf. »Wo wurdet Ihr geboren?«

4

Der dürre Grafschaftswachmann weigerte sich, Platz zu nehmen, und verlagerte statt dessen unruhig sein Gewicht von einem Bein aufs andere, während er wartete. Er wirkte und fühlte sich auch sehr deplaziert in diesem schmucken Wohnzimmer der üppigen Suite. Lord Darcy hegte Mitgefühl; die zierlichen Gwiliam-II-Stühle mit den Rohrgestellen sahen tatsächlich so aus, als würden sie unter allem außer dem zierlichsten Hinterteil sofort zusammenbrechen. Er selbst fühlte sich hier auch nicht unbedingt heimisch, aber da der Seneschall ihm dieses Quartier zugewiesen hatte und zur Krönung Hunderte von Leuten erwartet wurden, wäre es unpassend gewesen, den Seneschall darum zu bitten, Reise nach Jerusalem zu spielen, nur weil Lord Darcy sich in einer schlichteren Umgebung wohler gefühlt hätte. Wenigstens hatte man einen großen Schreibtisch und einen bequemen Sessel für ihn aufgetrieben.

Der Wachmann vollführte verstohlene Bewegungen, um

angesichts soviel Verfeinerung den Hut abzunehmen. Doch dann fiel ihm wieder ein, daß er in Uniform und bewaffnet war und sich in der Gegenwart des Obersten Ermittlungsrichters des Königlichen Adelsgerichtshofs befand, und sofort schnellten seine Hände wieder zurück und hingen seitlich an seinem Körper herab. Dann versuchte er, die Sohle eines Stiefels mit dem Absatz des anderen zu polieren, wodurch er allerdings noch mehr trocknenden Schlamm auf dem pflaumenfarbenen Teppich verteilte. Lord Darcy irritierten diese Bewegungen, und fast hätte er den Mann deswegen angeschnauzt, als ihm gerade noch rechtzeitig einfiel, wie unfair das gewesen wäre. Statt dessen hob er den Blick von dem Brief, den der Wachmann ihm überbracht hatte, und verzerrte die Lippen zu einem Lächeln, dabei hoffend, daß es nicht so künstlich aussah, wie es sich anfühlte.

»Ich werde ungefähr zehn Minuten brauchen, um eine Antwort auf diesen Brief zu formulieren«, erklärte Lord Darcy. »Warum geht Ihr nicht hinein, durch diese Tür dort, und laßt Euch von meinem Diener Ciardi eine Tasse, äh, Kaffee geben, da Ihr ja noch im Dienst seid?«

»Sehr gut, My Lord. Danke«, sagte der Wachmann mit offensichtlicher Erleichterung und zog sich hastig durch die reichverzierte Tür zurück.

Einer unserer Vettern vom Lande, dachte Lord Darcy. Nun begann er tatsächlich zu lächeln, als ihm bewußt wurde, daß dieser Ausdruck von seiner guten Freundin und Gefährtin Mary, der Herzogin von Cumberland, stammte, womit sie die Unfähigen oder die Ungebildeten zu bezeichnen pflegte.

Die Nachricht, die der Wachmann ihm überbracht hatte, stammte von einem weiteren alten Freund Lord Darcys, einem Freund aus jenen Tagen, da er nur Oberster Ermittlungsrichter des Herzogs von der Normandie gewesen war und nicht, wie heute, Oberster Ermittlungsrichter des Adelsgerichtshofs für das gesamte Anglo-Französische

Reich. Er war kurz und knapp gehalten, doch das, was zwischen den Zeilen stand, war sehr viel umfangreicher.

Lieber Lord Darcy,
es ist meine Hoffnung, daß Ihr darin keine Anmaßung sehen werdet, wenn ich Euch nach so langer Zeit schreibe. Ich habe erfahren, daß Ihr auf Schloß Christobel für die Sicherheit während der Krönungszeremonie zuständig seid. Seine Majestät hätte keinen besseren Mann dafür auswählen können.
In der kleinen Stadt Tournadotte ist ein Doppelmord geschehen, in einem Gasthof, der sich ›Gryphon d'Or‹ nennt. Für die Morde gab es kein Motiv, sofern wir das von hier aus feststellen können. Die Identität eines der Opfer ist ebenfalls noch ein Mysterium. Ich dachte, daß Euch dieses interessieren könnte, da Ihr Euch ja gewissermaßen in der Nachbarschaft aufhaltet. Das Dorf Tournadotte liegt drei Stunden entfernt an der Linie Paris – Le Havre, an der Abzweigung nach Calais.
Es wäre schön, Euch einmal wiederzusehen. Noch immer denke ich gerne daran zurück, wie Ihr mir in dem Fall des verschwundenen seligen Marquis von Cherbourg behilflich wart.

Euer Freund
Henri Vert
Polizeipräfekt
Herzogtum Normandie

Lord Darcy erinnerte sich noch gut an den Fall des verschwundenen Marquis. Es war vor langer Zeit, als das Leben noch nicht so kompliziert gewesen war. Vielleicht hatte es aber auch nur weniger kompliziert ausgesehen.

Es war klar, was Darcys alter Freund Henri Vert, der nun der höchstrangigige uniformierte Polizeioffizier im gesamten Herzogtum war, von ihm wollte: Er brauchte Hilfe – oder meinte sie zu brauchen –, um diese beiden Morde aufzuklären. Darauf wies die Tatsache hin, daß er eigens einen

Wachmann abgestellt hatte, um den Brief persönlich zu überbringen. Er konnte den Adelsgerichtshof nur dann direkt um Hilfe angehen, wenn es sich bei dem Ermordeten um einen Edelmann handelte, ein Edelmann als Komplize verdächtigt wurde oder wenn die Morde irgendwie wichtige Belange des Reichs berührten. Und das konnte er ganz offensichtlich nicht darlegen.

Aber macht uns nicht jeder Tod eines Menschen ein Stück ärmer? drängte sich das Zitat ungebeten in Lord Darcys Gedanken. Schließlich befand er sich ja *tatsächlich* in der Nachbarschaft – keine drei Bahnstunden vom *Gryphon d'Or* entfernt, wie die Nachricht besagte. Unaufgeklärte Morde waren ungut für die Volksseele. Wenn er sich von seinen gegenwärtigen Pflichten eine Weile befreien konnte, entschied Lord Darcy, würde er hinreisen und sehen, ob er Chief Henri behilflich sein konnte; sofern die Frühlingssturzflut nicht die Eisenbahnlinie zusammenbrechen ließ, wie sie es im Augenblick zu tun drohte. Er war überzeugt, daß Master Sean O Lochlainn, der Oberster Gerichtshexer des Anglo-Französischen Reichs und Darcys rechte Hand war, sich ebenfalls erbieten würde, mitzukommen.

Lord Darcy verbrachte die vollen zehn Minuten damit, seine Antwort zu formulieren. Er würde mit Oberst Lord Waybusch, dem Kommandanten der Schloßwache, sprechen müssen, um sich für ein paar Tage befreien zu lassen. Er konnte nicht einfach verschwinden, wenngleich er nicht, wie Chief Henri glaubte, für die Sicherheit verantwortlich war; er war lediglich hier, um im Zusammenhang mit der Krönung die Sicherheitsmaßnahmen zu überwachen und in Sicherheitsfragen Ratschläge zu erteilen. Doch es hatte keinen Sinn, sich den Oberst zum Feind zu machen, einen freundlichen, hart arbeitenden Soldaten, der seinen Rat stets begrüßte. Und sollte er sich *nicht* freimachen können oder sollte die Bahnverbindung unterbrochen werden, wollte er nicht, daß Master Henri auf ihn wartete, anstatt seine Ermittlungen weiterzuführen.

Als Lord Darcy mit der Antwort zufrieden war, übertrug

er sie in Reinschrift, faltete das Blatt und versiegelte den Brief mit einem Siegelring, um danach den Wachmann wieder ins Zimmer zu rufen. »Teilt Präfekt Henri mit, daß es mir eine Freude sein wird, mit ihm zusammenzuarbeiten, sofern ich mich hier freimachen kann«, sagte er und reichte dem Wachmann den Brief.

Als der Wachmann gerade ging, erschien Ciardi in der Tür. »Lord Peter Whiss bittet darum, Euch zu sehen, Euer Lordschaft«, kündete er an.

»Lord Peter, zu Mittag? Wie seltsam. Was will er denn?« fragte Lord Darcy.

»Das hat er mir nicht mitgeteilt«, erwiderte Ciardi. »Und außerdem ist es schon lange Nachmittag, My Lord. Es ist fast vier Uhr.«

»Tatsächlich«, stimmte Lord Darcy ihm zu. »Dann bittet Seine Lordschaft herein, Ciardi.« Er stand auf und schlüpfte in seinen Rock, der über dem Stuhlrücken gehangen hatte.

»Tut mir leid, Euch stören zu müssen, Lord Darcy«, sagte Lord Peter, kaum daß er den Kopf um die Tür geschoben hatte. »Aber so leid es mir auch tun mag, ich muß Euch sofort entführen.«

»Wenn Ihr das tun müßt«, meinte Lord Darcy, knöpfte sich den Rock zu und richtete die Manschetten seines Hemds. »Begeben wir uns nach draußen? Nicht? Gut, dann brauche ich keinen Regenmantel und keine Überschuhe. Geht nur voraus!«

Eine Minute später schritten sie gemeinsam durch den langen Schloßgang. »Ihr seid der letzte der geladenen Gäste, der davon erfährt«, erklärte Lord Peter. »Und wir sind schon ein paar Minuten zu spät dran, weil ich länger als erwartet brauchte, um Seine Gnade den Erzbischof ausfindig zu machen. Ich muß schon sagen, Darcy, für einen Mann, den man gerade aus seiner Arbeit herausgerissen hat, laßt Ihr überraschend wenig Neugier erkennen. Ich habe mindestens mit einigen Fragen gerechnet, wenn nicht sogar mit einem Streit.«

»Ihr habt gesagt, daß Ihr mich fortzerren *müßtet*«, versetzte Lord Darcy. »Ich habe Euch beim Wort genommen. Ihr seid niemand, der frivol mit Sprache umgeht.«

»Das stimmt«, gestand Lord Peter. »Und diese Tage werde ich zugeben müssen, daß ich ohnehin selten in irgendeiner Sache frivol bin.« Vor dem Kartenzimmer blieb er stehen, und Lord Darcy bemerkte, daß ein bewaffneter Leibwächter des Königs in Habtachtstellung daneben stand. »Nun, wir sind am Ziel. Nach Euch, My Lord.«

Lord Darcy betrat vor Lord Peter das Kartenzimmer und begrüßte die fünf Männer, die sich bereits dort befanden: Seine Gnade Erzbischof Maximilian von Paris; Seine Hoheit Herzog Richard von der Normandie, Bruder des Königs; Master Sir Darryl Longuert, Hofhexer von England; Seine Lordschaft der Marquis von Sherrinford, Königlicher Hofkämmerer; und Edelmann Harbleury, das Faktotum des Marquis Sherrinford und sein allgegenwärtiger Schatten.

»Guten Tag, Lord Darcy«, sagte Marquis Sherrinford. »Bitte nehmt Platz, dann können wir gleich anfangen.«

Das Kartenzimmer, ein Teil der Königlichen Archive, war ein Raum von vierzehn Fuß Breite und zwanzig Fuß Länge. Wie seine Bezeichnung schon sagte, war er dazu ausgerüstet, Landkarten zu lagern, sie aufzuhängen und zu untersuchen. Die hintere Wand bestand aus einem riesigen Walnußschrank mit breiten, flachen Schubladen zur Lagerung ungefalteter Karten. Rechts davon befanden sich unterhalb der hoch eingelassenen Fenster Reihen aus länglichen Behältnissen, die aus demselben Holz waren und zur Aufnahme aufgerollter Karten dienten. An der vorderen Wand befanden sich Geräte zum Aufhängen der Landkarten, und der große Tisch aus Walnußholz, der den ganzen Raum beherrschte, war mit komplizierten Messinghalterungen beschlagen, die es ermöglichten, Landkarten zu beschweren, zu untersuchen, sie zu vergrößern oder sie pantographisch zu vervielfältigen.

Lord Darcy nahm auf dem nächstgelegenen Stuhl mit der hohen Walnußrückenlehne Platz und legte die Hände auf den Tisch. In seinen Jahren als Oberster Ermittlungsrichter des Herzogtums Normandie hatte er in diesem Zimmer schon viele Stunden verbracht, in denen er die Grundrisse der wichtigsten und vieler kleinerer Schlösser und Burgen im Reich studiert und seinem Gedächtnis eingeprägt hatte. Dieses Wissen hatte sich mehr als einmal als äußerst nützlich erwiesen.

Der Marquis Sherrinford erhob sich von seinem Stuhl. »Ich danke Euer Lordschaften für Euer Kommen«, sagte er. »Ich will mich so kurz fassen wie möglich, weil ich weiß, daß Ihr alle wichtige Arbeit aufschieben mußtet, um hierherkommen zu können.«

»Und all das, obwohl wir nicht einmal eine Erklärung erhielten«, warf Herzog Richard ein. »Das ist ein Beweis für die Hochachtung, die wir alle Euch zollen, My Lord Marquis.«

»Ich versichere Euer Hoheit, daß ich Euer Vertrauen nicht mißbrauchen würde«, antwortete der Marquis Sherrinford. »Ich will Euch ein Schreiben vorlesen, das heute mittag hier eintraf; es war an mich gerichtet.« Er nahm den Brief vom Tisch und entfaltete ihn. »Es wurde zuerst von Lord Peter geöffnet und dann unmittelbar an mich weitergeleitet«, erläuterte er und begann vorzulesen.

An seine Lordschaft, den Ehrenwerten Marquis Sherrinford.
Von seiner Lordschaft, dem Marquis von London.
Am Montag, dem 25. April, im Jahre des Herrn 1988.

Seid gegrüßt, Edler Vetter.
Ich zögere, Euer Lordschaft zu belästigen, da Eure ganze Kraft wohl durch die Planung der Krönung seiner königlichen Hoheit in Anspruch genommen werden dürfte. Ich selbst wäre auch gekommen, aber, wie Ihr wißt, halten mich dringende Geschäfte in London auf …

»Dringende Geschäfte!« unterbrach Herzog Richard lachend. »Dringende Gewichte wäre wohl der richtigere

Ausdruck. Er hat seinen Palast doch seit ungefähr dreizehn Jahren nicht mehr verlassen. Es gibt keine Kutsche, die sein Gewicht aushalten würde. Er müßte einen Schleppkahn anheuern. Bestimmt wiegt er seine dreißig Stone.«

»Dennoch«, wandte der Marquis Sherrinford ein, »erfüllt er sehr wohl alle seine Pflichten als Oberster Magistrat der Stadt London.«

»Das stimmt«, pflichtete Sir Darryl ihm bei, und sein kantiger, knochiger Kopf nickte dabei. »Der Mann verläßt sein Haus zwar nie, und doch weiß er mehr davon, was in London geschieht, als wenn er den ganzen Tag herumliefe und um Ecken lugte. Und es ist wahrhaft erstaunlich, was er aus einem kleinen Staubfleck oder einem Essensrest auf einer Weste alles ableiten kann.«

»O ja«, stimmte Herzog Richard ihm zu. »Der Mann ist ein brillanter Ermittler, keine Frage. Wie ich glaube, ein Verwandter von Euch, Darcy?«

»Ein entfernter Cousin«, antwortete Lord Darcy.

»Genau«, sagte der Marquis Sherrinford. »Wenn Euer Hoheit mir gestatten würde, jetzt fortzufahren ...«

»Natürlich«, antwortete Herzog Richard. »Ich bitte um Verzeihung.«

»›... halten mich dringende Geschäfte in London auf‹«, setzte der Marquis wieder an.

> *Im Zuge einer Routineuntersuchung einer Serie bizarrer Einbrüche bin ich auf eine bestimmte Information gestoßen. Da Ihr Euch um die Sicherheit unseres geliebten Königs John sorgt, hielt ich es für angebracht, sie an Euch weiterzuleiten. Wahrscheinlich hat sie keinerlei Bedeutung, doch könnt Ihr das besser beurteilen als ich.*

Bei der Erwähnung der Sicherheit des Königs verspannte sich die Atmosphäre im Raum spürbar. Für diese Männer war der Ausdruck ›unser geliebter König John‹ nicht nur eine Floskel, sondern er entsprach ihrer ehrlichsten Überzeugung.

Es folgen nun die Einzelheiten, soweit wir sie kennen:
Der Einbrecher, wie sich herausstellte, ein gewisser Edelmann Albert Chall, wurde am Sonntag – gestern – von meinem Assistenten Lord Bontriomphe gefaßt, dem eine gewisse primitive Schlauheit zueigen ist. Beim Versuch, über ein Dach zu entkommen, sprang Edelmann Chall über eine Brüstung und stürzte sechs Stockwerke in die Tiefe auf einen gepflasterten Gehsteig.
Lord Bontriomphe erreichte ihn im Augenblick des Todes – es ist fast ein Wunder, daß er überhaupt solange überlebte – und führte mit ihm noch ein kurzes Gespräch, das er mir danach wortwörtlich wiedergab. Ich bin sicher, daß Ihr mit Lord Bontriomphes Fähigkeiten auf diesem Gebiet vertraut seid. Ich zitiere das Gespräch in voller Länge:
BONTRIOMPHE: Bleibt ruhig liegen, ich habe schon um eine Ambulanz geschickt.
CHALL: Das nützt nichts. Das wißt Ihr doch, Chef. Schaut mich an; ich habe mir alles gebrochen. Ich fühle nichts mehr.
B: Kann ich irgend etwas für Euch tun?
C: Ich muß Euch etwas sagen.
B: Über die Einbrüche? Ihr braucht nicht …
C: Nein, nein – es ist etwas anderes. Ich habe mir das sozusagen als Trumpfkarte im Ärmel bewahrt, für den Fall, daß ich erwischt werde. Aber jetzt brauche ich sie nicht mehr. Ich brauche überhaupt nichts mehr. Ich will es loswerden, für den Fall, daß ich … daß ich es nicht mehr schaffe. Und es sieht so aus, als würde ich es nicht schaffen.
B: Worum geht es?
C: Ich hätte es Euch ohnehin erzählt. Das begreift Ihr doch, nicht? Ich hätte es Euch ohnehin vor dem ersten Juni erzählt. Das wißt Ihr doch, nicht?
B: Was denn?
C: Über das Attentat auf Seine Majestät. Das hätte ich nicht zugelassen. Ihr glaubt mir doch, nicht wahr? Ich hätte es Euch ohnehin erzählt. Das wißt Ihr auch.
B: Natürlich weiß ich das. Ich glaube Euch. Erzählt mir alles darüber.

C: Ich habe zufällig davon erfahren. O Gott, der Schmerz fängt an. Es tut fürchterlich weh. Ich muß innen drin völlig zerschmettert sein.
B: Noch eine Minute, dann kommt ein Heiler. Sprecht mit mir – das lenkt Euch vom Schmerz ab. Um was für ein Attentat auf Seine Majestät geht es?
C: Ich habe ihr Gespräch belauscht. Bei meinem Zehnprozenter. Sie wußten nicht, daß ich da war. Sie wollen Seine Majestät bei der Krönung umbringen. Sie haben es schon lange geplant, so hat es sich jedenfalls angehört.
B: Wer? Wer sind sie denn?
C: Ja – die Polen natürlich. Ich dachte, das hätte ich schon gesagt. Es ist ja nicht so weit, wenn man erst einmal angefangen hat. Der Trick besteht darin, den richtigen Hut zu tragen. Man kann jeden täuschen, wenn sie nur den richtigen Hut sehen. Und ... und ... und er zeigt in die falsche Richtung!

Und mit diesen Worten verstarb Albert Chall, Meisterdieb. Wir vermuten, daß der letzte Satz das delirierende Gefasel des Sterbenden sein dürfte, aber was den Rest anbelangt, sind wir uns dessen nicht sicher. Natürlich tun wir, was wir können, um die Geschichte zu überprüfen, aber es gibt kaum Hoffnung darauf, daß wir mehr in Erfahrung bringen können als das, was er im Sterben sagte.
Besonders gehen wir der Frage nach, um wen es sich bei seinem ›Zehnprozenter‹ handelt. Es besteht eine gewisse Chance, daß wir diese Person lokalisieren und verhören können, und ich würde Euch nach einem solchen Verhör selbstverständlich sofort von den Ergebnissen in Kenntnis setzen. Soweit wir wissen, war Edelmann Chall des Polnischen nicht mächtig. Solltet Ihr weitere Informationen von uns brauchen, so laßt es uns bitte per Eilpost wissen.

Lang lebe seine Majestät John IV.
In Eile.
London

Der Marquis legte das letzte Blatt des Briefs ab und blickte in die Runde. »My Lords?« fragte er.

Mit bleichem Gesicht erhob sich Herzog Richard. »Lang lebe Seine Majestät, mein Bruder John«, sagte er leise.

»Amen«, bekräftigte der Erzbischof von Paris.

Sechs Männer im Raum bekreuzigten sich. »Am ersten Juni? Das ist der Krönungstag«, sagte Herzog Richard. »In knapp drei Wochen. Was können wir tun?«

»Ich habe euch alle hierhergebeten, um mir bei der Entscheidung zu helfen, was nun geschehen soll«, teilte der Marquis Sherrinford ihm mit. »Euer Hoheit, weil Ihr als Herzog der Normandie für die Sicherheit eines jeden im Herzogtum verantwortlich seid. Lord Darcy, weil er als Oberster Ermittlungsrichter des Adelsgerichtshofs sowie als Beaufsichtigter der Sicherheitsmaßnahmen auf Schloß Christobel während der Krönungsfeierlichkeiten in alle unsere Entscheidungen eingebunden ist oder sein wird. Euer Gnaden, weil Euer Rat wertvoll ist und weil die Hilfe der Kirche sich als von unschätzbarem Wert erweisen könnte. Master Sir Darryl Longuert, weil Ihr als hochrangiger Vertreter der Hexergilde uns dabei helfen müßt, unsere, äh, magischen Verteidigungsmaßnahmen zu planen und zu verstärken, sofern wir welche haben.

Und ich bin als Hofkämmerer des Königs natürlich ganz unmittelbar für die Sicherheit Seiner Majestät verantwortlich. Und ich darf Euch versichern, daß ich diese Pflicht sehr ernst nehme.«

»Meint Ihr, daß diese Sache auch nur *möglicherweise* stimmen könnte?« fragte Herzog Richard, als er langsam wieder Platz nahm. »Es ergibt doch keinen Sinn!«

»Seine Hoheit hat recht«, warf der Erzbischof ein. »Die Bedrohung des Lebens Seiner Majestät durch König Casimir – oder durch irgendeinen anderen Polen – ergibt wirklich überhaupt keinen Sinn. Gewiß, offiziell sind wir zwar Feinde, aber tatsächlich ... Ich kann einfach nicht glauben, daß er so töricht sein könnte!«

»Was meint Ihr, Darcy?« fragte Herzog Richard. »Wie seht Ihr die Sache?«

Lord Darcy überlegte. Von ihm erwartete man, daß er um derlei Dinge wußte, und seine Antwort würde einiges Gewicht haben.

Den größten Teil des 20. Jahrhunderts hatten es die Könige von Polen auf Expansion abgesehen. Zunächst hatten sie sich damit begnügt, gen Osten vorzustoßen, wo sie einen kleinen baltischen Staat nach dem anderen in die polnische Hegemonie einfügten.

Mitte der dreißiger Jahre hatte König Sigismund III den größten Teil des Gebiets von Reval im Baltikum bis Odessa am Schwarzen Meer annektiert oder kontrolliert. Doch dann hatten die russischen Staaten im Osten eine lockere Koalition mit dem Ziel gebildet, eine riesige Armee auszuheben, um weiteren polnischen Expansionen Einhalt zu gebieten. Und da zu dieser russischen Koalition auch Staaten tief im Herzen Asiens gehörten, hätte diese Armee wirklich *sehr* riesig werden können.

Also entschied König Casimir IX, Sigismunds Sohn und Erbe, daß es klüger sei, sich im Westen umzuschauen als im Osten, und er hatte seinen habgierigen Blick auf die desorganisierten und zersplitterten deutschen Staaten geworfen, die eine Pufferzone zwischen dem Slawischen und dem Anglo-Französischen Reich bildeten.

Solange die Polen nach Osten expandierten, hatten ihre Anglo-Französischen Mejestäten dem wenig Beachtung geschenkt. Die Reichsgebiete von Neu-England und Neu-Frankreich am anderen Ufer des Atlantik hatten ihre Aufmerksamkeit größtenteils gefesselt und gestatteten es dem Anglo-Französischen Reich, sich gerade so schnell auszudehnen, wie es ihm möglich war, um seine neuen Länder und neuen Völker noch verantwortungsbewußt zu verwalten. Die russischen Staaten waren ihnen, genau wie der ganze Rest Asiens, um ganze Welten entfernt erschienen.

Doch als die Polen ihren Blick gen Westen richteten, sahen sie, daß ihr Zugang zum Mittelmeer und zur Nordsee vom Anglo-Französischen Reich oder den von ihm anhängigen Staaten verstärkt wurde. Nicht daß die deutschen Staaten aus einem anderen Grunde auf das Anglo-Französische Reich angewiesen wären als dazu, die Polen aufzuhalten. Theoretisch schuldeten sie dem Anglo-Französischen Kaiser zwar Tribut, weil er Teilnachfolger des alten Heiligen Römischen Reichs war, tatsächlich aber hatten sie nicht einmal ein Zwölftel davon an die Plantagenet-Könige bezahlt und würden es auch niemals tun. Doch sie wußten, daß sie mit dem Anglo-Französischen Reich im Westen König Casimir sagen konnten, daß er zur Hölle fahren solle; so wie sie mit dem Polnischen Reich im Osten so unabhängig von Anglo-Französischen Einflüssen bleiben konnten, wie sie nur wollten. Das war ein Balanceakt, den sie immer mehr gemeistert hatten.

Und außerdem brachten die deutschen Staaten gute Kämpfer hervor. Ihre Männer dienten als Söldner in der Anglo-Französischen Legion wie auch in der Hälfte aller anderen Weltarmeen. Wenn Bayern, Hannover, Hessen, Preußen und all die anderen deutschen Kleinstaaten jemals aufhören sollten, einander zu bekriegen, um sich zusammenzuschließen, könnte daraus eine recht explosive Kombination werden. Und deshalb wollte niemand etwas unternehmen, um eine derartige Entwicklung zu ermutigen.

Doch Casimir begehrte freien Zugang zum Meer, das er nicht erreichen konnte. Zu Lande standen ihm die Deutschen im Weg. Zu Wasser wurde der baltische Ausgang zum Atlantik durch die skandinavische Flotte blockiert, während die rumelische Flotte im Meer von Marmara die slavische Marine daran hinderte, das Schwarze Meer zu verlassen; und beide wurden darin bei Bedarf von der Anglo-Französischen Reichsmarine unterstützt.

Folglich sah sich König Casimir IX zu Wasser wie zu Lande durch die Plantagenets und ihr Reich blockiert. Er reagierte darauf, indem er eine mächtige Waffe schuf und sie gegen die Anglo-Franzosen einsetzte. Eine Waffe, von der er glaubte, daß sie ein Reich unterwandern könnte, sobald die Zeit dazu gekommen war. Vielleicht würde er es selbst nicht mehr erleben, doch würde es sein Sohn Stanislaw wahrscheinlich noch mitansehen, mit Sicherheit aber sein Enkel Sigismund.

Diese Waffe war die *Serka*. Diese Zusammensetzung mehrerer Begriffe bedeutete ungefähr ›rechter Arm des Königs‹. Die *Serka* war die polnische Geheimpolizei. Sie hatten ihren Treueeid allein dem König Casimir geschworen, und sie bestand aus hervorragend ausgebildeten, äußerst loyalen Agenten des *Amts V*, der Außenabteilung West. Ihr Ziel war der Sturz der Plantagenet-Dynastie und des Anglo-Französischen Reichs.

Doch alledem, was vielleicht ein Hinweis darauf hätte sein können, weshalb Agenten von Casimir IX durchaus den Tod des Königs John IV hätten planen können, stand die alles überschattende Frage gegenüber, warum sie dies tatsächlich hätten tun sollen. Denn der Tod Johns würde das Getriebe der Anglo-Französischen Regierung nicht zum Stillstand bringen. So fähig John auch sein mochte, gab es doch auch andere Plantagenets, die den Thron jederzeit hätten besteigen können. Sollte das Parlament zu der Auffassung gelangen, daß Johns Söhne für das Amt alle noch zu jung oder vielleicht aus anderem Grunde ungeeignet waren, so hätte immerhin Herzog Richard als König oder Regent fungieren können. Und es gab auch noch weitere männliche wie weibliche Mitglieder der Plantagenet-Linie, die dafür geeignet gewesen wären.

Wenn der Tod Johns auch einiges durcheinandergebracht hätte, so hätte dies doch auch die Gefahr der Entdeckung mit sich gezogen. Denn wäre es jemals gelungen, den Tod eines regierenden Plantagenet eindeutig dem polnischen König zuzuschreiben, so hätte dies sofortigen Krieg bedeutet; einen Krieg, den Polen unmöglich gewinnen könnte.

»Ich verstehe es nicht, Euer Hoheit«, meinte Lord Darcy. »Ich will damit nicht sagen, daß der Dieb gelogen hat, aber entweder steckt noch mehr hinter dem Plan, von dem er nichts wußte, oder er hat das, was er hörte, mißverstanden.

Den Tod Unseres Geliebten Herrschers zu planen, leuchtet mir in keiner Weise ein. Nicht einmal für die Polen.«

»Worum könnte es sich denn dann handeln?« wollte Seine Gnade der Erzbischof wissen. »Was könnte es noch bedeuten?«

Lord Darcy wandte sich an Lord Peter. »Was haltet Ihr davon?« fragte er.

Der Marquis Sherrinford hob die Hand. »Ich sollte vielleicht erklären«, teilte er dem Erzbischof mit, »daß Lord Peter neben seiner Funktion als mein Privatsekretär, die er zu meiner vollen Zufriedenheit ausübt, zugleich Lord Commander Seiner Majestät Allergeheimsten Dienst ist.«

»Ah!« machte Erzbischof Maximilian und blickte Lord Peter an. »Dann seid Ihr also der berühmte Q, wie? Ich wußte zwar, daß Großmeister Lord Petrus de Berquehomme der Oberste Hexer des Allergeheimsten Dienstes war, aber was die Identität seines, äh, Chefs anging, hielt er sich immer sehr zurück.«

»Woher wußtet Ihr *überhaupt* davon, Euer Gnaden?« fragte der Marquis Sherrinford scharf.

Der Erzbischof von Paris wirkte etwas verlegen. »Ich, äh, war Lord de Berquehommes Beichtvater, solange er in Paris war. Doch in dieser Funktion hätte ich es natürlich niemals erwähnen dürfen. Ich habe auch, äh, dabei geholfen, die Zauber für die Identitätsperlen zu entwickeln. Lord de Berquehomme bat mich aufgrund einer theoretischen Arbeit um Unterstützung, die ich einmal über das Gesetz der Gleichzeitigkeit verfaßt und veröffentlicht hatte. Es war wirklich ein anregendes kleines Problem. Ich muß zugeben, daß es für mich ein recht abenteuerliches Gefühl war, in solch engen Kontakt mit dem Allergeheimsten Dienst zu kommen. Ich hoffe, daß ich ihm in bescheidenem Umfang behilflich sein konnte.«

»In der Tat«, sagte Lord Peter. »Für den Dienst ist es von äußerster Wichtigkeit, eine Möglichkeit zu haben, unsere Agenten zu identifizieren, ohne daß das dabei verwendete Mittel gefälscht oder vervielfältigt werden kann oder den

Agenten unfreiwillig verrät. Da habt Ihr wirklich einen äußerst wertvollen Dienst geleistet. Lord de Berquehomme hat mir nie von Eurer Verbindung zu diesem Spezialproblem erzählt.«

»Das geschah allein auf mein Drängen hin, wie ich Euch versichern kann«, antwortete der Erzbischof. »Für einen Erzbischof war es doch eigentlich eine viel zu, äh, trügerische Beschäftigung. Wenngleich ich gestehen muß, daß ich die Herausforderung genoß.«

»Ein hübsches Problem«, meinte Sir Darryl. »Ich habe oft das, hm, Ergebnis bewundert. Irgendwann würde ich mich gern einmal darüber unterhalten, wie Ihr die Symbolparameter dabei gehandhabt habt.«

»Darüber wäre ich entzückt«, erwiderte der Erzbischof dem Hexer. »Natürlich nur mit Erlaubnis von Lord Peter.«

Lord Peter nickte. »Natürlich haben wir vor unserem Hofhexer keine Geheimnisse«, meinte er. Doch er klang nicht allzu glücklich dabei.

Sir Darryl lachte. »Ihr habt natürlich recht«, sagte er, wobei er sich eher auf Lord Peters Miene als auf seine Worte bezog. »Je weniger Leute darum wissen, um so geringer die Möglichkeit, daß die falschen davon erfahren. Euer Gnaden, ich ziehe meine Bitte zurück.«

»Sagt mir eins«, unterbrach Herzog Richard, »was wird denn genau unter einem Zehnprozenter verstanden? Ich bin mit dem Begriff nicht ganz vertraut.«

»Das entstammt der Diebessprache, Euer Hoheit«, erklärte Lord Darcy. »Ein ›Zehnprozenter‹ ist ein Hehler, also jemand, der gestohlenes Gut übernimmt. Zehnprozenter wird er genannt, weil er etwas mehr als ein Zwölfer pro Pfund Diebesgut bezahlt, also ungefähr zehn Prozent vom Wert.«

»Ich verstehe«, sagte Herzog Richard. »Dann heuert Seine Slawische Majestät also Diebe an, die für ihn spionieren sollen. Die Spionage ist eine solch niederträchtige Angelegenheit, daß ich überrascht bin, daß sich selbst ein guter Anglo-Französischer Dieb dafür hergeben kann.«

Plötzlich fiel ihm etwas ein, und er wandte sich an Lord Peter. »Es tut mir leid«, sagte er. »Ich wollte damit nicht andeuten ...«

»Das ist schon in Ordnung, Euer Hoheit«, antwortete Lord Peter. »Es ist eine sehr häufige Reaktion. Die Spione *der anderen Seite* sind alle nur ekelerregender Abschaum, unwürdig, daß man sich an ihnen auch nur die Stiefel abwischt, während *unsere* Spione edle Gentlemen sind, die aus Liebe zu König und Vaterland ihr gefährliches Geschäft betreiben. Ich wünschte, daß es so wäre, Euer Hoheit, aber ich fürchte, daß dieses Wunschbild manchmal fehlgeht – und zwar in beide Richtungen.«

»Was haltet Ihr denn von dieser Nachricht, Lord Peter?« wiederholte Lord Darcy.

Lord Peter überlegte. »Wie Ihr Euch vorstellen könnt, habe ich die Angelegenheit in den letzten paar Stunden sorgfältig durchdacht«, erwiderte er. »Und ich muß die Möglichkeit einräumen, daß es stimmen könnte. Bitte, versteht mich nicht falsch, es gibt keinen *Beweis* dafür. Und das ist eine Überraschung. Denn selten geschieht etwas von dieser Größenordnung, ohne daß wir nicht mindestens den Hauch einer Andeutung erfahren würden. Aber es ist durchaus möglich. König Casimir hat in der Vergangenheit schon manches Mal sehr unkluge Entscheidungen getroffen. Und außerdem gibt es da noch die entfernte Möglichkeit, daß es sich um eine Operation der *Serka* handelt, von der der König überhaupt nichts weiß.«

»Ihr meint also, daß wir es möglicherweise mit einem ›Will mir denn niemand diesen lästigen Priester vom Hals schaffen‹-Syndrom zu tun haben?« fragte Erzbischof Maximilian.

»Genau, Euer Gnaden«, stimmte Lord Peter ihm zu. »Es könnte durchaus sein, daß irgendein *Serka*-Beamter auf eigene Faust entschieden hat, daß sein König *in Wirklichkeit* den Tod Seiner Majestät wünscht, auch wenn er nichts davon verlauten läßt.«

»Die Frage ist nur, was wir dagegen tun sollen«, warf Herzog Richard ein. »My Lord Marquis, Ihr seid verantwortlich für die Sicherheit Seiner Majestät. Welche Vorsichtsmaßnahmen gedenkt Ihr zu ergreifen?«

»Ich denke, Lord Darcy und ich werden uns zusammen mit Oberst Lord Waybusch, der für die Sicherheit auf dem Schloß verantwortlich zeichnet, beraten müssen«, gab der Marquis Sherrinford zur Antwort. »Es ist eine heikle Frage, Euer Hoheit. Wir haben es mit Delegationen von mehr als hundert Zünften zu tun, mehreren hundert verschiedener Organisationen und an die sechzig unabhängiger und nicht ganz so unabhängiger Staaten, die nächste Woche zu den Krönungsfeierlichkeiten hier eintreffen werden. Einschließlich des Thronfolgers Seiner Allerslawischsten Majestät und des polnischen Außenministers. Natürlich hat Seiner Majestät Sicherheit oberste Priorität.«

»Keiner von diesen Leuten wird Seine Majestät zu Gesicht bekommen, es sei denn unter sorgfältig abgesicherten Bedingungen«, wandte Herzog Richard ein. »Sir Darryl, können wir dafür sorgen, daß einige Sensitive an den Türen zum Thronsaal stehen, während diese Leute eintreten? Um sie sofort zu packen, sollten sie in mörderischer Absicht kommen? Ließen sich mörderische Absichten überhaupt erspüren?«

Der Hofhexer von England dachte einen Augenblick nach. »Ganz so einfach ist das nicht«, antwortete er. »Man kann etwas unternehmen, aber so eindeutig klar würde das nicht werden, es sei denn, wir hätten sehr viel Glück. Ihr müßt nämlich wissen ...«

In diesem Augenblick klopfte es an die Tür, und die fünf Männer zuckten erschrocken zusammen. *Die Wirklichkeit klopft an*, dachte Lord Darcy. *Und wir sind noch nicht bereit für die Wirklichkeit.*

»Entschuldigt mich, My Lords«, sagte der Marquis Sherrinford. »Alle haben Anweisungen, hier nur anzuklopfen, wenn es sich um etwas äußerst Wichtiges handelt. Ich sollte wohl besser einmal nachsehen, worum es geht.«

»Ja, ja«, meinte der Erzbischof. »Geht nur.«

Der Marquis Sherrinford öffnete die Tür einen Spalt und blickte hinaus. »Ja?«

»Bitte um Verzeihung, Euer Lordschaft«, ertönte eine barsche Stimme aus dem Gang. »Aber Oberst Lord Waybusch hat mich um Lord Darcy geschickt. Er möchte bitte sofort kommen. Ist seine Lordschaft da?«

»Ja, ich bin hier, Serjeant Martin«, rief Lord Darcy, der den Franko-Normannischen Akzent des Adjutanten des Obersten erkannte. »Worum geht es?«

Serjeant Martin trat ins Zimmer und nahm eine steife Habachtstellung ein. »Bitte um Verzeihung, My Lord«, sagte er. »Aber es geht um Mord. Um einen niederträchtigen Mord und zugleich um einen unmöglichen.«

Lord Darcy stand auf. »Wo?« fragte er. »Und wer wurde ermordet?«

»In der Bäckerei des Edelmanns Bonpierre in Zwischen den Mauern, My Lord. Meisterhexer Raimun DePlessis.«

»DePlessis?« Sir Darryl stand unwillkürlich auf, als wollte er irgend etwas erledigen. Doch dann erkannte er, daß es zu spät dazu war, und nahm wieder Platz. »Oh, oh«, machte er. »Ein wunderbarer Mann. Wie seltsam.«

»Wie bitte?« Der Erzbischof von Paris sah erschrocken aus. »Was ist mit Meister DePlessis?«

»Er war das Opfer, Euer Gnaden«, antwortete Serjeant Martin. »Sein Herz wurde durchbohrt, obwohl es weit und breit keine Waffe gab und keinen Zu- oder Ausgang im Gebäude.«

»Unglaublich«, sagte der Erzbischof und bekreuzigte sich. »Erst gestern abend habe ich mit ihm gespeist. Ein prächtiger Heiler. Ein brillanter Theoretiker.«

»Ich bin schon unterwegs«, sagte Lord Darcy. »Schickt jemanden um Master Sean O Lochlainn, er soll mich dort treffen.«

»Das wurde bereits veranlaßt, My Lord«, meldete Serjeant Martin.

5

Die Erbauung von Schloß Christobel war ein Prozeß, der seit dem 13. Jahrhundert im Gange war. In den vergangenen siebenhundert Jahren hatte man die ursprüngliche Festung so oft erweitert, verändert und aufs neue erbaut, daß nur ein sorgfältiges Studium der Baupläne Klarheit darüber verschaffen konnte, welcher Teil wann erbaut wurde, wenn man einmal von dem uralten, zentralen Arthurs Hort absah.

Das stattliche und wohlgeschützte Normannentor war als Hauptzugang zum Schloß entworfen worden. Von einem breiten Graben geschützt, blickte es auf einen sanften Abhang und war das einzige Tor, das mit einer Kutsche zu erreichen war. Im Laufe der Jahrhunderte hatte man es einer Gruppe von Gemeinen, die im Schloß dienten, gestattet, am Abhang draußen vor dem Tor ihre Häuser zu erbauen, und so war eine Stadt entstanden. Im 16. Jahrhundert hatte man den Schloßgraben aufgeschüttet und eine neue Schloßmauer bis zum Fuß des Hügels gezogen, die Stadt damit umfriedend; seitdem trug sie den Namen ›Zwischen den Mauern‹.

Lord Darcy folgte gerade dem Serjeanten Martin auf dem Fußgängerweg durch das Normannentor, durch eine Reihe schmaler, gewundener Straßen, die durch diese uralte Versammlung von Häusern und Läden führten. Der Regen schien für eine Weile aufgehört zu haben, doch der Himmel war immer noch völlig verhangen; und mit seiner schiefergrauen Farbe erzeugte er in den schattenlosen Straßen eine Atmosphäre der Düsternis. Als sie um eine Ecke schritten und in den Paternosterweg einbogen, erblickte Lord Darcy Gruppen tratschender Geschäftsleute, die sich entlang der schmalen Straße in verschiedenen Eingängen zusammengeschart hatten. *Es geht doch nichts über einen Mord*, dachte er trocken, *um vom Arbeitsalltag abzulenken*.

In einem Hauseingang stand dichtgedrängt eine kleine

Gruppe von Wachmännern, so daß Lord Darcy bereits wußte, welches Ziel sie ansteuerten, noch bevor er das Bäkkerschild erkennen konnte, das über ihren Köpfen hin und her schwang. Und die Schwaden hellblauen Rauches, die er aus dem Eingang hervorschweben sah, als sie näherkamen, sagten ihm, daß Master Sean O Lochlainn bereits vor ihm eingetroffen und schwer damit beschäftigt war, die gerichtsmedizinische Untersuchung der Leiche und des Tatorts durchzuführen.

Oberst Lord Waybusch stand mit sorgenvoller Miene neben der Ladentür. Ein gedrungener Mann Anfang Fünfzig mit einem dichten Schopf schwarzen Haares und breitem schwarzem Schnurrbart, trug der Oberst die scharlachrote, goldverzierte Paradeuniform der Schloßgarde, die so aussah, als wäre sie eigens dafür entworfen worden, um sein rauh-männliches gutes Aussehen zu betonen. »Freut mich, daß Ihr gekommen seid, Darcy«, knurrte er und streckte die große rechte Hand aus. »Die Aufgabe, in diesem gottverdammten Karneval die Ordnung aufrechtzuerhalten, ist schon schwierig genug, auch ohne daß man irgendwelche gottverdammten Geheimnisse lösen muß. Weise Euch diese Angelegenheit zu, wenn Ihr nichts dagegen habt. Wenn Seine Majestät einwilligt. Unmögliches Verbrechen; genau Eure Kragenweite.«

»Ich kenne keinerlei Einzelheiten, Oberst«, erwiderte Lord Darcy. »Könntet Ihr mich bitte aufklären?«

»Sind verdammt wenig Einzelheiten bekannt«, versetzte Oberst Lord Waybusch. »Natürlich werden wir mehr wissen, sobald Master Sean seine Voruntersuchung abgeschlossen hat. Der Chirurgus hat den Leichnam bereits begutachtet. Hat den Tod des Burschen bestätigt. Als wenn wir das nicht selbst wüßten.« Er blickte in die blaue Rauchwolke hinein, die das Innere des Ladens ausfüllte, dann wandte er den Blick wieder ab. »Möchte keinen Hexer bei der Arbeit stören«, sagte er. »Jeder, der etwas von seinem Fach versteht, würde seine Arbeit lieber ohne Einmischung von außen durchführen können. Ganz besonders Hexer.«

»Eine kluge und umsichtige Philosophie«, stimmte Lord Darcy ihm zu. Normalerweise zog er es vor, Tatort und Opfer so schnell wie möglich zu Gesicht zu bekommen; aber da Master Sean in seiner magischen Arbeit bereits weit fortgeschritten zu sein schien, erschien es ihm das Beste, darauf zu warten, daß er fertig wurde. Wenn man sich in Zauberei einmischte, hatte das für alle Beteiligten oft unerwartete und ungute Folgen.

»Der Edelmann dort drüben«, sagte Oberst Lord Waybusch und zeigte auf ein Quartett in Regenumhänge gehüllter Gemeiner, die in Gesellschaft zweier uniformierter Wachmänner nervös im Eingang eines weiteren Straßengeschäfts herumstanden, »der ältere mit dem Schurz, das ist Master Bonpierre, der Bäcker. Es ist sein Laden, und er hat den Leichnam auch gefunden. Bis Master Sean fertig ist, kann er Euch sagen, was es zu sagen gibt.«

»Danke, Oberst«, erwiderte Lord Darcy. »Ich werde sofort mit ihm reden.«

Lord Darcy ging zu den vier Händlern auf der anderen Seite der Straße hinüber. »Master Bonpierre?« fragte er.

Der ältere der vier Männer trat vor und nahm seine übergroße weiße Mütze ab. Es war ein dürrer Mann mit prominenter Nase, der vom Hals bis zum Knie unter seinem Regenumhang in einen weißen Schurz gekleidet war, der ihm um einige Nummern zu groß zu sein schien. »Euer Lordschaft«, sagte er, »das bin ich. Dieser Edelmann hier ist der Meisterkoch Virgil DuCormier, und das hier sind meine beiden Gesellen Paval Skettle und Robert Pitt.« Er deutete der Reihe nach erst auf einen kurzen, dunkelhaarigen Mann, der Mitte dreißig zu sein schien, sowie auf zwei gelassene, angespannt wirkende Männer Ende Zwanzig, die stumm hinter ihm standen.

Lord Darcy nickte. »Ich bin Lord Darcy, und ich werde die Ermittlungen in diesem Todesfall leiten. Ich muß euch einige Fragen stellen«, sagte er zu ihnen. »Ich habe gehört, daß die Bäckerei Euer Laden ist und daß Ihr den Leichnam gefunden habt. Ist das richtig?«

»Ja«, stimmte Master Bonpierre zögernd zu. »Zumindest ist es *tatsächlich* mein Laden. Und was das Finden der Leiche angeht, nun, wir haben sie gewissermaßen alle zusammen gefunden, könnte man sagen.«

»Es war grausig!« warf der Geselle Pitt ein. Master Bonpierre drehte sich zu ihm um und bedeutete ihm mit einem Blick zu schweigen. Morde waren eine Angelegenheit für Meister und nicht für bloße Gesellen.

»Erzählt mir davon«, schlug Lord Darcy vor.

Master Bonpierre legte nachdenklich den Kopf schräg, als wollte er ein Epos formulieren und dabei alles gleich beim ersten Mal richtig machen. »Es war so«, meinte er schließlich. »Wir treffen im Laden ein, alle drei, ganz genau um zwei Uhr, wie wir an der Glocke des Stephain erkennen. Wir treffen Master DuCormier dort, wie verabredet, und ich schließe die Tür auf. Doch die Tür will nicht aufgehen, obwohl sie entriegelt ist. Ich bin überrascht.«

»Ihr macht normalerweise um zwei Uhr auf?« unterbrach ihn Lord Darcy.

»Den Laden ja«, erwiderte Master Bonpierre, der etwas irritiert wirkte, weil man seinen Redefluß unterbrochen hatte. »Ich bin, wie ich sagte, überrascht. Zuerst denke ich, sie hat sich wegen des Wetters verklemmt – vom Regen aufgeschwemmt, Ihr versteht. Aber das hat sie noch nie getan, und tatsächlich ist es auch diesmal nicht der Fall. Ich drücke gegen die Tür, doch es nützt nichts. Sie will nicht aufgehen. Das ist nichts Gewöhnliches.«

»Warum so spät?« setzte Lord Darcy hinzu.

Master Bonpierre seufzte. »Unsere Öfen befinden sich nicht im hinteren Teil des Ladens«, erklärte er. »Statt dessen sind sie in einer eigenen Bäckerei, die an der neuen Mauer gebaut wurde. Dorthin gehen wir morgens um vier, um Brot zu backen. Dort verkaufen wir auch unsere Dutzendware, an die Schloßküchen, an das Militär, an die Gasthöfe. Um zwei öffnen wir dann diesen Laden hier für den Handel, die Lehrlinge bringen die Ware herüber, und wir lassen den Laden so lange offen, bis alles ausverkauft ist oder bis zur Vesper. Je nachdem, was zuerst da ist, könnte man sagen.«

»In diesem Laden hier gibt es keinen Ofen?«

»Nur einen kleinen für Spezialaufträge«, erwiderte Master Bonpierre. »Für Hochzeitstorten und so. Den großen haben wir zum letzten Michael in einen Konservierer verwandelt.«

»Warum habt Ihr Euch mit Master DuCormier draußen vor dem Laden getroffen?« wollte Lord Darcy wissen. »Arbeitet er denn nicht für Euch?«

»Nein«, antwortete Master Bonpierre.

»Ich bin zur Zeit in der Schloßküche tätig«, erläuterte Master DuCormier mit starkem französischen Akzent, als er vortrat. »Ich bin der Chef der Kuchen und Torten sowie *des confitures* ... Auch die Tafeldekorationen mache ich. Ich bin eigens zur Krönung Seiner Hoheit aus Paris gekommen. Ich werde die Torte für den Empfang kreieren.«

»Ich verstehe«, sagte Lord Darcy. »Und Ihr seid hierhergekommen ...?«

»Um den Verkauf *des souvenirs gateaux* zu organisieren – der kleinen Küchlein, die an das Fest erinnern sollen.«

»Höchst lobenswert«, meinte Lord Darcy. »Danke, daß Ihr mich aufgeklärt habt.« Dann wandte er sich wieder an Master Bonpierre. »Und nun fahrt bitte mit Eurem Bericht fort. Was geschah dann?«

»Jawohl, Euer Lordschaft. Um zwei Uhr treffen wir am Laden ein. Die Tür will nicht aufgehen. Ihr müßt wissen, daß ich mich mächtig dagegenstemme, aber sie will nicht weichen. Der Geselle Skettle, der ein kräftiger Bursche ist, drückt auch dagegen, aber ohne Erfolg. Was sollen wir tun? Jeden Augenblick können die Lehrlinge mit ihren Brottabletts eintreffen. Da fällt mir das Hinterfenster ein ...«

Master Bonpierre legte eine Kunstpause ein, damit seine Raffiniertheit gebührend bewundert werden konnte. »Dort könnte ein Mann einsteigen. Eine kleine Person.«

»Was ist denn mit den Frontfenstern?« wollte Lord Darcy wissen.

»Die sind beide vergittert, Euer Lordschaft. Das ist Vorschrift für Lebensmittelgeschäfte. Sie dient hauptsächlich dazu, kleine Kinder daran zu hindern, nachts einzusteigen und sich zu verletzen oder zu überessen.«

»Gibt es denn keine Hintertür?«

»Die gibt es, Euer Lordschaft, aber sie läßt sich nur von innen öffnen. Nachts ist sie doppelt verriegelt, und sie besitzt nicht einmal ein Schlüsselloch.«

»Aber das Hinterfenster?«

»Es befindet sich hoch über der Erde und wird nur zum Lüften benutzt. Es hat nur unten Scharniere, müßt Ihr wissen, und öffnet sich oben höchstens sechs Zoll weit. Normalerweise läßt es sich nicht weit genug öffnen, um einsteigen zu können. Aber da wir es hier mit einer unnormalen Situation zu tun haben, lasse ich den Gesellen Pitt einen Ziegel nehmen, um das Fenster aufzubrechen. Dann stemmen wir ihn durch das Fenster und kehren nach vorn zurück, damit er uns von dort einlassen kann.«

»Die Bäckerei scheint rechts und links an andere Gebäude anzuschließen«, bemerkte Lord Darcy.

»Ja, das tut sie«, bestätigte Master Bonpierre. »Dahinter gibt es eine Gasse, in die man durch ein verschlossenes Tor um die Ecke kommt. Diese Mühe haben wir uns heute nicht gemacht, statt dessen baten wir Gutefrau Brewler, durch ihren Laden gehen zu dürfen.« Er zeigte auf den Laden neben der Bäckerei, der offensichtlich Küchengeräte aus Silber, Messing und Hartzinn verkaufte.

Lord Darcy wandte sich an den hochgewachsenen, knochigen Jüngling. »Dann seid Ihr also durch das Fenster gestiegen, Geselle Pitt?«

Pitt knüllte seine Mütze zu einem Ball und verzerrte sein Gesicht beim konzentrierten Nachdenken. »Das habe ich getan, Euer Lordschaft«, bestätigte er. »Und ich bin auch ins Vorderzimmer gegangen und habe die Tür geöffnet. Sie war von innen verriegelt. Ich meine, verriegelt von innen … wie die Hintertür.«

»Wie konnte das geschehen?« wollte Lord Darcy wissen.

»Gar nicht«, antwortete Master Bonpierre. »Es ist völlig unmöglich. Es sei denn, sie wurde verzaubert.«

Lord Darcy beließ es dabei und wandte sich wieder an den Gesellen. »Warum habt Ihr denn nicht statt dessen die Hintertür geöffnet?« fragte er. »Euer Meister stand doch direkt davor, dann hätte er nicht erst nach vorne zurückkehren müssen.«

Pitt kratzte sich am Hinterkopf. »Daran habe ich nicht gedacht«, gestand er. »Der Meister hat mich beauftragt, die vordere Tür zu öffnen, also habe ich auch die vordere Tür geöffnet.«

»Und dann?«

»Und dann«, übernahm Master Bonpierre wieder das Wort und setzte seine nachdenkliche Beschreibung fort, »betrete ich den Laden. Auch ich wundere mich darüber, wie die vordere Tür von innen verriegelt sein kann. Der Geselle Skettle öffnet die Läden der vorderen Fenster, während ich die Lampen entzünde. Dann treffen die Lehrlinge mit ihren Tabletts voller guter französischer Brote ein. Ich ziehe meinen Regenumhang aus und gehe hinter die Theke, um das Brot in Empfang zu nehmen. Und dann ...«

Master Bonpierres Beschreibung geriet ins Stocken. Seine Augen weiteten sich, als sie in der Erinnerung noch einmal sahen, was sie erst eine Stunde zuvor geschaut hatten. »Und dann ... auf dem Boden hinter der Theke ... sehe ich ... ihn.«

»Ja?« sagte Lord Darcy. »Nehmt Euch Zeit.«

»Er liegt tot da – auf dem Boden hinter der Theke ... dieser übergroße Mann in der Robe eines Meisterhexers. Auf dem Boden hinter seinem Kopf hat sich viel Blut gesammelt. Ihr müßt wissen, daß der Boden nämlich eine Neigung hat. Er ist im Tode arrangiert, wie er dort liegt, müßt Ihr wissen.«

»Ihr meint gefaßt?« wollte Lord Darcy wissen. »Hat er sich mit seinem Tod arrangiert, als hätte er damit gerechnet oder als sei er dafür bereit?«

»Nein, nein«, widersprach Master Bonpierre. »*Arran-*

giert. Wie vom Bestattungsunternehmer. Die Füße zusammen. Die Arme gekreuzt – so – über dem großen Bauch. Sein Gewand straffgezogen und säuberlich um sich gefaltet. Es war ... irgendwie ein noch viel größerer Schock, als hätte er einfach nur dort gelegen.«

»Ich verstehe, was Ihr meint«, sagte Lord Darcy. »Und dann?«

»Dann schicke ich den Gesellen Skettle hinaus, um den nächsten Wachmann zu holen, die Lehrlinge schicke ich mit den Brottabletts zu den Öfen zurück; und wir, der Rest von uns, gehen hinaus, um auf ihn zu warten.«

»Ihr habt nichts im Geschäft berührt?«

»Nein, nein. Bestimmt nicht. Nicht nachdem wir den Leichnam entdeckten.«

»Das war sehr klug und hilfreich, danke«, erwiderte Lord Darcy. »Ihr wißt ja, daß wir es bei unseren Untersuchungen vorziehen, wenn der Tatort so unberührt bleibt wie möglich.«

Master Bonpierre erschauerte leicht. »Das war keine Überlegung, müßt Ihr wissen. Es fehlte uns einfach nur am Verlangen danach. Wir alle wollten lieber draußen vor dem Geschäft bleiben, solange dieser Leichnam sich dort drin befand.«

»Ich verstehe«, sagte Lord Darcy. Er blickte die anderen an. »Erzählt mir, hat einer von euch die Leiche wiedererkannt? Hat einer ihn schon einmal gesehen?«

Murmelnd verneinten die vier Bäcker die Frage. Keiner von ihnen hatte den Verstorbenen jemals lebendig gesehen, soweit sie sich erinnern konnten. Und keiner von ihnen wollte so etwas jemals wieder sehen müssen, nein, vielen Dank.

»Ich danke allen für die wertvolle Unterstützung«, sagte Lord Darcy zu ihnen. »Etwas später wird ein Wachmann kommen, um von jedem die vollständige Aussage aufzunehmen. Das sollte euch nicht aus der Fassung bringen, es ist lediglich Teil unserer Routinearbeit.«

Lord Darcy schritt durch den Laden mit den Küchengeräten und nickte Gutefrau Brewler höflich zu; ihr ungeheuer tiefer Hofknicks legte den Verdacht nahe, daß sie ihn mindestens für einen verkleideten Herzog halten mußte. Die Hintergasse war tatsächlich nichts anderes als eine einfache Hintergasse. Sie war gepflastert und saubergefegt. Sie schien keinen weiteren Zugang zu haben als die Hintertüren der Läden, die zu beiden Seiten an der Gasse lagen, und am gegenüberliegenden Ende das Tor. An einer Mauer stand ein kleiner Tisch, darum mehrere Stühle; dort würden einige der Ladenhändler wohl beim Kaffee zusammensitzen und ein Spielchen Karten wagen, wenn der Nachmittag ruhig war, schloß Lord Darcy.

Der hintere Teil der Bäckerei sah genauso aus wie beschrieben: eine Tür ohne Schlüsselloch, von innen verriegelt, und ein Fenster, das ungefähr sieben Fuß über dem Boden begann und aus dessen Rahmen erst vor kurzem alles Glas herausgeschlagen worden war. Links von der Tür befand sich unter dem Dachvorsprung ein Stapel alter Strohkörbe, die sich im Dienst des Bäckers abgenutzt hatten. Der fast unentwegt strömende Regen schien ihnen nicht besonders gut zu tun.

Lord Darcy überlegte, ob er sich hinaufziehen und durch das zerborstene Fenster hineinspähen sollte, entschied sich aber dagegen. Von innen würde er alles sehr viel besser sehen, sobald Master Sean bereit für ihn war. Er kehrte durch den Küchengeräteladen zurück zur Straße.

Ungefähr zehn Minuten später trat der runde kleine Justizhexer aus der Bäckerei, seinen kabbalistisch verzierten Reisesack in der Hand. Er stellte ihn vorsichtig neben der Tür ab und wischte sich mit großer Sorgfalt beide Hände an einem gebleichten weißen Baumwolltaschentuch, das er aus seinem Ärmel zog. »Ihr könnt jetzt hinein«, sagte er zu Oberst Lord Waybusch. »Ich bin vorläufig fertig. Aber bringt nur nichts durcheinander. Und seid besonders vorsichtig mit der abgedeckten Messingschale auf dem Dreifuß, denn die ist noch ziemlich heiß.«

»Ich habe keinerlei Interesse daran, hineinzugehen«,

erwiderte Oberst Lord Waybusch entschieden. »Das werde ich Lord Darcy hier überlassen. Hat ja wohl keinen Zweck, wenn ich dort herumstümpere, wo ich mich doch der Dienste zweier solch erfahrener Experten sicher weiß, wie ihr beide es seid.«

»Ah, Euer Lordschaft«, sagte Master Sean und drehte sich zu Lord Darcy um. »Habe Euch nicht gesehen. Möchtet Ihr Euch anschauen, was es zu sehen gibt?«

»In der Tat«, sagte Lord Darcy. »Ich habe mich in bewunderungswürdiger Geduld geübt, Master Sean, und den Laden gemieden, während Ihr beschäftigt wart. Laßt uns jetzt zusammen hineingehen, dann werde ich mir alles anschauen, während Ihr mir erzählt, was geschehen ist.«

»Wie ich Euch schon öfters sagte, My Lord, bin ich nur ein Magier, kein Wunderwerker«, wandte Master Sean ein. »Ich kann Euch vielleicht ein paar Fingerzeige geben, was geschehen ist, aber erwartet bitte von mir keine ausführlichen Einzelheiten. Die forensische Hexerei braucht Fakten, um arbeiten zu können; und wenn diese Fakten nicht vorhanden sind, kann auch die größte Magie der Welt sie nicht erschaffen.«

»Alles, was ich verlange, mein lieber Master Sean, sind die Fakten, die Ihr *tatsächlich* bereits gesammelt habt, und ebenso etwaige logische Schlüsse, die Ihr daraus ziehen könnt«, meinte Lord Darcy, in den Türeingang spähend. »Wie lange wird es dauern, bis dieser Qualm sich aufgelöst hat?«

»Ach so, ja«, sagte Master Sean. »Tut mir leid.« Er holte einen kleinen silbernen Stab aus der Ledertasche, die an seiner Hüfte hing. »Wenn Ihr einen Augenblick beiseite treten würdet, My Lord ...« Er blieb im Türrahmen stehen, die Beine fest in einer Stellung der Macht gespreizt, und fühlte mit der Linken im Raum heraum, als gäbe es irgendwo, gerade innerhalb seiner Reichweite, einen unsichtbaren Griff. Dann zog er mit dem Stab in seiner Rechten mehrere kleine Kreise in die Luft und murmelte dabei eine Reihe unverständlicher Formeln.

Plötzlich ertönte ein leises, in die Länge gezogenes Knistergeräusch, das erst nach ungefähr zwanzig Sekunden verstummte, dann war der Raum frei von Rauch.

»Ausgezeichnet, Master Sean«, lobte Lord Darcy.

»Anfängerkram, My Lord«, erwiderte Master Sean, und ein breites Lächeln legte sein rundliches Gesicht in Falten.

»Nun schön«, sagte Lord Darcy und rieb sich die Hände. »Dann wollen wir mal sehen, was es zu sehen gibt.« Er trat ins Zimmer und drehte sich langsam um, beobachtend und einschätzend, stimmte sich auf diesen Raum ein, der nun einen ermordeten Mann barg. »Was habt Ihr feststellen können, Master Sean?« fragte er.

Master Sean beugte sich vor, um seine auf dem Dreifuß ruhende Schale zu berühren, gelangte aber zu dem Schluß, daß sie immer noch zu heiß war, um sie zu verstauen. »Es ist ein Jammer«, meinte er. »Dort auf dem Holzboden liegen die sterblichen Überreste von Master Raimun DePlessis, einem wahren Gentleman und einem der größten theoretischen Thaumaturgen unserer Zeit.«

»Ein Freund von Euch?« fragte Lord Darcy mitfühlend.

»Ein flüchtiger Freund«, erläuterte Master Sean. »Aber dennoch ein Freund. Wir trafen uns gelegentlich auf Zaubererkongressen. Viele Male haben wir zusammen gespeist und uns unterhalten. Einmal sind wir sogar Koreferenten gewesen. Er war ein Heiler, müßt Ihr wissen. Den größten Teil seiner theoretischen Arbeit hatte er der Heilkunst gewidmet. Man wird ihn vermissen.«

Lord Darcy klopfte Master Sean auf die Schulter. »Und sein Mörder wird bestraft werden«, sagte er. »Wir sollten uns lieber darauf konzentrieren. Was habt Ihr festgestellt?«

»Ja, My Lord, Ihr habt recht«, erwiderte Master Sean. Er holte einen kleinen Notizblock aus seinem Umhang. »Das Opfer wurde durch einen von unten nach oben geführten Stoß durch das Herz getötet, und zwar von einer schmalen Klinge. Sie stieß zwischen der dritten und vierten Rippe hindurch und war mit Sicherheit tödlich. Der Tod setzte nur wenige Minuten nach der Verwundung ein. Im übrigen gab es keine weiteren Anzeichen für Gewaltanwendung, weder am Leichnam noch im Zimmer.«

Lord Darcy schritt zur Theke hinüber und musterte den großen Leichnam, der dahinter auf dem Boden lag. Irgend jemand, vermutlich der Mörder, hatte einige Zeit und Mühe darauf verwendet, den Toten selbst und seine Kleidung zu richten, bis er so aussah, als sei er für eine Beerdigung aufgebahrt. Lord Darcy schritt über die Theke und kniete am Fuß der Leiche nieder, um sie genauer zu begutachten. »Master DePlessis war ein sehr großer, hochgewachsener Mann«, meinte er. »Und er hat auch eine sehr sperrige Leiche hinterlassen. Zwischen der Theke und der Wand ist nicht viel Platz; wer die Leiche zurechtgemacht hat, muß dafür einen mächtigen Antrieb gehabt haben. Habt Ihr auf diesem engen Raum alles erhalten können, was Ihr brauchtet?«

»Tatsächlich habe ich den Leichnam auf die Theke gelegt, My Lord, natürlich erst, nachdem ich den Konservierungszauber darüber verhängt hatte. Nachdem ich fertig war, habe ich ihn zurückgelegt, und zwar so, daß Ihr ihn genauso vorfindet, wie er dort gelegen hat. Ich weiß ja nie genau, was für Euer Lordschaft Ermittlungen von Bedeutung sein könnte.«

»Das war sehr aufmerksam von Euch, Master Sean«, sagte Lord Darcy. »Aber ich habe jetzt alles gesehen, was es für mich hier unten zu sehen gibt. Helft mir, die Leiche wieder auf die Theke zu hieven.«

»Das wird nicht erforderlich sein, My Lord«, widersprach Master Sean. »Tretet einfach nur eine Sekunde beiseite.«

Lord Darcy machte einen Schritt zurück und sah zu, wie Master Sean mit wenigen Gesten den Leichnam vom Boden auf die Theke schweben ließ, die etwas zu ächzen begann, als sich die schwere Leiche auf ihr niederließ.

»Ich wußte gar nicht, daß Ihr das so einfach machen könnt, Master Sean«, bemerkte Lord Darcy. »Ich habe immer gedacht, daß Levitationen sehr viel komplizierter wären.«

»Oh, das sind sie auch, My Lord«, bestätigte Master Sean. »Aber als ich ihn das erste Mal schweben ließ, habe ich eine Wiederholungsbereitschaft eingebaut. Jetzt ist der Zauber verbraucht, so daß wir entweder einen weiteren Zauber brauchen werden oder zwei kräftige Männer, um Master DePlessis an seinen nächsten Ruheort zu bringen.«

Lord Darcy untersuchte den Körper. »Durchs Herz erstochen, sagt Ihr?« Er öffnete den Umhang des Hexers und sah, daß der Einstich durch die hellblaue Hexerrobe mit den Goldborten führte, die blutgetränkt war. Dort, wo der Kopf der Leiche geruht hatte, war eine kleine Blutpfütze zu erkennen, die noch nicht ganz geronnen war. Natürlich hatte der Gerinnungsprozeß im selben Augenblick aufgehört, als Master Sean einen Konservierungszauber über den Leichnam verhängte. Bis der Zauber entfernt wurde, würden keinerlei biologische Prozesse mehr stattfinden.

»Nicht allzuviel Blut«, bemerkte Lord Darcy. »Aber wenn er innerhalb von ein, zwei Minuten gestorben ist, dann hatte das Herz auch nicht mehr allzu viel Zeit, um noch Blut durch die Wunde zu pumpen.« Lord Darcy versuchte einen der gekreuzten Arme zu bewegen, doch der widersetzte sich seinem Zug und schnellte zurück. »Hm, die Starre setzt ein. Wann ist es Eurer Meinung nach wohl geschehen?«

»Drei bis dreieinhalb Stunden vor meiner Untersuchung, My Lord«, antwortete Master Sean. »Und das war vor ungefähr einer halben Stunde. Sagen wir also, daß Master DePlessis zwischen elf Uhr dreißig und zwölf Uhr starb.«

»Gut, einigen wir uns darauf«, meinte Lord Darcy. »Oh – was ist das denn?« Er öffnete die Hand des Leichnams und löste damit ein gefaltetes Stück Papier, das sich in der ursprünglich lockeren, jetzt aber eisenharten Faust verborgen hatte. »Habt Ihr das bemerkt?«

»Jawohl, My Lord, aber ich habe es Euch überlassen«,

gab Master Sean zur Antwort. »Ich hatte das Gefühl, daß das eher in Eurer Fachgebiet fällt als in meins.«

»Das habt Ihr richtig gesehen, Master Sean. Danke für Eure Weitsicht. Mal sehen.« Lord Darcy entfaltete das Papier und hielt es gegen das Licht der nächsten Lampe. »Ein steifes, gelbliches Papier, ungefähr vier mal sechs Zoll. An beiden Seiten von etwas anderem abgerissen, aber säuberlich. Wahrscheinlich mit einem Lineal.«

»Ja, Euer Lordschaft, aber was *steht* darauf?« verlangte Master Sean zu wissen.

»Ach so, jetzt begreife ich erst, daß Ihr Euch wirklich sehr beherrschen mußtet, um es nicht aus Master DePlessis' Hand zu entfernen, bevor ich eintraf«, bemerkte Lord Darcy. »Mal sehen. Mit breiter Feder geschrieben. Stahlfeder. Eher gedruckt als geschrieben. Wirklich schade, denn die Handschrift sagt doch soviel mehr über den Charakter aus. Unser Mörder hat uns hier zwar etwas hinterlassen, aber genügt es auch?«

»Das stammt also vom Mörder?«

»Ich glaube es. Bestimmt.«

»Nun, My Lord, was hat dann ...«

»Hier«, sagte Lord Darcy. »Lest selbst.«

Master Sean O Lochlainn nahm das gelbliche Papierrechteck und schritt zum Fenster hinüber.

»Ein Reim«, sagte er schließlich. »Ein Kinderreim.«

»Das ist eine höllische Botschaft«, bemerkte Lord Darcy und blickte durchs Fenster an den grauen Himmel. »Mir jagt sie Angst ein.«

Master Sean las selbst:

Zehn kleine Zauberer verzehrten Speis' und Wein,
der eine stopfte sich zu voll – da waren's nur noch neun.

6

»Es läßt sich auf verschiedene Weise deuten«, bemerkte der Erzbischof von Paris und rieb das Stück Papier nachdenklich mit Daumen und Zeigefinger seiner rechten Hand. »Als Erklärung, als Herausforderung, als Drohung, als Warnung; ja sogar als bloßen Kommentar. So, als sollte damit gesagt werden: ›Schaut mal, wie schlau ich bin.‹« Er glättete das Papier auf dem Tisch und reichte es an Lord Darcy zurück. »Auf jeden Fall aber glaube ich, daß Ihr recht habt, Darcy; wer immer das getan haben mag, ist in gefährlichem Ausmaß verrückt. Das ist allerdings nur meine Meinung als besorgtes Menschenwesen und nicht etwa als sonderlich befähigter Charakterrichter zweiter Instanz, ja nicht einmal als Kleriker und Sensitiver. Als Sensitiver kann ich diesem Papier nichts Nützliches entnehmen.«

Sie hatten sich um zehn Uhr abends im Privatarbeitszimmer der Privatsuite von Herzog Richard getroffen. Es war ein in strenger Schlichtheit und Funktionalität gehaltener Raum, durch keinerlei Verzierungen beladen mit Ausnahme des Wappens der Normandie an der gegenüberliegenden Wand und einem Porträt Seiner noch junger Majestät zwischen den etwas tiefer eingelassenen Fenstern der nahen Wand; alles zeigte deutlich, daß der Herzog der Normandie sich als ernstgesinnter Mann geben wollte. Was er auch tatsächlich war.

Herzog Richard, dessen hageres bebärtetes Gesicht in Sorgenfalten gelegt war, saß auf einem schweren, soliden, unverzierten Geoffrey-II-Holzstuhl hinter dem dazugehörenden Geoffrey-II-Tisch, der schon immer an derselben Stelle gestanden hat, seit der alte, kräftige, rheumatische Geoffrey II ihn dreihundert Jahre zuvor dort hatte aufstellen lassen. Um den Tisch waren dazu passende Stühle aufgestellt, auf denen dieselbe Versammlung saß wie schon zuvor im Kartenzimmer, allerdings ergänzt durch Master Sean O Lochlainn und Oberst Lord Waybusch. Die Gruppe bildete das, was der Marquis Sherrinford einen ›Sonderrat für die Sicherheit des Königs‹ zu nennen beliebte.

»Warum ›Zehn kleine Zauberer‹?« wollte Herzog Richard wissen.

»Vielleicht hat ihm einfach nur der Reim gefallen, Euer Hoheit«, schlug Lord Darcy vor. »Vielleicht hegt er aber auch einen Groll gegen neun weitere Hexer. Auf jeden Fall stammt der Vers ursprünglich aus einem alten Kinderreim.«

»Wirklich?« fragte Herzog Richard und richtete seinen düsteren Blick auf Lord Darcy. »Ich glaube nicht, daß ich den kenne.«

»Ein sehr englischer Reim, Euer Hoheit«, erklärte Lord Darcy. »Im Original geht es um ›zehn kleine Skreymalesen‹. Die Engländer glauben fest daran, daß die Leute von der Insel Skrey ... ich glaube, ›töricht‹ wäre wohl das beste Wort dafür.«

Oberst Waybusch nickte. »Ich erinnere mich«, sagte er. »Ein Kinderreim. Ist mir seit Jahren nicht mehr eingefallen. Ging ungefähr so:

Zehn kleine Skreymalesen verzehrten Speis' und Wein,
der eine stopfte sich zu voll – da waren's nur noch neun.
Neun kleine Skreymalesen auf dem Tor bei Nacht,
einer fiel herunter, bautz! – da waren's nur noch acht.«

»Ach, ich verstehe«, meinte Herzog Richard. »Eine immer kleiner werdene Aufzählung. Erinnert Ihr Euch noch an den Rest, Oberst?«

»Ich glaube schon, Euer Hoheit, obwohl es schon sehr lange her ist.« Oberst Lord Waybusch schürzte nachdenklich die Lippen.

Acht kleine Skreymalesen, die buken für die Lieben,
einer fiel ins Feuer rein – da waren's nur noch sieben.
Sieben kleine Skreymalesen, die ärgerten die Hex',
der eine wurde gleich verflucht – da waren's nur noch sechs.
Sechs kleine Skreymalesen ...

»Hm, mal überlegen ...«

Der Oberst stockte, dafür nahm Lord Peter Whiss die Rezitation auf:

Sechs kleine Skreymalesen, die zogen in die Sümpf',
einen hat das Moor verschluckt, da waren's nur noch fünf.
Fünf kleine Skreymalesen ...«

»Genug, genug – ich denke, wir haben das Prinzip begriffen«, sagte Herzog Richard abwinkend. »Eine Art Aufzählung von Katastrophen. In diesem Kontext muß man es wohl als versteckte Drohung werten. Danke, Lord Peter.«

»Wir können wohl nicht daraus schließen, daß der Mörder des armen Master Raimun ein Engländer ist?« fragte der Erzbischof von Paris. »Nicht daß uns das sonderlich weiterhelfen würde.«

»Ihr meint, weil er diesen Reim kennt, Euer Gnaden?« fragte der Marquis Sherrinford. »Ich glaube nicht. Ich kannte ihn auch, dabei bin ich in der Bretagne aufgewachsen.«

»Dürfen wir den Schluß ziehen, ob dieser Mord mit der Bedrohung Seiner Majestät Leben zusammenhängt oder nicht?« wollte Herzog Richard wissen.

»Ich fürchte nein, Euer Hoheit«, antwortete Lord Darcy. »Aus den Beweisen, die uns bisher vorliegen, können wir nur wenig schließen.«

»Außer der Tatsache«, warf Sir Darryl trocken ein, »daß der Mörder, wer immer es sein mag, eine hochentwickelte Abneigung gegen Hexer zu haben scheint.«

Herzog Richard stand auf und zog die schweren Vorhänge zu, die die beiden Fenster einrahmten. Es war nicht üblich, daß ein königlicher Herzog seine Vorhänge persönlich zuzog. Ein kurzes Betätigen der Rufklingel zu seinen Füßen, und in wenigen Sekunden wäre ein Diener erschienen. Doch es war etwas, das zu tun war – und in diesem Augenblick brauchte er etwas zu tun. Er drehte sich wieder zu der Gruppe um und packte die Rückenlehne seines Stuhls. »Das habe ich befürchtet«, sagte er und musterte sie düster. »Gehen wir jetzt die Sicherheitsmaßnahmen durch, die wir treffen, um Seiner Majestät Leben zu sichern. Bitte zögert nicht, Eure Bemerkungen gegenseitig zu kommentieren. Dies ist nicht die Zeit, um auf Einhaltung des Protokolls zu bestehen.«

Der Marquis Sherrinford beugte sich vor. »Dann sollte ich wohl beginnen«, sagte er. »Ich habe die Verantwortung dafür, das körperliche Wohlbefinden Seiner Majestät in jedem Augenblick zu sichern – was selbst in besten Zeiten eine sehr schwierige Aufgabe ist. Seine Majestät ist nicht die Sorte Mann, die sich leicht bevormunden läßt, aber wir tun unser Bestes. Wir schirmen die Königlichen Gemächer vor jedem ab, der dort nichts zu suchen hat. Jeder, der dort eintreten darf, muß den Wächtern persönlich bekannt sein, und wenn er kein Mitglied der Königlichen Familie ist, muß er die Tagesparole kennen. Ich fürchte, daß alle das für recht albern halten, zumal wir niemandem sagen, weshalb wir es tun, aber das läßt sich nicht vermeiden. Außerdem werden die Abwehrzauber an allen Türen verstärkt.«

»So ist es«, fügte Erzbischof Maximilian hinzu. »Einer der besten Verschlußexperten der Hexerei ist eigens zur Krönung hier. Dabei handelt es sich um den Päpstlichen Nuntius, Seine Eminenz Kardinal Sabatini. Seine Berufung sind Zauber zur Sicherung des Ungestörtseins und zur Abwehr von Eindringlingen.«

»Und auf diesem Gebiet ist er wirklich eine Koryphäe«, pflichtete Master Sean ihm bei. »Bei seinen Zaubern auf den Türen werden alle, die in den Königlichen Gemächern nichts zu schaffen haben, nicht einmal merken, daß sie an Türen vorbeikommen.«

Sir Darryl nickte. »Es ist eine Freude, ihm bei der Arbeit zuzusehen, Euer Hoheit. Ein geschickter, sicherer Griff. Schlichte, elegante Zauber. Je besser jemand sein Metier beherrscht, um so müheloser und einfacher läßt er es für

Außenseiter erscheinen. Wirklich ein hochrangiges technisches Vermögen.«

»Leider«, warf der Marquis Sherrinford ein, »haben wir keine Möglichkeit, das technische Vermögen unseres Gegners richtig einzuschätzen. Wir müssen noch mehr tun.«

Oberst Lord Waybusch hüstelte. »Habe einen Plan entwickelt«, sagte er, »mit Unterstützung von Lord Peter Whiss und Lord Darcy und unter Beratung von Sir Darryl Longuert, um die körperliche Sicherheit und die Überwachung des ganzen Innenbereichs von Schloß Christobel zu verstärken.« Er zog ein aufgerolltes Papier aus seinem Stiefel und entrollte es auf der Tischplatte. »Nun wissen Euer Hoheit natürlich, daß dies allein den, äh, polnischen Agenten nicht einzufangen vermag. Aber es kann es ihm verdammt schwierig machen, hier herumzuspazieren.

Dieser Grundriß von Schloß Christobel zeigt den revidierten Plan. Das Schloß besteht, wie Ihr seht, tatsächlich aus drei ›Schlössern‹, die durch eine gemeinsame große Mauer verbunden und von ihr umschlossen wird. Arthurs Hort, das älteste, beherbergt die Privatunterkünfte, wo wir uns gerade befinden, sowie den Thronsaal, den Ballsaal und den größten Teil der Verwaltungsbüros. Hier gibt es sieben Eingänge, von denen vier sich schließen lassen, während die verbleibenden drei bewacht werden. Außerdem setzen wir überall Marschpatrouillen ein, mit Ausnahme der Königlichen Gemächer selbst.

Nun dürfte der Thronsaal selbst ein recht unwahrscheinliches Angriffsziel sein, wie auch Lord Darcy und Sir Darryl meinen, aber wir werden nichts riskieren. Wie Ihr auf der Karte seht, gibt es vier Türen zum Saal, an jeder Wand eine. Hier auf den Seiten befindet sich die Königs- und die Königinnengalerie, vorne ist der große Empfangssaal, zugänglich durch die Prunkpforte. Hinten gibt es eine kleine Tür, die auf einen Privatgang führt. Die Tür zur Linken führt zu einer Innentreppe, auf der man in die Königlichen Gemächer gelangt, zur Rechten führt sie zu den gegenwärtigen Büroräumen des Lordkämmerers. Auf der gegenüberliegenden Seite des Gangs, der vom Thronsaal fortführt, befindet sich diese Tür hier, die erst in einen kleinen Vorraum und danach in den Ballsaal führt.«

Alle hatten sich über die Karte gebeugt und musterten sie interessiert. Hier hatten sie endlich etwas Greifbares, was ihnen das Gefühl vermittelte, daß tatsächlich etwas geschah. *Alles unter Kontrolle,* dachte Lord Darcy spöttisch, *wir haben ja eine Karte.*

»Dieser Bereich wird völlig abgesperrt«, fuhr Oberst Lord Waybusch fort und zeigte auf den Gang hinter dem Thronsaal. »Die Tür zum Büro des Lordkämmerers wird versiegelt.«

»Aber Seine Majestät benutzt doch diesen Weg, um aus seinen Gemächern in den Thronsaal zu gelangen«, wandte der Marquis Sherrinford ein.

»Die Türen, die vom Thronsaal und vom Ballsaal fortführen, werden mit speziellen Dreierschlössern bestückt. Diese Schlösser lassen sich nur durch drei Schlüssel öffnen, und die Schlüssel wiederum sind eingestimmt – ist das das richtige Wort dafür, Sir Darryl? – eingestimmt auf ihre Träger.«

»Das ist richtig«, bestätigte Sir Darryl. »Alle drei sind durch einen Relevanzzauber verbunden, versteht ihr? Person, Schlüssel und Schloß müssen alle im Einklang sein, sonst funktioniert er nicht und die Tür geht nicht auf. Ein äußerst zeitaufwendiger und teurer Zauber, aber sehr effektiv. Nur die drei Personen mit den eingestimmten Schlüsseln können die Schlösser öffnen, und es lassen sich keine weiteren Schlüssel herstellen.«

»Ist das absolut sicher, Sir Darryl?« fragte Seine Hoheit.

»Absolut? Nein, Euer Hoheit, nichts ist absolut. Alles, was der Geist eines Menschen ersinnt, kann durch den Geist eines anderen wieder aufgehoben werden. Aber es gibt nur sehr wenige Hexer, die das könnten … mir selbst fallen höchstens sechs ein … und selbst die Besten unter ihnen würden dafür sehr lange brauchen.«

»Wie lange?« fragte der Marquis Sherrinford.

»Sagen wir einen halben Tag oder länger«, erwiderte Sir Darryl.

»Das genügt«, meinte seine Hoheit. »Und wer bekommt diese Schlüssel?«

»Seine Majestät der König, Ihre Majestät die Königin und unser Marquis Sherrinford«, informierte ihn Oberst Lord Waybusch.

»Fahrt fort«, befahl Seine Hoheit.

»Jawohl. Nun, die Königinnen- und die Königsgalerie werden unentwegt bewacht. Früher gab es dort rund um die Uhr drei Wachposten, die haben wir jetzt auf sechs erhöht. Alles handverlesene Männer mit dem Befehl, niemanden durchzulassen, der keinen Tagespaß hat; der wird im Büro des Lordkämmerers ausgegeben. Und das bedeutet *niemand,* sogar Euer Hoheit selbst. Selbstverständlich wird Euch Euer Paß jeden Morgen gebracht.«

»Ich auch?« Herzog Richard blickte erschrocken drein. »Aber ...«

»Das geschieht, um Imitationen auszuschließen, Euer Hoheit«, warf Lord Darcy schnell ein. »Schließlich kann man von den Posten nicht erwarten, daß sie Euer Hoheit Aussehen gut genug kennen, um sicher zu sein, daß es sich wirklich um Euch handelt, wenn Ihr versteht, was ich meine.«

Herzog Richard nickte. »Sehr gut durchdacht. Sollte einer der Posten es jemals versäumen, mich nach meinem Paß zu fragen, lasse ich ihn persönlich den ganzen nächsten Monat am Schloßgraben Nachtwache schieben. Was noch?«

»Die meisten Probleme macht uns der Zugang durch den großen Empfangssaal«, fuhr Oberst Lord Waybusch fort. »Der läßt sich nicht absperren. Aber man kann ihn bewachen. Glücklicherweise gibt es rechts von den Prunktüren einen Wachraum. Dort wird von jetzt an eine Gardekompanie Quartier nehmen. Niemand kann diese Türen durchschreiten, der nicht persönlich vom Wachhauptmann überprüft wurde. Wir gehen davon aus, daß diese Männer, die sich ihre Hauptmannslilien verdient haben, intelligent genug sein dürften, um diese Aufgabe zu bewältigen. Sollte das nicht der Fall sein, wird der Betreffende wieder abgezogen.«

Die Karte wollte sich immer wieder aufrollen, während Oberst Lord Waybusch sprach, deshalb griff er in eine Gürteltasche und holte ein Paar goldener quadratischer Kästchen mit parallelen Beinen hervor, die eine Kantenlänge von etwa eineinhalb Zoll und eine Höhe von drei Zoll besaßen. Damit beschwerte er die beiden gegenüberliegenden Ecken.

»Nun zum zweiten Schloß ...« Oberst Lord Waybusch hielt inne, während Herzog Richard neugierig nach einem der seltsamen, gradlinigen Gegenstände griff und ihn untersuchte.

»Das sind Pfeffer- und Salzstreuer, Euer Hoheit«, erklärte Oberst Lord Waybusch, und er wirkte leicht verlegen. »Wenn man den oberen Teil dreht, legt man die Löcher frei. Ein Geschenk meiner Frau. Sie scheint ganz entsetzt von dem Gedanken zu sein, ich könnte im Feld ohne Gewürze dastehen.«

»Ich verstehe«, sagte Herzog Richard, drehte den oberen Teil eines der Gegenstände mehrere Male hin und her und setzte ihn wieder ab. »Sehr raffiniert. Fahrt doch bitte fort.«

»Nun handelt es sich bei dem zweiten Schloß, dem sogenannten Weißen Chateau, eigentlich gar nicht um ein richtiges Schloß. Da es innerhalb der damaligen Mauern erbaut wurde, wurde auch nie vorgesehen, es zu befestigen. Im Falle eines Angriffs hätte man es verlassen und seine Bewohner nach Arthurs Hort evakuiert. Dort wird der größte Teil unserer Ehrengäste während der Krönungsfeierlichkeiten untergebracht werden. Man kann dort, wie mir gesagt wurde, bequem über zweitausend Menschen unterbringen. Das Hauptgebäude besitzt mehr als vierhundert Zimmer, und die beiden Flügel jeweils zweihundertfünfzig. Es gibt zweiunddreißig Ausgänge, die in sämtliche Himmelsrichtungen führen.«

»Schwer zu bewachen«, meinte der Marquis Sherrinford.

»Allerdings«, pflichtete Oberst Lord Waybusch ihm bei. »Aber glücklicherweise ist das auch nicht nötig. Wie Lord Peter bereits erwähnte, besitzt das Weiße Chateau keine direkte Verbindung zum Schloß Arthur, und Seine Majestät braucht das Weiße Chateau auch nicht aufzusuchen. Wir verstärken zwar überall die Wachen, doch dient das hauptsächlich dazu, Meldung über alle verdächtigen Geschehnisse zu erhalten.

Das dritte, Großchristobel, ist das jüngste, womit es allerdings immer noch über vierhundert Jahre alt ist, und kommt dem, was ich mir unter einem Schloß vorstelle, schon sehr viel näher. Mehrere große Säle, ein Getreidespeicher, unten Soldatenunterkünfte, oben Unterkünfte für die Dienstboten, und insgesamt nur sechs Eingänge. Leicht zu bewachen, leicht zu überprüfen, wer hinein- und herausgeht, und außerdem völlig sinnlos. Aber wir werden es dennoch tun. Selbst in Zwischen den Mauern werden wir feste Posten und mobile Patrouillen einsetzen.

Der innere Wachdienst wurde so organisiert, daß ein Patrouillenwachmann mindestens alle Viertelstunde nachts an jedem festen Posten vorbeikommt. Sehr prosaisch, sehr normal und gewöhnlich, aber so bewältigen wir die Aufgabe.« Oberst Lord Waybusch nahm seine goldenen Streuer wieder auf, worauf sich die Karte mit einem Schnappen zusammenrollte. Er stopfte sie wieder in seinen Stiefel. »Will nicht sagen, daß es perfekt ist«, meinte er. »Bin verdammt froh über weitere Vorschläge oder Kritik.«

»Damit dürften wir Einbrüche und Kleindiebstahl fast völlig ausmerzen«, sagte der Marquis Sherrinford, »aber ich weiß nicht, inwieweit uns das dabei dienen wird, Seine Majestät zu schützen.«

»Ich auch nicht«, stimmte Oberst Lord Waybusch ihm zu. »Wenn Ihr einen besseren Vorschlag habt, dann laßt es mich wissen. Die nächsten paar Wochen werden hier an die sechstausend Menschen sein, ein unglaublicher Wald, in dem sich unser einsamer Baum verstecken kann. Zumal wir ihn im Augenblick noch nicht beim Namen nennen können. Gebt mir mehr Informationen, dann schwöre ich Euch, daß ich sie entsprechend nutzen werde.«

»Nun kehre ich zum Ausgangspunkt zurück«, fuhr der Marquis Sherrinford fort. »Vielleicht steht der unglückliche Tod des Meisterhexers Raimun DePlessis irgendwie in Verbindung zu der Bedrohung unseres Herrschers. Auf jeden Fall müssen wir diese Möglichkeit im Auge behalten.«

»Ich versichere Euch, daß wir das auch tun, My Lord Marquis«, sagte Lord Darcy.

»Was wissen wir denn bisher eigentlich über den Mord?« erkundigte sich Herzog Richard. »Ich meine, abgesehen von der Tatsache, daß der Mörder ein Verseschmied ist?«

»Master Sean«, sagte Lord Darcy, »hättet Ihr die Güte, Seiner Hoheit einen forensischen Bericht zu geben? Dann will ich danach noch hinzufügen, was ich kann.«

Master Sean O Lochlainn erhob sich aus dem Stuhl am linken Tischrand, hakte die Hände in die Aufschläge seiner blauen Hexerrobe mit der Goldverzierung und drehte sich zu den anderen um. »Euer Hoheit, Euer Lordschaften«, sagte er, »ich will Euch nicht mit den technischen Einzelheiten belästigen, also damit, welche verschiedenen Zauber ich benutzte, und so weiter. Alles Standardanwendungen, wie ich euch versichern kann. Meisterhexer Raimun DePlessis starb heute zwischen elf Uhr dreißig und Mittag. Er wurde durch einen Stich mit einer schmalklingigen Waffe ins Herz durchbohrt, die man jedoch nicht gefunden hat. Zum Zeitpunkt seines Todes war noch eine weitere Person im Raum, von der wir annehmen müssen, daß es der Mörder war. Mit großer Sicherheit kannte er seinen Attentäter, und obwohl der Raum von innen verriegelt war, wobei sowohl Türen als auch Fenster entweder von innen verriegelt oder nicht zu öffnen waren, geschah das Verbrechen weder unter Anwendung schwarzer noch weißer Magie. Neben dem Körper auf dem Boden befand sich eine Blutpfütze, von der Ähnlichkeitstests ergaben, daß es sich dabei um Master Raimuns eigenes Blut handelte. Es ist zwar schade, doch wie Lord Darcy bereits bemerkte, wäre es wohl zuviel verlangt gewesen, daß der Mörder, als er Master Raimun erstach, sich aus Versehen selbst geschnitten haben könnte.«

»Habt Ihr eine Erklärung für die verriegelten Türen, Master Sean?« fragte der Marquis Sherrinford.

»Das habe ich nicht, My Lord«, teilte Master Sean ihm mit. »Ich kann nur sagen, daß es nicht durch Magie geschah, und deshalb obliegt es wohl Lord Darcy, dieses Problem zu lösen, nicht mir.«

»Gibt es noch etwas, Master Sean?« wollte Herzog Richard wissen.

»Es gibt da noch eine weitere bemerkenswerte Sache, Euer Hoheit, aber ehrlich gesagt weiß ich nicht, was sie zu bedeuten hat.«

»Und?«

Master Sean hielt inne, um seine Worte sorgfältig zu wählen. »Ich habe einen Hologrammzauber über den Raum verhängt, um Hinweise darauf zu erhalten, wer sich während oder nach dem Verbrechen im Raum aufgehalten hat.« Er wandte sich an Sir Darryl und Seine Gnade von Paris. »Es war der Moiré-Doppeltest, bei dem man Sandelholz, pulverisierte Holzkohle und Myrrhe verwendet. Seid Ihr damit vertraut, Sir Darryl? Euer Gnaden?«

»Ich habe eine Variante davon zu, äh, weniger ernsten Zwecken verwendet«, sagte Sir Darryl. »Ein Hofhexer verbringt einen großen Teil seiner Zeit damit, Belustigungen zu entwickeln, und dieses Verfahren bietet sich für eine bestimmte, sehr beeindruckende Form der Divination an. Alles sehr gutartig, wie ich Euch versichern kann. Kennt Ihr die Methode, Euer Gnaden? Sie ist recht spektakulär.«

»Ich habe in der Literatur davon gelesen«, antwortete Erzbischof Maximilian. »Ich bedaure, daß ich bisher keine Gelegenheit dazu hatte, Zeuge ihrer Durchführung zu sein. Ich glaubte, man bedarf dazu zweier Hexer.«

»Ja, das stimmt«, meinte Sir Darryl und sah verwundert drein.

»Mit einem Assistenten ist es sehr viel einfacher, aber man kann es auch allein durchführen. Man muß nur darauf achten, daß man ... Nun gut, das könnte ich ja immer noch später mit Euer Gnaden und Sir Darryl besprechen, wenn Ihr wünscht. Bis dahin ...«

Master Sean wandte sich wieder an die anderen. »Ich möchte meine Tatsachen nicht durch Vermutungen färben«, sagte er. »Meine Fakten sind das Ergebnis guter, verläßlicher Magie. Meine Vermutungen sind eben nur Vermutungen und können völlig falsch liegen.«

»Und was für Tatsachen sind das?« fragte Herzog Richard.

»Der Mann, der sich mit Master Raimun zusammen im Raum befand, als dieser umgebracht wurde, der Mann, von dem wir annehmen müssen, daß es der Mörder war – der war im Hologramm nur schwach zu erkennen. Er hat keinen großen geistigen Eindruck im Raum hinterlassen – also auf seine Umgebung. Das ist die Tatsache. Es war so, als wäre er nur teilweise anwesend. Was das zu bedeuten hat, kann ich Euch nicht sagen.«

»Vielleicht war der Mann nur ganz kurz dort«, schlug der Marquis Sherrinford vor.

»Nein, My Lord«, widersprach Master Sean. »Ich drücke mich wohl nicht deutlich genug aus, andererseits ist das ganze Konzept auch nicht leicht zu verstehen. Diese Person befand sich ungefähr eine halbe Stunde lang im Raum. Ich weiß, daß ich von einem Mann gesprochen habe, aber das hätte ich nicht tun sollen. Es gibt keinerlei Hinweise auf das Geschlecht der Person. Aber auf irgendeine Weise, die ich nicht richtig erklären kann, war es keine ganze Person. Das geistige Nachbild dieser Person war nicht annähernd so stark, so deutlich, wie es hätte sein müssen.«

»Nun, das ist aber sehr interessant«, meinte Lord Darcy. »Wenn ich Euch nach Eurer Vermutung fragen dürfte, Master Sean – immer eingedenkt der Tatsache, daß sie völlig falsch sein kann, aber doch, um ein besseres Gespür für das zu erhalten, was Ihr zu beschreiben versucht, was würdet Ihr da sagen? Wie würdet Ihr einordnen, was Ihr gesehen habt?«

»My Lord, ich bin kein abergläubischer Mensch«, antwortete Master Sean. »Als Hexer hat man nicht viel Spielraum für Aberglauben. Ein abergläubischer Magier ist unfähig, die Symbole richtig zu manipulieren, und die Symbolik macht nun einmal einen großen Teil der Magie aus. Dies vorangeschickt – My Lord, wenn ich den Eindruck beschreiben soll, den diese andere Person, die zusammen mit Master Raimun im Raum war, gemacht hat, dann würde ich sagen, daß es ein Gespenst war!«

Der Erzbischof von Paris bekreuzigte sich. »Vergeßt nicht, Master Sean, daß es übernatürliche Geschehnisse gibt, die von der Kirche als echt angesehen werden. Und es gibt auch übernatürliche Wesen, die als wirklich angesehen werden.«

»Selbstverständlich, Euer Gnaden«, antwortete Master Sean. »Doch von solchen rede ich nicht. Ich habe niemals eine Begegnung mit ihnen gehabt, und ich kann auch nicht behaupten, daß ich sehr begierig darauf wäre; aber ein wirklich übernatürliches Wesen würde in einem Hologramm wahrscheinlich sehr viel stärker in Erscheinung treten als ein Sterblicher. Denn mit diesem Verfahren spüren wir die Essenz des Lebensgeistes auf und nicht die Körpermasse.«

»Es ist mir gleichgültig, ob Master Raimun von einem Gespenst erstochen wurde oder von einer Gazelle«, sagte Herzog Richard und schlug mit der Handfläche auf den Hartholztisch. »Was ich wissen will, ist, ob die Angelegenheit mit der Bedrohung Seiner Majestät zusammenhängt.«

»Was das betrifft, kann ich Euch keine Antwort geben, Euer Hoheit«, erwiderte Master Sean. »Ich wünschte, ich könnte es. Es gab keinerlei Überreste des Bösen, wie man sie in einem solchen Fall erwarten würde und wie sie auch typisch wären. Allerdings ist das Böse ja meistens eine Frage der Absicht. Es könnte durchaus sein, daß ein polnischer Agent seinem Selbstverständnis nach völlig frei von bösen Absichten ist, selbst während er einen Mord begeht, daß er also keine böse Absicht abstrahlen würde.«

»Was meint Ihr, Lord Darcy?« fragte Herzog Richard.

»Ich wünschte, ich wüßte es selbst«, erwiderte Lord Darcy. »Im Augenblick sehe ich zwar keinen Zusammenhang, aber wir wissen andererseits so wenig über die Drohung und über den Mord, daß ich nicht einmal eine Vermutung wagen würde. Auf jeden Fall können wir es uns nicht erlauben, in unserer Wachsamkeit nachzulassen. Ich gestehe, daß ich nicht weiß, was wohl die schrecklichere Nachricht wäre: daß wir es hier mit einem einzigen Attentäter zu tun haben, der Master Raimun im Zusammenhang mit einer obskuren Verschwörung umbrachte, Seine Majestät zu beseitigen, oder daß wir es gleichzeitig mit einem Mörder und einem Attentäter zu tun haben.«

Herzog Richard stand auf. Der gelassene Ausdruck seines feinziselierten Gesichts verbarg fast die tief darunterliegende Sorge. »Ich habe mit meinem Bruder darüber gesprochen«, sagte er. »Seine Majestät bat mich Euch mitzuteilen, daß er die Sicherheit des Reichs nicht in besseren Händen wissen könnte. Ich werde die Sache jetzt Euch überlassen. Bitte haltet mich auf dem Laufenden. Ihr habt uneingeschränkte Verfügungsgewalt, was die Mittel, die Schatzkammer und das Personal des Herzogtums betrifft.«

Die anderen erhoben sich, als Seine Königliche Hoheit der Normandie den Raum durch die Seitentür verließ.

»Ha«, machte Oberst Lord Waybusch, als sie alle wieder Platz nahmen. »Blankovollmacht, wie? Wünschte mir, ich wüßte, wie ich so etwas nützlich einsetzen könnte. Wachen haben wir, soviel wie Stellen, wo wir sie aufpflanzen können. Aber verdammt will ich sein, wenn ich wüßte, was wir darüber hinaus noch tun könnten oder sollten. Man kann schließlich keinen Feind aufspüren, der nicht da ist. Was den Mord betrifft, so liegt er in den fähigen Händen von Lord Darcy und Master Sean. Und ich bin verdammt froh darüber, ihn darin zu belassen. Läßt er sich lösen, werden wir ihn lösen. Was die Bedrohung seiner Majestät Leben angeht, so ist das bisher nur eins – eine Drohung. Wenn wir nichts Greifbares haben, in das wir unsere Zähne einschlagen können, können meine Leute nicht viel tun.«

»Wir wissen Euer Vertrauen zu schätzen, Oberst«, warf Lord Darcy ein. »Master Sean und ich werden unser Bestes tun, um es zu verdienen.«

Der Erzbischof nickte. »Selbst wenn sich herausstellen sollte, daß der Tod des armen Master Raimun nichts mit der Verschwörung gegen unseren König zu tun hat, darf die Angelegenheit doch nicht unter den Tisch fallen. Er war ein guter und würdiger Mann. Und selbst wenn er es nicht gewesen wäre, dürften wir es nicht zulassen, daß ein anderer ein Urteil über den Wert eines Menschen fällt, indem er seinem Leben ein Ende setzt.«

»Denn der Tod eines jeden von uns macht uns alle ärmer«, zitierte Lord Darcy.

»In der Tat«, pflichtete Erzbischof Maximilian ihm bei. »Der Heilige Simon hat eine ewige Wahrheit formuliert.«

»Es ist heute schon das zweite Mal, daß ich an dieses Zitat denken muß«, meinte Lord Darcy.

Der Marquis Sherrinford hüstelte. »Schweifen wir nicht zu weit ab«, warf er ein. »Wir stehen vor zwei großen Aufgaben. Erstens müssen wir den König beschützen und zweitens einen verabscheuungswürdigen Mord aufklären. Doch so verabscheuungswürdig der Mord auch sein mag, Priorität hat zunächst einmal der Schutz Seiner Majestät. Einmal, weil er der König ist, und zum zweiten, weil er am Leben ist. Wenn wir zwischen den Interessen der Lebenden und der Toten abwägen müssen, haben die Lebenden Vorrang.«

»Das ist in der Tat so«, pflichtete Lord Darcy ihm bei. »Aber wir können nicht sicher sein, daß es zwischen beidem einen Konflikt gibt. Es könnte durchaus im Interesse der Lebenden liegen, daß wir diesen gewaltsamen und unerwarteten Tod untersuchen. Ich habe, wie wir alle es getan haben, einen Eid abgelegt, König John zu schützen und zu verteidigen, und diesen Schwur gedenke ich auch zu halten. Aber ich habe auch die Pflicht, unnatürliche Todesfälle aufzuklären. Das Gewebe der Gesellschaft ist nicht so eng geknüpft, daß ein einzelner Schnitt nicht das ganze Muster bedrohen würde. Ein ungeklärter Mordfall ist ein zerschnittener Faden, der verknotet werden muß.«

»Etwas anderes wollte ich nicht nahelegen, My Lord«, antwortete der Marquis Sherrinford. »Obwohl ich es vielleicht nicht so, äh, redegewandt ausgedrückt haben mag.«

»Und was *tun* wir jetzt?« wollte Oberst Lord Waybusch wissen. »Ich meine, außer mir selbst und meinen Männern. Welche Schritte werden wir unternehmen, um herauszufinden, wie ernst diese Bedrohung Seiner Majestät ist?«

Der Marquis Sherrinford wandte sich an Lord Peter Whiss. »Ich denke, Q, daß Ihr das wohl besser beantworten solltet.«

»Ich wünschte, ich hätte eine gute Antwort darauf«, versetzte Lord Peter. »Dieser verfluchte Regen wird sowohl die Ermittlungen als auch unsere Reaktionen behindern. Meine Kuriere sind in allen Himmelsrichtungen unterwegs. Ich habe den ganzen Nachmittag am Teleklang gesessen, aber die großen Überschwemmungen haben viele Teleklangverbindungen vorübergehend unterbrochen. Ihr wißt ja, daß dieses Verfahren nicht über Wasser funktioniert.«

»Über fließendem Wasser, Lord Peter«, unterbrach ihn der Erzbischof von Paris.

»Ich versichere Euer Gnaden, daß dieses Wasser fließt«, konterte Lord Peter. »Im Augenblick kann ich Euch lediglich mitteilen, daß meine Agenten in Alarmzustand versetzt wurden oder noch versetzt werden; und daß diese Angelegenheit oberste Priorität bekommen wird. Die wenigen Berichte, die ich bisher erhalten konnte, sind alle negativ. Was nur bedeutet, daß niemand etwas weiß. Nicht einmal ein Flüstern. Das ist wahrscheinlich ein gutes Zeichen, da man sich nur schwer vorstellen kann, daß eine Operation von dieser Bedeutung in die Wege geleitet werden könnte, ohne daß auch nur das leiseste Wort durchsickert.«

»Vielleicht weiß niemand davon außer jenen, die sie durchführen«, meinte der Marquis Sherrinford. »Hätten wir ein solches Vorhaben, würden wir es bestimmt nicht in der Öffentlichkeit breittreten.«

Lord Peter fuhr sich mit der Hand durchs Haar. »Betrachten wir das einmal genauer, My Lord«, schlug er vor. »Angenommen, wir würden uns aus irgendeinem Grund dazu entschließen, den König von Polen zu ermorden. Wer würde davon wissen?«

»Angenommen, Ihr würdet einen moralisch derart verwerflichen Akt unternehmen«, meinte Seine Gnade von Paris, »so würde ich doch vermuten, daß so wenig Leute davon erführen wie nötig.«

»Nun«, entgegnete Lord Peter, »wenn der Vorschlag in meiner Abteilung entstünde, müßte man mir mit Sicherheit davon Mitteilung machen. Und ich gehe davon aus, daß das in allen anderen Geheimdiensten auch der Fall ist. Doch selbst nachdem ich mich davon überzeugt hätte, daß es ein guter Vorschlag ist, würde ich die Verantwortung für einen derartigen Akt natürlich nicht allein übernehmen wollen. Ich würde die Angelegenheit mit meinem unmittelbaren Vorgesetzten besprechen, dem Königlichen Hofkämmerer.«

Der Marquis Sherrinford nickte. »Wehe Euch, wenn Ihr es nicht tätet«, bestätigte er.

»Dann würdet Ihr es aus eigener Entscheidung befürworten, My Lord?« fragte Lord Peter.

»Auf keinen Fall«, erwiderte der Marquis Sherrinford. »Ich würde ihn auf eigene Faust vielleicht ablehnen. Wenn ich es aber für einen guten Vorschlag hielte, was ich mir nicht vorstellen kann, würde ich mich immer noch mit Seiner Majestät beraten müssen.«

»Genau«, versetzte Lord Peter. »Und Seine Majestät würde sich mit dem Kabinett beraten und mit den Lords der Armee und wahrscheinlich auch den Lords der Admiralität, und jeder der Berater und Lords würde es unter höchster Geheimhaltungsstufe mit seinem Stab und seinen eigenen Beratern besprechen, und so würde die Sache immer weitere Kreise ziehen. Und es würde Diener geben, Gastwirte, Gefährten, flüchtige Bekannte, die davon zu hören bekämen. Und es ist ja ein viel zu aufregendes Geheimnis, um es nicht weiterzuerzählen – natürlich unter dem Siegel äußerster Verschwiegenheit. Bis die Sache dann diese dritte Ebene erreicht hat, haben bereits fünf verschiedene polnische Spione Bruchstücke davon erfahren und es ihren Spionagevorgesetzten in Polen gemeldet.«

»Worauf wollt Ihr hinaus?« fragte Oberst Lord Waybusch. »Daß ein polnisches Komplott gegen König John unwahrscheinlich ist, weil Ihr davon erfahren hättet?«

Lord Peter lächelte schief. »Das ist es, was ich Euch gerne sagen würde, Oberst«, meinte er. »Ich würde davon ausgehen, daß ich durch meine Agenten vor Ort wenigstens ein Bruchstück des Plans in Erfahrung gebracht hätte. Aber ich kann mir nicht sicher sein, daß das der Fall wäre. Vielleicht gibt es auch irgendeinen einzigen verrückten Slawen, der das ohne Seiner Slawischen Majestät Wissen durchführt – vielleicht sind es aber auch fünf oder sechs. Gerade genug, um ein Geheimnis zu wahren.«

»Wie würdet Ihr sie dann aufpüren?« fragte der Marquis Sherrinford.

»Wir werden sie an ihren Spuren erkennen, die sie hinterlassen«, antwortete Lord Peter. »Als würden wir die Waldwege nach der Fährte irgendeines seltenen Wilds absuchen. Ich und meine Agenten werden außerhalb des Schlosses Ausschau halten, außerhalb des Herzogtums der Normandie, außerhalb Frankreichs und außerhalb des Anglo-Französischen Reichs, in immer größeren konzentrischen Kreisen; und Lord Darcy und seine Leute werden im Inneren danach suchen. An ihren Taten werden wir sie erkennen. Immer vorausgesetzt, daß sie überhaupt existieren.«

»Und wenn nicht?« warf der Erzbischof ein.

»Wenn nicht, worum ich ganz ehrlich nur beten kann, dann betrachten wir die Sache als Übung. Richtig, Lord Darcy?«

Lord Darcy nickte. »Es ist schwierig, nach etwas zu suchen, von dem man hofft, daß es nicht existiert«, meinte er. »Ich schätze, die Übung können wir alle gebrauchen.« Er wandte sich an Oberst Lord Waybusch. »Mit Eurer Erlaubnis, My Lord Oberst, würde ich morgen gerne das Dorf Tournadotte besuchen, und ich möchte Master Sean mitnehmen. Wir werden wahrscheinlich nur über Nacht fort sein.«

»Ihr braucht meine Erlaubnis nicht dazu, My Lord«, erwiderte Lord Waybusch. »Aber ich kann mir die Bemerkung nicht verkneifen, daß mir dies als eine verdammt merkwürdige Zeit erscheint, um Dörfer zu besuchen.«

»In diesem Dorf ist ein Doppelmord geschehen«, erklärte Lord Darcy. »Ich weiß zwar nicht, ob es da eine Verbindung gibt, aber irgendwie erscheint mir dieses Zusammentreffen als bemerkenswert.«

»Ein bißchen weithergeholt, würde ich sagen, My Lord«, meinte der Marquis Sherrinford. »Im Anglo-Französischen Reich dürfte jeden Tag mindestens ein Mord geschehen, ohne daß dies im Zusammenhang mit irgendwelchen polnischen Komplotten stünde. Aber ich schätze, Ihr wißt, was Ihr tut.«

»Wenn Ihr mir den Einwurf verzeiht, Euer Lordschaft, aber vieles von dem, was Lord Darcy tut, sieht immer erst weithergeholt aus«, meldete sich Master Sean zu Wort. »Doch irgendwie ist es das dann doch nicht. Er scheint ein Talent dafür zu haben, von der ungerechtfertigten Vermutung zur unvermeidlichen Selbstverständlichkeit zu springen, ohne unterwegs Rast einzulegen. Ich an Eurer Stelle würde auf ihn hören.«

»Ich sehe mich berichtigt«, antwortete der Marquis Sherrinford und nickte Master Sean zu. »Wenn ein Zauberer mich zuzuhören auffordert, dann höre ich auch zu.« Er erhob sich. »Vertagen wir diese Versammlung, bis wir einander mehr zu berichten haben. Euer Gnaden, da wir schon nicht mit einem Gebet angefangen haben, wäre es vielleicht angezeigt, die Versammlung wenigstens mit einer Segnung zu beenden.«

Der Erzbischof von Paris erhob sich, die anderen mit ihm. »Vor deinem Antlitz sind wir alle klein, o Herr«, sagte der Erzbischof mit fester Plauderstimme, als würde er mit einem alten Freund reden. »Und wir bitten dich, uns das Licht erkennen zu lassen, auf daß wir die Wahrheit erfahren mögen in dieser heimtückischen Verschwörung, um unseren Ruhmreichen Herrscher John IV. vor unsichtbaren Feinden zu schützen. Amen.«

»Amen«, wiederholten die anderen.

7

Die Haltestelle Schloß Christobel, die von der *Continental and Southern* auf der Linie Paris–Le Havre angefahren wurde, befand sich ungefähr eine Vierteilmeile außerhalb vom Haupttor des Schlosses. Obwohl die hohen, dicken Steinmauern von immer geringerem Wert für die Verteidigung waren, da es inzwischen Kanonen gab, die ein tausendpfündiges Projektil fünf Meilen weit schleudern konnten, konnte sich doch niemand von Kompetenz dazu durchringen, seine Einwilligung zu geben, eine Bresche in die Schloßmauer schlagen zu lassen, die groß genug für eine Lokomotive gewesen wäre.

Um sechs Uhr dreißig am Morgen reichte Lord Darcy seinen Koffer dem Fahrer der Schloßkutsche und nahm, mit bis zum Kragen zugeknöpftem Regencape, seine Reisetasche, den Spazierstock und den Regenhut – jene breitkrempige flache Hutart, die man in Frankreich einen ›Londoner‹ zu nennen pflegte, in London dagegen einen ›Skimmer‹. Er bestieg das wartende Gefährt, um die kurze Reise zur Bahnstation anzutreten. Master Sean, der seinen Plaidregenmantel um sich gerafft und die Kapuze über den Kopf gezogen hatte, kletterte ihm nach, stellte seinen symbolverzierten Reisesack zwischen sich und Lord Darcy ab und nahm dem Lord gegenüber Platz.

»Tut mir leid, daß ich Euch um diese Stunde für eine so kurze Fahrt herausholen mußte, Edwards«, rief Lord Darcy dem Fahrer zu, der gerade, wie man durch die geöffnete Luke sah, seinen Regenumhang richtete.

»Ist mir eine Freude, Euch zu Diensten sein zu können, My Lord«, rief Edwards vom Kutscherbock herab. »Ich wollte sowieso den Zug empfangen. Jetzt, da Seiner Hoheit Krönung immer näher rückt, treffen die Gäste immer gleich waggonweise ein. Und viele von denen würden die Viertelmeile bis zum Schloßtor nicht einmal dann laufen, wenn es nicht regnete. Was es aber tut. Wird heute morgen aber nicht zu schlimm werden. Dienstags und donnerstags führt der Morgenzug nur einen einzigen Wagen erster Klasse. Und etwas anderes als erster Klasse nehmen *die* ja nicht.« Er schlug die Luke zu und lenkte das Pferd über den bedachten Hof durch das Haupttor, um schließlich den kurzen Weg zur Bahnstation zu nehmen.

»Ich glaube, man hat uns soeben ein Kompliment gemacht, Master Sean«, teilte Lord Darcy seinem rundlichen Reisegefährten mit. »Edelmann Edwards meint, daß wir nicht zu fein wären, um zweiter Klasse zu reisen. Wir dürfen ihn nicht enttäuschen.«

»Mir ist es gleich, My Lord«, meinte Master Sean. »Auf längeren Reisen behagt mir der Beinplatz in der ersten Klasse, und für jemanden, der ab und zu gerne einmal ein gutes normannisches Bier trinkt, um nicht auszutrocknen, ist der Zugang zum Clubwagen auch ganz angenehm. Aber für Reisen unter drei Stunden genügt ein Abteil zweiter Klasse durchaus.«

»Ach, alter Freund«, sagte Lord Darcy und faltete die Hände um den goldenen Griff seines Spazierstocks, als er sich vorneigte, »in der ersten Klasse gibt es zwar mehr Beinfreiheit, das ist sicher, aber in der zweiten dafür mehr Poesie – und in der dritten mehr Ehrlichkeit. Nun, da sind wir ja schon.« Er setzte den Londoner fest auf, öffnete die Kutschentür und trat in den strömenden Regen hinaus. »Danke, Edwards«, rief er dem Fahrer zu. »Ich kümmere mich um Euch, sobald ich zurück bin.«

»Nicht nötig, My Lord«, antwortete Edwards und berührte seine Kapuze mit der Peitsche, die Regenrinnsale ignorierend, die sein Gesicht herabtropften. »Aber ich danke Euch dennoch.« Mit geübtem Handschlenkern reichte er Lord Darcys ledernen Reisekoffer herunter, gefolgt von Master Seans Gepäck. Kaum hatte Master Sean die Kutsche verlassen und den Verschlag geschlossen, als Edwards das Gefährt zur Haltestelle an der Seite des Gebäudes lenkte, wo bereits zwei weitere Schloßkutschen und ein prachtvoller Privatwagen standen.

Lord Darcy und Master Sean betraten den Bahnhof, und Lord Darcy begab sich zum Schalter, um dort Fahrkarten nach Tournadotte zu kaufen. Der Bahnhofsvorsteher war selbst im Dienst, da es für seine Sekretärin noch zu früh war. Es war ein hagerer, glattrasierter Mann mittleren Alters, der sich leicht verneigen mußte, um durch Türöffnungen zu passen. Die blaue Uniform mit den goldenen Litzen hing von seinen Schultern herab, als hätte er sie von irgendeinem Riesen übernommen. »Wenn Ihr eine Kleinigkeit frühstücken wollt, My Lord«, sagte er zu Lord Darcy, »dann könnt Ihr Euch mit Eurem Gefährten für eine Weile ins Restaurant setzen. Der Zug wird ein wenig Verspätung haben.«

»Ich hätte nicht gedacht, daß die Gaststätte so früh schon auf hat«, meinte Lord Darcy. »Wieviel Verspätung hat denn der Zug?«

»Wir haben das Restaurant frühzeitig geöffnet für den Le-Havre-Paris-Expreß, der diesen ganzen Monat hier einen Sonderhalt einlegt, wegen der Krönung. Er war schon vor über einer Stunde fällig, aber wann er eintreffen wird, weiß nur der liebe Gott. Eure und Seine sind westlich von hier beide über ihre Ufer getreten, und das ganze Tal hat sich in einen See verwandelt. Die Züge lassen sich davon natürlich nicht aufhalten. Das Wasser ist schlimmstenfalls ein oder zwei Fuß tief, und die Bahndämme sind alle erhaben. Aber an Geschwindigkeit büßen sie doch empfindlich ein. Sie müssen nämlich auf Ausspülungen achten.

Und was Euren Zug angeht, die Regionalverbindung nach Le Havre, Euer Lordschaft, so wird er kaum mehr als eine Stunde zu spät sein, weil er ja in die andere Richtung fährt. Doch was den Expreß angeht, kann ich nicht viel sagen. Ist eine schlimme Sache. Züge sollten pünktlich sein.« Und nachdem er also sein Glaubensbekenntnis vorgebracht hatte, nickte er Lord Darcy trübsinnig zu und schritt von dannen.

Lord Darcy und Master Sean begaben sich in die kleine, verlassene Gaststätte neben dem Wartesaal, und der junge Kellner brachte ihnen einen Korb mit frischgebackenen Brötchen, ein Fäßchen frischer Butter und zwei Tassen dampfenden, heißen Kaffees mit guter, frischer Normandiesahne. Lord Darcy neigte sich vor und atmete den Kaffeedampf ein. »Ein echtes magisches Elixier«, sagte er. »Allein die Entdeckung dieser wunderbaren Bohne hat die Mühsal und die Kosten der Erforschung Neu-Frankreichs gelohnt. Irgendein Zauberer sollte sich einmal die Zeit nehmen, die Magie einer Tasse Kaffee zu entdecken.«

»Es gibt manche Dinge, die sollte man einfach in gutem Glauben übernehmen, My Lord«, erwiderte Master Sean, der gerade ein Brötchen aufbrach und es üppig mit Butter bestrich.

»Ich glaube, wegen dieser Sache werden einige Wetterhexer noch ihre Stellung verlieren«, meinte Lord Darcy und zeigte auf den Regen, der draußen vor dem Fenster herabströmte.

»Das ist unfair, My Lord«, versetzte Master Sean. »Die sagen das Wetter doch nur voraus, sie erzeugen es nicht.«

»Das stimmt«, räumte Lord Darcy ein. »Aber vor sechs oder acht Monaten, kurz nachdem Seine Hoheit – des Königs Onkel Edouard, Prinz von Gallien – verschied und der Königliche Rat das Datum für die Krönung von Herzog Gwiliam festsetzte, hat ein altgedienter offizieller Wetterhexer vorausgesagt, daß das Wetter zu diesem Zeitpunkt geeignet sein würde. Ich kann mich noch genau daran erinnern, in der *Hofgazette* darüber gelesen zu haben. Ja, ›geeignet‹ war der Ausdruck. Da werden jetzt Köpfe rollen.«

»Die Wettervorhersage ist kein exakter Zweig der Magie«, wandte Master Sean ein und verteidigte seinen unbekannten Kollegen. »Die Gleichungen sind äußerst schwierig. Und je weiter ein Wetterhexer in die Zukunft zu sehen versucht, um so verschwommener werden seine Antworten.«

»Es werden Köpfe rollen«, bekräftigte Lord Darcy und nahm einen großen Schluck heißen Kaffee. »Der Königliche Rat verzeiht nichts so schnell.« Er bestrich ein weiteres Brötchen mit Butter.

Eine Stunde und fünfzehn Minuten später traf endlich der Regionalzug nach Le Havre ein, und Lord Darcy und Master Sean stiegen ein. Die Fahrt nach Tournadotte, gewöhnlich eine Reise, für die man keine drei Stunden brauchte, dauerte diesmal etwas über fünf. In der letzten Stunde glich die äußere Szenerie einem riesigen See, aus dem kleine Inseln hervorragten, die einst Hügel, Bäume und Gehöfte gewesen waren, sowie gelegentlich verwirrte Kühe und Schafe. Das Wasser schien zwar kaum mehr als einen Fuß tief zu sein, doch bedeckte es dafür den größten Teil des Bodens in diesem an sich doch flachen Tal.

Der Bahnhof Tournadotte war größer, als Lord Darcy ihn in Erinnerung hatte. Keuchend und rauchspeiend fuhr der Zug in ein großes glasbedecktes Gebäude ein, wo sechs Gleise zusammenkamen, bevor sie in unterschiedliche Richtungen davonstrebten. Lord Darcy wußte, daß dies der Hauptknotenpunkt war, wo die Züge aus dem Süden sich mit der direkten Parislinie kreuzten.

Zusammen mit drei Wachmännern wurden sie vom Polizeipräfekten Henri Vert persönlich erwartet. Er stand in seiner ziemlich zerzausten Uniform am Bahnsteig. »Es ist gut,

Euch wiederzusehen, Lord Darcy, Master Sean«, sagte er und gab ihnen begeistert die Hand. »Gut, Euch zu sehen. Froh, daß ich kommen konnte, um Euch abzuholen. Hätte fast gar nicht davon erfahren. Das Schloß ist erst vor einer Stunde bis zu meinem Büro durchgekommen. Haben gesagt, sie hätten es die ganze Nacht versucht. Bei diesem Wetter ist der Teleklang sehr unzuverlässig.«

»Es freut mich aufrichtig, Euch wiederzusehen, Präfekt Henri«, erwiderte Lord Darcy. »Ihr seht sehr gesund aus.«

»Für jemanden meines Alters, meint Ihr wohl, wie, My Lord?« fragte Präfekt Henri und zwirbelte seine Schnurrbartspitzen in geübter Geste mit Daumen und Zeigefinger. »Nun ja, wir werden alle nicht jünger. Obwohl ich sagen muß, daß Ihr überhaupt nicht anders ausseht als damals, als wir vor zwanzig Jahren zusammenarbeiteten. Vielleicht etwas distinguierter. Und Ihr, Master Sean, Ihr werdet ganz eindeutig immer jünger. Das muß der Einflug all dieser guten Magie sein, mit der Ihr Euch umgebt. Ich habe gehört, daß das Praktizieren der Magie einen daran hindert, alt zu werden.«

Master Sean lachte. »Ich denke, das bedeutet wohl eher, daß man der magischen Kunst bedarf, um nicht so auszusehen, als würde man älter werden. Aber irgendwann holt uns die Zeit alle ein, ob mit oder ohne Talent.«

»Leider können wir nicht lange in Tournadotte bleiben, Präfekt Henri«, teilte Lord Darcy ihm mit. »Wahrscheinlich höchstens über nacht. Je früher wir uns also an die Arbeit machen und diesen Morden nachgehen, um so schneller finden wir Zeit, uns irgendwo hinzusetzen und zu unterhalten.«

»Ah«, machte Präfekt Henri, »es waren die Morde, die Euch hierhergeführt haben, und die Morde sind es, an die Ihr Euch schnell machen wollt. Nun, ich werde Euch nicht aufhalten. Denn auch ich habe es eilig.« Er winkte einem der uniformierten Wachleute hinter sich und zeigte auf das Gepäck. »Jean, bringt die Koffer unserer Gäste ins Boot. Wir legen ab.«

»Boot?« fragte Lord Darcy.

»Anders kommt man in der Gegend nicht mehr herum«, erklärte Präfekt Henri fröhlich. »Eine flache Schute, mit der man in trockneren Zeiten die Schweine über die Eure brachte. Wir haben sie requiriert und benutzen sie seit drei Tagen, um die Wachmänner durch die Stadt zu befördern.« Er führte die Prozession in den eigentlichen Bahnhof an und schritt zum Hauptausgang.

»Ich hätte gar nicht geglaubt, daß die Überflutung so schlimm wäre«, meinte Lord Darcy. »Was ist denn mit den Stadtbewohnern? Evakuiert man sie?«

»Nicht nötig«, antwortete Präfekt Henri, als sie das Bahnhofsgebäude verließen. »Das Wasser auf der Hauptstraße ist nur ungefähr einen Fuß tief, es sei denn, man tritt in ein Loch. Alle Funktionen der Stadtbetriebe, äh, funktionieren. Ein großer Teil der Stadt befindet sich auf Hochland oder wenigstens auf höhergelegenem Boden. Bevor es wirklich ernst wird, müßte das Wasser erst noch zwei bis drei Fuß steigen. Manche andere Dörfer in tiefergelegenen Gegenden wurden bereits evakuiert. Seine Hoheit Herzog Richard hat im ganzen Herzogtum mehrere Evakuierungszentren errichten lassen, die alle reichlich mit Nahrungsmitteln, Betten, zusätzlicher Kleidung und allem ausgerüstet sind, was erforderlich ist.«

»Natürlich«, sagte Lord Darcy. Herzog Richards Fähigkeiten als Verwalter waren wohlbekannt. In dieser feuchten Krise befand sich die Normandie in guten Händen.

Der Regen hatte sich vorübergehend in einen feinen Nebel aufgelöst, gegen den sein breitkrempiger Londoner ihm keinen Schutz bot, deshalb faltete Darcy den Hut zusammen und steckte ihn zwischen die Halteriemen seines Reisekoffers. Er folgte Präfekt Henri in die Schute, ein großes, rechteckiges Konstrukt von ungefähr zwanzig Fuß Länge und zehn Fuß Breite, mit völlig flachem Boden und geneigten Seiten. Große Eisenringe an Bug und Heck wiesen darauf hin, daß man das Gefährt üblicherweise an Tauen über den Fluß Eure geschleppt haben mußte, als es noch Schweine transportierte. Nun standen zwei muskulöse Wachmänner am Bug und trieben das Boot mit Stangen durch die Hauptstadt von Tournadotte.

»Wir bringen Euch im Gasthof *Gryphon d'Or* unter, wo auch ich selbst übernachte«, teilte Präfekt Henri den beiden Reisenden mit. »Ich habe ihn für die Dauer der Flutkatastrophe zu meinem Hauptquartier gemacht. Und außerdem ist das, wie ich Euch schrieb, der Tatort.«

»Es ist immer schön, wenn alles dicht bei der Hand ist«, bestätigte Lord Darcy, während er die vorbeiziehenden Dorfläden musterte. Die Bewohner schienen es einigermaßen gelassen hinzunehmen, daß ihr Dorf sich unfreiwillig in einen See verwandelt hatte. Die Geschäftseingänge lagen einige Steinstufen oberhalb der Straße, und obwohl die Kellerräume wahrscheinlich überflutet waren, waren die meisten Läden doch geöffnet. Auf der Straße gab es noch einige weitere kleine Boote, ein paar Männer zu Pferde, deren Reittiere sich vorsichtig ihren Weg bahnten, sowie eine ganze Reihe Stadtbewohner, die entschlossen durch kniehohes Wasser stapften.

»Sieht so aus, als würde so eine kleine Überschwemmung dem, äh, Lebensgeist dieses Dorfes nicht abträglich sein«, bemerkte Lord Darcy.

»Der normannische Bauer gehört einer zähen Rasse an, My Lord, wie Ihr noch aus der Zeit wissen werdet, da Ihr unter uns lebtet«, erwiderte Präfekt Henri. »Die Normannen sind das Rückgrat des Reichs.« Streitlustig blickte er Lord Darcy an, als wollte er ihn dazu herausfordern, diese Behauptung in Zweifel zu ziehen.

Lord Darcy lachte und klopfte dem Chief auf den Rükken. »Niemals würde ich einen Glaubenssatz in Frage stellen, Präfekt Henri«, meinte er. »Und außerdem könntet Ihr sehr wohl recht haben.«

Der *Gryphon d'Or* befand sich fünf Häuserblocks vom Bahnhof entfernt, drei Blocks die Hauptstraße entlang und zwei zur Rechten, in Richtung des höhergelegenen Geländes. Die Schute legte einen halben Block vom Gasthof entfernt an und wurde sicher an einem Zaunpfahl verzurrt.

Man hatte eine doppelte Bretterreihe über die Schlammlachen gelegt, die in den Hof der Gaststätte führten. Vorsichtig schritt Lord Darcy hinter Präfekt Henri, und Master Sean folgte. Zwei Wachmänner bildeten mit dem Gepäck die Nachhut.

Der Gasthof selbst, ein typisches, solides Gebäude im gwiliaminischen Stil, über zweihundert Jahre alt und in Form eines U erbaut, lag oberhalb der Hochwassermarke. Der Innenhof blickte auf das dreistöckige Hauptgebäude, flankiert von zwei durchgehenden Stallungen und Außenhäusern.

Der Besitzer des Gasthofs, Edelmann Lourdan, ein gedrungener, kantiger, völlig kahler Mann in einer weißen Schürze, die ihn vom Halsansatz bis zu den Knien bedeckte, erwartete sie mit sorgenvoller Miene im Hof. Er trat vor, um sie zu begrüßen, und Präfekt Henri stellte sie einander vor. »Ah, Lord Darcy!« sagte Edelmann Lourdan, »und Master Sean O Lochlainn! Es ist mir eine unglaubliche Ehre und eine Freude, Euch kennenzulernen.« Er packte Lord Darcys Hand und schüttelte sie fest, dann tat er das gleiche mit Master Sean. »Willkommen im *Gryphon d'Or.* Ich wünschte mir nur, daß es unter glücklicheren Umständen geschehen könnte. Seit vielen Jahren habe ich euch beide bewundert. Aus professioneller Sicht natürlich. Ich hoffe, ich habe euch nicht verletzt. Aber ihr versteht schon. Natürlich versteht ihr. Es muß lästig sein. Ich werde versuchen, euch nicht allzuviele Fragen zu stellen.«

Edelmann Lourdan führte sie in die Empfangshalle des Gasthofs, begeistert auf seine beiden neuen Gäste einredend. Master Sean gab zwar höflich Antwort, war aber deutlich verblüfft. Lord Darcy schien sich insgeheim zu amüsieren.

»Seit Jahren verfolge ich mit Interesse Eure Fälle, My Lord«, teilte Edelmann Lourdan Lord Darcy mit. »Eure und – natürlich – Master Seans. Den mysteriösen Mord des Meisterhexers Zwinge; den seltsamen Tod des Grafen de la Vexian; der unmögliche Mord an Lord Arlen; das unglaubliche Verschwinden der Barkasse *Lady Jeanne* im Hafen Portsmouth – Euer Lordschaft und Master Sean habt wahre Meisterschaft geleistet, sie zu lösen. Unglaublich. Habt Ihr jemals daran gedacht, Eure Memoiren zu schreiben, My Lord? Hier, Jonquil, nehmt seiner Lordschaft Gepäck und bringt es auf sein Zimmer. Und Master Seans auch. Sie haben die Zimmer vierzehn und fünfzehn. Und sorgt dafür, daß die Verbindungstür aufgeschlossen ist. Beeilung! Darf ich Euch an der Bar etwas zu trinken anbieten, My Lord, oder würdet Ihr es vorziehen, Euch sofort auf Euer Zimmer zu begeben und Euch erst ein wenig zu erfrischen?«

»Wir wollen uns erst ein wenig erfrischen«, antwortete Lord Darcy. »Etwas von dem Schmutz und dem Schlamm der Reise abschütteln. Und dann würden Master Sean und ich uns freuen, Euch in, sagen wir, fünfzehn oder zwanzig Minuten in der Bar zu treffen. Ihr und Präfekt Henri werdet uns mit den Einzelheiten dieses mysteriösen Doppelmordes vertraut machen müssen, der in Eurem Gasthof vorgefallen ist.«

»Was für eine entsetzliche Sache«, erwiderte Edelmann Lourdan und legte bei der Erinnerung daran die Stirn in Falten. »Aber wenn irgend jemand diesen Fall lösen kann, dann sind es Euer Lordschaft und Master Sean, da hege ich keinen Zweifel. Es wird mir eine Freude sein, Eure Fragen zu beantworten – Euch bei der Arbeit zuzusehen.« Der Gedanke schien ihn aufzuheitern, und es war ein strahlender Edelmann Lourdan, der ihnen schließlich ihre Zimmerschlüssel überreichte und sie mit einem Winken zur Treppe führte.

Die Zimmer waren groß und bequem, mit königsgroßen Betten samt Baldachin und überdimensionierten Schränken und Schreibkommoden. In Lord Darcys Zimmer stand ein reichverzierter Schreibtisch im Stile Gwiliam II, während sich in Master Seans Raum eine Chaiselongue befand, auf der zu ruhen jede Dame entzückt gewesen wäre. »Der

Verbindungstür nach zu schließen, offensichtlich für Ehemann und -frau gedacht«, bemerkte Lord Darcy.

»Wenn Ihr meint«, antwortete Master Sean kopfschüttelnd. »Aber warum ein Ehemann nicht bei seiner Frau oder eine Frau bei ihrem Mann schlafen will, übersteigt mein Verständnis.«

»Sean, mein alter Freund«, sagte Lord Darcy zu ihm, »in Eurem Herzen seid Ihr noch ein romantischer Junggeselle.«

Master Sean nickte. »Vielleicht habt Ihr recht, My Lord. Und vielleicht ist es auch die Tatsache, daß ich im Herzen ein Romantiker bin, die mich die ganzen Jahre hat Junggeselle bleiben lassen.« Er betrat sein Zimmer durch die Verbindungstür und schloß sie hinter sich.

Lord Darcy öffnete den Koffer auf seinem Bett und holte ein frisches Hemd hervor. »Ihr sollt Magier sein«, rief er Master Sean durch die geschlossene Tür zu, »nicht Philosoph. Und nun wollen wir uns zehn Minuten gönnen, um uns zu erfrischen, dann gehen wir hinunter und lassen uns von unserem Hausherrn etwas zu trinken ausgeben. Ich kann es gebrauchen.«

Zehn Minuten später klopfte Master Sean an die Verbindungstür. »Seid Ihr bereit, My Lord?« rief er.

»Tretet ein, Master Sean«, antwortete Lord Darcy. »Noch eine Sekunde, dann bin ich fertig, um nach unten zu gehen.«

Master Sean öffnete die Tür, als Lord Darcy gerade sein grünes Wams anlegte. »Ich dachte mir, ich sollte mich wohl besser stilecht herausputzen«, erklärte Lord Darcy. »Unser Hausherr scheint doch gewisse Erwartungen in uns zu setzen.«

»Danach wollte ich Euch ohnehin schon fragen, My Lord«, sagte Master Sean und senkte die Stimme. »Was geht hier vor? Dieser Hausherr wirkt ja wirklich nett, aber worüber, um alles in der Welt, redet er nur die ganze Zeit? Er kennt ja unsere früheren Fälle besser als ich selbst. Wäre ich ein mißtrauischer Mensch, ich würde glauben, daß er unsere Methoden studiert, um ein Verbrechen begehen zu können, ohne daß wir ihn erwischen. Doch andererseits – warum sollte er sich dann solche Mühe machen, uns sein Wissen mitzuteilen?«

Lord Darcy schüttelte den Kopf. »Da zäumt Ihr das Pferd aber von der falschen Seite auf, Master Sean«, erwiderte er leise lachend. »Habt Ihr denn nichts von der neuen Manie gehört, die das Reich gerade heimsucht? Edelmann Lourdan ist ein Krimiliebhaber!«

»Ein Krimiliebhaber?« Master Sean nahm auf dem ungepolsterten Stuhl neben der Tür Platz. »Bei allen Heiligen, My Lord, was soll denn das für eine Kreatur sein?«

»Er studiert die Berichte über Kriminalfälle«, erklärte Lord Darcy. »Es fing an mit dieser Buchserie *Große Prozesse des Anglo-Französischen Reiches*. So hat man es mir jedenfalls erzählt. Und dann wurde eine weitere beliebte Serie veröffentlicht, die hieß, glaube ich, *Wahre Geschichten von Verbrechern und Verbrechensaufklärern*.«

»Ein paar von denen habe ich auch, äh, gelesen, My Lord«, gestand Master Sean. »Ich wurde darauf aufmerksam gemacht, als ein junger Gentleman mich aufsuchte, um mich wegen zweier unserer Fälle zu interviewen. Natürlich habe ich ihm keinerlei private Informationen gegeben, müßt Ihr wissen. Aber so, wie er es darstellte, schien es die reinste Bürgerpflicht zu sein, diese Fälle zu erläutern. Ich muß allerdings sagen, daß mich das Ergebnis enttäuscht hat.«

»Wirklich?« fragte Lord Darcy. »In welcher Hinsicht?«

»Er hat die Fälle zu Sensationen aufgebauscht, My Lord. Ganz schamlos. Ich hatte geglaubt, daß es das Publikum interessieren und erziehen würde, wenn man ihm klarmachte, mit welcher Strenge in der heutigen Justizhexerei moderne magische Techniken angewandt werden. Ja es hätte sogar den einen oder anderen Verbrecher abschrekken können, zu sehen, wie groß die Wahrscheinlichkeit des Entdecktwerdens doch ist. Aber statt guter, harter, fundierter Magie stellte er die Justizhexerei so dar, als handle es sich dabei um irgendeine Form von Wunder.« Master

Sean lachte. »Wenngleich ich hinzufügen muß, daß er Eure Kombinationssprünge auch wie Wunder erscheinen ließ, eine Meinung, die ich oft geteilt habe.«

»Wie dem auch sein mag«, fuhr Lord Darcy fort, »das unbeabsichtigte Ergebnis der Popularität dieser Buchreihen besteht darin, daß erstens mehrere andere Reihen zum selben Thema geschrieben wurden, und daß immer mehr kleine Gesellschaften entstanden, die sich dem Studium der Kriminalität widmen.«

»Soll das heißen, daß die versuchen, Verbrechen aufzuklären?« fragte Master Sean, und seine Stimme kündete von schockierter Überraschung. »Ohne professionelle Ausbildung? Was für ein entsetzlicher Gedanke! Dabei könnte es doch glatt passieren, daß einer von diesen Leuten am Tatort das physische Beweismaterial durcheinanderbringt, ganz zu schweigen von den geistigen und magischen Spuren, bis alles ganz wertlos geworden ist!«

»Nein, nein, Master Sean«, beruhigte Lord Darcy ihn. »Wie Ihr wissen auch diese Krimiliebhaber sehr wohl, daß dies ein Verstoß gegen das Gesetz wäre. Diese Leute diskutieren Verbrechen, die bereits gelöst worden sind; mal aus der Sicht des Verbrechers, mal aus der des Detektivs. Sie schreiben Aufsätze darüber, wie gut der Kriminelle sein Verbrechen durchgeführt hat – unabhängig von moralischen Fragen – und wie gut der Detektiv es gelöst hat. Es hat den Anschein, als hätten sie Mord und andere Kapitalverbrechen zum Gesellschaftsspiel gemacht.«

Master Sean blickte zweifelnd drein. »Führt das denn nicht die moralische Verderbnis der Beteiligten herbei, My Lord?«

»Sieht nicht so aus«, erwiderte Lord Darcy. »Nur in manchen Extremfällen, und bei denen ist es, wie bei anderen Besessenheiten auch, die Manie selbst, die destruktiv wird, nicht das Objekt dieser Manie. Die ernsthafteren dieser Leute entwickeln das, was man als eine ›Ästhetik des Verbrechens‹ beschreiben könnte, eine zweifelhafte Vorstellung, doch glücklicherweise ist es die Ästhetik des Beobachters, nicht des Ausübenden. Wenn das bloße Studium des Verbrechens schädlich für die Seele wäre, müßtet Ihr und ich doch ständig in Lebensgefahr schweben, nicht wahr?«

»Da habt Ihr recht, My Lord«, gestand Master Sean. »Trotzdem macht mich der Gedanke nervös. Dann gehört unser Gastgeber also zu diesen ›Liebhabern‹ und hat unsere Fälle studiert, meint Ihr?«

»Das möchte ich vermuten«, erwiderte Lord Darcy. »Meinem Informanten zufolge sieht es so aus, als ob die beiden Lieblingskriminologen dieser Liebhaber ich selbst und mein edler Vetter, der Marquis von London, sind, wobei sie sich unentwegt darüber streiten, welcher von uns beiden die größeren Fähigkeiten besitzt. Und Ihr, mein lieber Master Sean, seid der anerkannte Held der Justizhexerei im Reich. Was mir, so scheinen einige zu meinen, in diesem angeblichen Wettbewerb einen unfairen Vorteil verschafft. Aber dafür besitzt der Marquis ja Lord Bontriomphe als Augen und Beine, während ich mich mit meinen eigenen begnügen muß.«

Master Sean schnaubte. »Ich kann mich nicht dazu bringen, das Aufklären heimtückischer Verbrechen als Wettbewerb zu sehen, My Lord. Der einzige Wettbewerb, der da stattfindet, ist der zwischen uns und den Verbrechern, und es ist nur zu wichtig für sämtliche Detektive und Justizhexer, jedesmal zu siegen.«

»Man muß dem Volk seine Leidenschaften lassen, Master Sean«, wandte Lord Darcy ein. »Solange wir sie nicht auch teilen, richtet so etwas keinen Schaden an.«

»Das mag vielleicht sein«, stimmte Master Sean ihm zweifelnd zu.

»Ich würde es gern mit Euch einmal weiterdiskutieren«, sagte Lord Darcy. »Es ist schwierig, sich der eigenen Objektivität sicher zu sein bei diesem Thema, das einen persönlich so sehr berührt. Doch gehen wir jetzt hinunter und nehmen wir die Getränke zu uns, die unser guter Gastgeber uns zur Begrüßung spendieren will.«

8

Eine halbe Stunde später fühlte sich Lord Darcy, den zweiten Ouiskie mit Wasser in der Hand haltend, entspannt und weitgehend von der morgendlichen Reise erholt. Er saß zusammen mit Master Sean und ihrem Gastgeber in einer Ecke der geräumigen Bar an einem runden Tisch. Präfekt Henri hatte sich dringender Polizeiangelegenheiten wegen entschuldigt, und sie warteten auf seine Rückkehr, um mit ihm den anstehenden Fall zu besprechen. Edelmann Lourdan hatte bald erkannt, daß Lord Darcy und Master Sean aus irgendeinem unerfindlichen Grund nicht den Wunsch hegten, ihre sämtlichen vergangenen Fälle in nicht endenwollenden Einzelheiten zu besprechen, und er war zu höflich, um die Sache zu forcieren. Deshalb hatte sich das Gespräch vor allem um den unaufhörlichen Regen gedreht, um die bevorstehende Krönung, um die Schwierigkeiten, einen Gasthof zu führen, und darüber, wie faszinierend es doch sein mußte, Detektiv zu sein.

Doch Edelmann Lourdan war begierig darauf, das Rätsel zu beschreiben, das mit seinem eigenen Gasthof zusammenhing, und nun, als Präfekt Henri wieder an den Tisch zurückkehrte, würde er seine Chance bekommen.

»Ich muß mich für mein Fehlen entschuldigen«, sagte Präfekt Henri und nahm in dem freien Sessel Platz. »Mußte mich um ein paar Einzelheiten kümmern, die mit unserem gegenwärtigen Wasserüberschuß zusammenhängen. So, wollen wir loslegen?« Er winkte der Demoiselle an der Theke und bat sie um einen Ouiskie.

»Wir haben Eure Rückkehr ungeduldig erwartet«, erwiderte Lord Darcy trocken, »damit wir die Morde in Eurer Gegenwart besprechen können.« Er nippte an seinem Ouiskie. »Hat keinen Zweck, alles zweimal zu besprechen.«

»Richtig«, meinte Präfekt Henri. »Wie Ihr wißt, hat Edelmann Lourdan die Leichen gefunden, warum sollte er da nicht anfangen.«

»Geht ganz langsam vor, Edelmann«, wandte Lord Darcy sich an ihren Hausherrn, »und erzählt mir und Master Sean alles, was passiert ist.«

Edelmann Lourdan schloß die Augen und atmete tief durch, ordnete seine Gedanken und Erinnerungen. »Morgen, am Mittwoch, ist es eine Woche her, daß wir die Leichen fanden. Da ich ja weiß, wie man sich dabei richtig verhält, habe ich natürlich als erstes den Wachmann gerufen und jedermann befohlen, den Tatort nicht zu betreten. Nicht, daß das ein Problem gewesen wäre, kann ich Euch versichern, Euer Lordschaft, was die Mitarbeiter des Gasthofs angeht. Die hätte man nicht einmal mit Prügel den Hügel hinaufbekommen. Die mögen Leichen nicht besonders. Ist ein Aberglaube in dieser Gegend, müßt Ihr wissen.«

»Und ein sehr vernünftiger dazu«, bemerkte Lord Darcy. »Was ist das für ein Hügel, Edelmann Lourdan?«

»Gerade dahinten«, sagte Lourdan und zeigte durch das Fenster zu seiner Rechten. »Er liegt zwar etwas abseits vom eigentlichen Gasthof, gehört aber noch zu unserem Grundstück. Im Sommer veranstalten wir dort Picknicks, das heißt, das haben wir bisher getan. Ich glaube nicht, daß die Leute in Zukunft noch an einer Stelle speisen wollen, wo man zwei Leichen gefunden hat.«

»Und man hat die Leichname auf dem Hügel gefunden?«

»Eher *im* Hügel. Sie waren vergraben. Ungefähr zwei Fuß tief.«

»Ich verstehe«, sagte Lord Darcy. »Wie seid Ihr dann dazu gekommen, sie auszugraben?«

»Tja, also das ist wirklich seltsam, wie das passiert ist.« Edelmann Lourdan stand auf und schritt zur Theke hinüber, wo er sich und Master Sean ein frisches Glas schäumenden Bieres einschenkte, um danach wieder Platz zu nehmen. Er musterte Lord Darcy mit festem Blick, dann sah er Master Sean und Präfekt Henri an, um den Blick schließlich wieder auf Lord Darcy zu heften. Er nahm einen tiefen Zug Bier. »Es waren die Hunde«, sagte er. »Was sie in der Nacht getan haben.«

»Die Hunde?« fragte Lord Darcy geduldig. Das war offensichtlich der Höhepunkt der Geschichte des Edelmann Lourdan, und er wollte sie auf seine Weise erzählen. Wenn man ihn drängte, würde das nur Verwirrung erzeugen, und es könnte sein, daß der Gastwirt dann eine wichtige Einzelheit ausließ.

»Wir besitzen drei Hunde«, erklärte Edelmann Lourdan, »die wir nachts freilassen. Keine gefährlichen Tiere, müßt Ihr wissen, nur laut. Damit sie uns wecken, falls irgend etwas nicht stimmt.«

»Ich verstehe«, sagte Lord Darcy. »In dieser Nacht haben sie wohl gebellt.«

»Nein ... das haben sie nicht getan«, berichtigte ihn Edelmann Lourdan. »Sie haben keinen Ton von sich gegeben. Das war es nicht. Ihr müßt wissen, daß sie abgerichtet sind, unsere Mitarbeiter oder Gäste nicht zu verbellen, nur Landstreicher oder Leute, die in der Nacht hier herumlungern.«

Präfekt Henri lächelte. »Ich schätze, unser Mörder hat nicht herumgelungert«, bemerkte er. »Er hat zwei Leichen aus dem Gasthof getragen und sie vergraben – aber gelungert hat er nicht.«

»Na ja, Präfekt«, verteidigte sich Edelmann Lourdan, »es sind zwar kluge Hunde, aber eben doch nur Hunde. Wenn der Mörder sich selbstsicher benommen haben sollte, und wenn sie ihn zuerst sehen, wie er *aus* dem Gasthof trat, haben sie ihn wahrscheinlich in Frieden gelassen.«

»Ist das denn sicher?« wollte Lord Darcy wissen. »Ist der Mörder tatsächlich aus dem Gasthof gekommen?«

»Bisher ist das nur eine Vermutung, My Lord«, teilte Präfekt Henri ihm mit. »Aber es ist die einzig logische. Eines der Opfer – jenes, das wir identifizieren konnten – kam mit Sicherheit aus dem Gasthof.«

Lord Darcy nickte. »Ich verstehe«, sagte er. »Und was ist nun mit diesen nicht bellenden Hunden?«

»Ah«, machte Edelmann Lourdan. »Nun, ich will Euch

sagen, was geschehen ist, Euer Lordschaft: Da es nur Hunde sind, jagen sie natürlich jegliches Wild, das über unser Land kommt. Meistens fangen sie es nicht, und sie jagen es auch nicht vom Grundstück – jedenfalls nicht sehr weit –, aber jagen tun sie es doch.«

»Stumm«, sagte Lord Darcy.

»So ist es, Euer Lordschaft. Wir können es ja nicht zulassen, daß sie unsere Gäste ohne guten Grund wecken. Nun, in dieser Mittwochnacht, ungefähr gegen zehn am Abend, sah unser Nachtbarkeeper Edelmann Timothy Bainterre zufällig aus dem Fenster. Es war das Fenster dort in der Ecke. Und da bekam er etwas sehr Seltsames zu Gesicht. Etwas äußerst Seltsames.« Edelmann Lourdan starrte nachdenklich in sein Bier.

»Könntet Ihr es uns denn beschreiben, guter Mann?« wollte Master Sean wissen. »Was hat Euer Barkeeper denn nun gesehen?«

»Einen Hasen!« Edelmann Lourdan nickte, er war mit sich selbst einverstanden. »Er erblickte einen Hasen. Der hockte wie eingefroren ungefähr auf halber Hügelhöhe. Das Licht aus den Fenstern im oberen Stock erhellte die Szene. Da saß dieser Hase, und er war umringt von unseren drei Hunden.«

»Und?« fragte Lord Darcy.

»Denen ging es nicht anders, Euer Lordschaft. Auch sie sahen aus wie festgefroren. Alle vier. Edelmann Bainterre bat mich, herüberzukommen, um es mir auch anzuschauen, und als ich kam, waren noch alle da. Der vor Angst gelähmte Hase und die drei ihn umringenden Hunde. Die ihn aber nicht angriffen. Die Hunde benahmen sich, als wäre der Hase von einem unsichtbaren Zaun geschützt, der ihn im Umkreis von drei bis vier Metern abschirmte. Um diesen Kreis liefen sie zwar herum, betraten ihn aber nicht. Sie schnüffelten sich bis dorthin vor, um dann wieder zurückzuweichen. Das war ein äußerst merkwürdiges Verhalten.«

»Das war es wohl in der Tat«, pflichtete Lord Darcy ihm

bei, holte seine Pfeife hervor und stopfte sorgfältig etwas von seiner Privatmischung in den wohlgeschwärzten Kopf. »Nun, fahrt fort. Langsam hört es sich interessant an.«

»Nun, Euer Lordschaft, wir legten also unsere Regencapes an und gingen mit ein paar Laternen hinaus, um nachzusehen, was da los war. Edelmann Bainterre und ich. In dieser Nacht war die Luft zwar voller dichtem Nebel, aber man würde es nicht Regen nennen. Als wir an der Stelle ankamen, stellten wir fest, daß wir genauso reagierten wie die Hunde. Wir dachten, daß wir den armen, verängstigten Hasen herausholen und retten würden, aber als wir dort waren, wollten wir es irgendwie nicht mehr tun.«

»Tatsächlich habt Ihr aber nicht den Hasen gemieden, sondern die Stelle, auf der er sich befand«, unterbrach Master Sean.

»Das ist richtig. Obwohl wir es damals natürlich noch nicht wußten, Ihr versteht. Nun, wir konnten uns nicht dazu durchringen, irgend etwas zu tun, also verjagten wir die Hunde und gingen zu Bett. Doch am nächsten Morgen kehrten wir zurück. Der Hase war schon lange verschwunden, aber wir konnten noch immer nicht die Stelle betreten, auf der er gehockt hatte. Sie hatte etwas ... etwas Verhextes an sich.«

»Und was habt Ihr da getan?« fragte Lord Darcy, während er das Rad seines Steinfeuerzeugs drehte und den glühenden Docht an den Pfeifenkopf hielt.

Edelmann Lourdan zuckte die Schultern. »Das, was jeder Mensch in einem solchen Fall tun würde, der noch klar bei Verstand ist, Euer Lordschaft. Ich habe einen Priester gerufen.«

»Natürlich«, pflichtete Lord Darcy ihm bei.

»Father Brunelle befindet sich im Augenblick nicht in der Stadt«, teilte Präfekt Henri Lord Darcy mit, »sonst hätte ich ihn darum gebeten, sich zu uns zu gesellen. Er kümmert sich weiter unten im Tal um die Flutopfer. Aber ich werde Euch seine Geschichte so berichten, wie er sie mir erzählt hat.«

»Sehr gut, Präfekt Henri«, sagte Lord Darcy. »Ich bin überzeugt davon, daß Ihr alle Informationen erhalten habt, die ich auch bekommen hätte. Bitte fahrt fort.«

»Nun, Father Brunelle kam nach der Morgenmesse – ungefähr um zehn Uhr, glaubt er ...«

»Das stimmt«, unterbrach Edelmann Lourdan, »es war Punkt zehn Uhr.«

»Danke, Edelmann Lourdan«, warf Lord Darcy ein.

Präfekt Henri verlagerte seine Stellung im Sessel. »Ja. Nun, Father Brunelle untersuchte die Stelle und überzeugte sich davon, daß sie nichts Unheiliges oder Übernatürliches an sich hatte, daß aber jemand einen Vermeidungszauber über das Gelände verhängt hatte.«

»Das dachte ich mir«, meinte Master Sean. »Ein interessantes Problem, einen solchen Zauber über ein Stück Land zu verhängen, das keine natürlichen Grenzen besitzt. Vermutlich hat sich herausgestellt, daß der Zauber an den Leichnamen haftete und daß sie mit ihm zusammen dort begraben wurden.«

»Nun, nicht genau, Master Sean«, widersprach Präfekt Henri. »Ich will Euch die Ereignisse in ihrer zeitlichen Reihenfolge berichten, anstatt gleich zum Schluß zu springen, sonst könnte ich aus Versehen etwas Wichtiges auslassen.«

»Ausgezeichnetes Vorgehen, Präfekt Henri«, sagte Lord Darcy zu ihm. »Ich bewundere Männer, die zu berichten wissen, das ist sehr schwierig.«

»Wie ich höre, soll der Chefermittler des Marquis von London, Lord Bontriomphe, ein Meister auf diesem Gebiet sein«, bemerkte Edelmann Lourdan.

»Ich, äh, glaube, das ist er«, erwiderte Lord Darcy und blickte Master Sean ausdruckslos an, dem es gelang, ein Lächeln zu unterdrücken.

»Nun, der Priester jedenfalls zog den städtischen Zauberer hinzu; einen Meisterhexer namens Semmelsahn.«

»Meister Sir Pierre Semmelsahn?« fragte Master Sean.

»Das ist der Zauberer.«

»Ein sehr guter Mann«, bemerkte Master Sean. »War

viele Jahre lang Gastlektor an verschiedenen thaumaturgischen Hochschulen. Hätte an jeder einen festen Lehrauftrag bekommen können, sagte aber, er wollte sich nicht niederlassen. Und so hat er sich schließlich doch niedergelassen – ausgerechnet in der Stadt Tournadotte! Wer hätte das geglaubt?«

»Er ist jetzt seit ungefähr vier Jahren hier«, meinte Präfekt Henri. »Tatsächlich lebt er außerhalb der Stadt. Mit seiner Frau.«

»Für uns ist das ein Glück«, ergriff Edelmann Lourdan das Wort. »Es ist schwierig, in einem kleinen, abgelegenen Städtchen wie diesem einen erstklassigen Magier zu bekommen.«

»Er wartet draußen«, erklärte Präfekt Henri. »Da ich ja weiß, daß Euer Lordschaft es vorziehen, Informationen aus erster Hand zu erhalten, habe ich einen meiner Wachmänner nach ihm geschickt.«

»Nun, dann führt ihn nur herein«, forderte Lord Darcy ihn auf. »Ich bin begierig darauf, seine Geschichte zu hören.«

Der Meisterhexer Sir Pierre Semmelsahn war ein dünner, gepflegter Mann mit faszinierenden blauen Augen, einem kleinen Schnauzbart und einer einnehmenden, vertrauenerweckenden Art. »Präfekt Henri«, sagte er und nickte zur Begrüßung. »Edelmann Lourdan. Master Sean, schön, Euch nach dieser langen Zeit mal wiederzusehen. Und Ihr müßt Lord Darcy sein. Es ist mir eine echte Freude, Euch kennenzulernen, My Lord.«

»Die Freude ist ganz meinerseits, das kann ich Euch versichern«, sagte Lord Darcy zu dem schlanken Meistermagier. »Vor allem, wenn Ihr dieser ohnehin schon faszinierenden Geschichte, die wir bisher gehört haben, noch etwas hinzufügen könnt.« Er klopfte den Kopf seiner Pfeife an der Kante des gebrannten Steinaschenbechers aus und steckte sie wieder in die Tasche. »Bitte nehmt Platz und sprecht mit uns. Erzählt uns alles.«

Sir Pierre stärkte sich mit einem Glas Apfelwein und

nahm den leeren Sessel zur Rechten von Präfekt Henri. »Normalerweise habe ich nichts mit Verbrechen zu tun«, begann er. »Heutzutage befasse ich mich nur noch selten mit den exotischen Bereichen der Magie. Seit ich mich aus meiner Lehrtätigkeit zurückgezogen habe, bin ich eher so etwas wie ein Alltagsmagier geworden. Sicherungszauber, Schlösser, Konservierungszauber für die Nahrungsmittel und den Wein unseres Gastgebers, das ist die Art von Arbeit, auf die ich mich mittlerweile konzentriere. Aber Mord ... ich muß gestehen, daß ich mich gleichzeitig angezogen und abgestoßen fühle. Wer tut nur so etwas? Und dann mit solche methodischer Brutalität.«

»Berichtet seiner Lordschaft und Master Sean davon, Sir Pierre«, forderte Präfekt Henri ihn auf. »Erzählt ihnen die Fakten.«

»Die Fakten sind ziemlich schlicht, soweit ich sie bisher ausmachen konnte«, antwortete Sir Pierre.

»Beginnt ganz am Anfang«, wies Lord Darcy ihn an, »und laßt keinerlei Einzelheiten aus, so geringfügig sie auch sein mögen. Die Genauigkeit der Einzelheiten ist für die Verbrechensaufklärung ebenso wichtig wie für die Magie.«

»Also dann am Anfang«, willigte Sir Pierre ein. »Die kleine Jeanne Balzac, die zwölf Jahre alt ist und sich ganz verzweifelt ein Pferd zum Geburtstag wünscht, kam letzten Mittwoch um zehn nach zehn zu meinem Haus herübergelaufen – solche Zeiten und Daten merke ich mir immer –, um mir zu sagen, daß Father Brunelle im *Gryphon d'Or* sei und mich bäte, sofort zu ihm zu kommen. Ich hielt nur inne, um mein Werkzeug aufzunehmen«, – er deutete auf den symbolverzierten, recht abgenutzten Ledersack zu seinen Füßen –, »dann begleitete ich Demoiselle Balzac zurück in den Gasthof. Genaugenommen in eben diesen Raum hier. Dort erwartete mich der gute Father bereits, nachdem er schon einen hohen Krug vom besten Bier unseres Gastgebers hinter sich hatte, und erklärte mir, was los war, um mich schließlich mit hinaus zu nehmen.

Ich sah mir den ganzen Hügel an, schritt ihn ab und versuchte, ein ›Gefühl‹ für ihn zu bekommen …« Sir Pierre hielt die Hände vors Gesicht und rieb Finger und Daumen zusammen, als wollte er die Luft befühlen. »Master Sean wird wissen, was ich damit meine.«

»Ja«, stimmte Master Sean ihm zu.

»Und ich konnte keinerlei thaumaturgische Störung des pflanzlichen oder mineralischen Gefüges des Hügels entdecken. Alles war so, wie es sein sollte, bis auf ein quadratisches Stück, ungefähr auf halber Höhe. An dieser Stelle gab es ganz eindeutig einen Vermeidungszauber. Ich markierte die Kanten, so gut ich konnte, dann wies ich zwei Landarbeiter des Gasthofs an, eine Kante auszuheben.«

»So sauber war der Zauber umrissen?« fragte Master Sean.

»Das war er tatsächlich.«

»Ich habe es mir gedacht. Bitte fahrt fort.«

Sir Pierre nickte Master Sean zu, dann setzte er seinen Bericht fort. »Ich überzeugte mich davon, daß die … die Störung ungefähr eineinhalb Fuß unter der Erdoberfläche endete. Das Gebiet darunter war ungeschützt. So versammelte ich einen Trupp Männer, und wir hoben den Vermeidungsflecken aus dem Boden. An zwei Seiten gruben wir Gräben und trieben eine Reihe fußlanger Eichenstangen hindurch. Dann hoben wir das Erdstück heraus und gingen damit davon, acht Männer auf jeder Seite. Ihr müßt wissen, daß ich den Zauber auch einfach hätte neutralisieren können, aber ich wollte erst Zeit haben, ihn zu untersuchen.«

»Sehr raffiniert«, bemerkte Lord Darcy.

»Wo befindet er sich jetzt?« fragte Master Sean.

»Die, äh, wesentlichen Teile befinden sich im Nebenraum und warten darauf, daß Ihr sie inspiziert, Master Sean«, versicherte Sir Pierre ihm. »Darauf komme ich noch.«

»Ja«, unterbrach Edelmann Lourdan, »erzählt ihnen von den Leichen!«

»Das wollte ich gerade tun. Ungefähr einen Fuß tief unter der ausgehobenen Stelle entdeckten wir zwei Leichname, die Seite an Seite nebeneinander lagen; einen nackten Mann und eine Frau, die nur ein Nachthemd trug. Dafür, daß sie sich bereits seit mehreren Wochen in der Erde befanden, waren sie noch in einem erstaunlich guten Zustand. Den Grund dafür sehe ich in dem Vermeidungszauber, der offensichtlich die größten Nekrophagen abgehalten haben muß.«

»Habt Ihr sie erkannt?« fragte Lord Darcy den Gastwirt. »Kannte irgend jemand sie?«

Edelmann Lourdan nickte und setzte eine schwermütige Miene auf. »Eine davon, Euer Lordschaft. Die Frau war Demoiselle 'Lisbeth Augerre. Sie hat hier im Gasthof gearbeitet.«

»Und der Mann?«

»Wir nehmen an, daß es ein Gast war«, erwiderte Präfekt Henri. »Aber wir haben keinen Beweis dafür, und auch keinen dagegen.«

»Was für Zauber habt ihr an den Leichnamen vorgenommen?« fragte Master Sean besorgt.

»Keine«, versicherte ihm Sir Pierre, »nur einen Konservierungszauber. Sie warten auf Euer Eintreffen, mein lieber Master Sean, im selben Zustand, in dem ich sie gefunden habe.«

»Und Father Brunelle? Hat der gute Father vielleicht die Sterbesakramente verabreicht oder die eine oder andere Macht der Kirche invoziert?«

Sir Pierre lächelte. »Ich glaube, er wollte durchaus einige, äh, mächtige Namen anrufen – aber er hat sich gezügelt.«

»Ausgezeichnet«, sagte Master Sean. »Ausgezeichnet!« Er nahm seinen Reisesack auf. »Soll ich mal losgehen und mit meiner magischen Untersuchung beginnen, My Lord, während Ihr Eure Befragung fortsetzt?«

»Natürlich«, willigte Lord Darcy ein. »Es wäre ja unfair von mir, Euch hier aufzuhalten, wo es doch Arbeit zu tun gibt.«

»Danke, My Lord. Sir Pierre, was für einen Konservierungsszauber habt Ihr über die Leichen verhängt?«

»Nur einen kommerziellen Standardzauber«, teilte Sir Pierre ihm mit. »Der ist zwar vielleicht geeigneter für Fleisch und Gemüse als für Leichen, aber ich denke, daß er seine Aufgabe erfüllt hat.«

»Dessen bin ich mir ganz sicher«, meinte Master Sean.

»Ich komme mit Euch, um den Zauber zu entfernen«, erbot sich Sir Pierre. »Und auch den Vermeidungszauber, den ich an der Tür zu dem Zimmer angebracht habe, in dem die Leichen aufbewahrt werden. Damit spart Ihr Euch ein paar Sekunden.«

»Sehr gütig von Euch«, erwiderte Master Sean.

»Überhaupt nicht«, teilte Sir Pierre ihm mit. »Ich werde es als Ausrede verwenden, um etwas dazubleiben und Euch bei der Arbeit zu beobachten. Es ist immer eine Freude, einem wahren Meister zusehen zu können, und da die Justizhexerei eines der Gebiete ist, das mich schon immer fasziniert hat, habe ich somit doppeltes Glück.«

»Wie wurde dieser Vermeidungszauber an dem Erdstück angebracht?« wollte Lord Darcy wissen.

»Kommt mit«, forderte Sir Pierre ihn auf. »Ich werde es Euch zeigen.«

Edelmann Lourdan entriegelte die Tür, die zu einem kleinen Gang seitlich der Theke führte, und öffnete sie. »Lagerräume und ein paar private Eßzimmer«, erklärte er, die Gruppe anführend. Schnell ging er den Gang entlang und blieb ungefähr zehn Fuß vor der letzten Tür zur Linken stehen. »Dieser Raum dort«, sagte er und wies mit einer Geste darauf. »Ich würde es vorziehen, nicht näher herangehen zu müssen, wenn Ihr nichts dagegen habt.«

Alle spürten sie den gleichen Drang, das Zimmer um jeden Preis zu meiden. Irgendwie wußten sie, daß es das sichere, unvermeidliche Unglück bedeuten würde, wenn sie diesen Raum betraten oder die Tür, die zu ihm führte, auch nur zu genau ansahen.

»Also das«, meinte Master Sean bewundernd, »nenne ich einen ordentlichen Vermeidungszauber!«

Sir Pierre ging auf die Tür zu und öffnete seinen Hexerbeutel. »Es wird nur eine Sekunde dauern«, sagte er.

Die anderen blieben in einiger Entfernung stehen. Es war niemals ratsam, sich in das Werk von Hexern einzumischen, nicht einmal in den einfachsten Dingen.

Mit der Geübtheit langer Praxis stellte Sir Pierre geschmeidig einen Weihrauchbrenner aus Bronze auf einen kleinen Dreifuß und füllte den Boden etwa ein Viertelzoll hoch mit feiner, pulverisierter Holzkohle. Er berührte den Brenner mit seinem Zauberstab und murmelte ein paar Worte, worauf die Holzkohle in Flammen aufging. Als nächstes warf er ein Päckchen genau ausgewogener und bemessener Kräuter und Pulver darauf, und schon trieb süßlich riechender Rauch durch den Gang. Eine leise gemurmelte Entfernungsbeschwörung, dann war das Werk vollbracht.

»Gut gemacht«, lobte Master Sean. »Selbst an den kleinen Einzelheiten erkennt man die Hand des wahren Meisters.«

Sir Pierre nickte Master Sean dankend zu. »Achtet auf den Brenner«, sagte er und stellte ihn vorsichtig neben der Tür ab. »Es braucht eine Minute, bis er sich abgekühlt hat.«

Edelmann Lourdan schob sich vor sie, einen großen Messingschlüssel aus dem Bündel an seinem Gürtel hervorziehend. »Es erschien mir zwar ein wenig überflüssig, angesichts Sir Pierres Zauber die Tür auch noch abzuschließen«, sagte er, als er sie aufsperrte, »aber die Vorschriften müssen eben befolgt werden. Nicht wahr, Präfekt Henri?«

Präfekt Henri lächelte gutmütig. »Bürger wie Ihr seid es, die uns unsere Arbeit erleichtern, Edelmann Lourdan«, sagte er. »Ehrliche, gewissenhafte Männer, die bereit sind, zum Wohle des Reichs Entbehrungen auf sich zu nehmen.«

Edelmann Lourdan strahlte. Nichts konnte einen treuen Bürger mehr erfreuen, als wenn man ihm sagte, daß irgendeine kleine Unannehmlichkeit, die er über sich hatte ergehen lassen, ›zum Wohle des Reichs‹ gewesen war.

Sie Pierre führte sie in das kleine Eßzimmer. Man hatte den Eßtisch in den hinteren Teil des Raums geschoben und mit einem weißen Tischtuch bedeckt. Die Form des Tuchs bot einen Hinweis darauf, was sich darunter befand.

Beim Anblick der tuchbedeckten Leichname verdüsterten sich die Mienen der fünf Männer. Edelmann Lourdan wirkte eine ganze Weile fasziniert, dann schüttelte er den Kopf. »Wenn Ihr mich entschuldigen würdet, My Lord, Gentlemen, ich muß mich wirklich wieder um meine Gäste kümmern. Solltet Ihr irgend etwas brauchen, laßt es mich nur wissen.« Er nickte jedem von ihnen zu und verließ das Zimmer.

»Wir sollten Euch jetzt an die Arbeit lassen, Master Sean«, sagte Lord Darcy. »Aber ich bin immer noch neugierig wegen dieses Vermeidungszaubers auf dem Hügel.«

Sir Pierre deutete auf einen kleinen Serviertisch links von der Tür. »Da ist es«, sagte er. »Ich weiß nicht, was ich davon halten soll, ich weiß nur, es ist sehr raffiniert. Es scheint mir wie eine ziemlich gewundene Methode, derlei Dinge zu bewältigen.«

Auf dem Tisch erblickte Lord Darcy etwas, das so aussah wie eine braune Decke, die man säuberlich zu einem ein Fuß breitem und zwei Fuß langem Rechteck zusammengefaltet hatte. »Ist das der Zauber?« fragte er.

»Ein Behältnis für den Zauber«, erklärte Sir Pierre.

»Darf ich ihn untersuchen?«

»Seid vorsichtig, My Lord«, warnte Master Sean. »Solche unverankerten Zauber können gefährlich werden.«

»Ich passe schon auf«, versicherte Lord Darcy ihm. »Aber danke für die Warnung.« Vorsichtig berührte er die Decke, die sich anfühlte ... wie eine Decke; steif von getrocknetem Schlamm, aus dickem Webmaterial, an den Rändern grob umgenäht. Er klappte einen Zipfel zurück, der daraufhin protestierte und beim Öffnen getrockneten Schlamm verteilte. Es gab keinerlei Empfindung, die auf einen Zauber hingewiesen hätte. Noch vorsichtiger entfaltete er den zweiten Zipfel der Decke.

Plötzlich umhüllte ihn eine Woge der Übelkeit, begleitet von grundloser Furcht. Mit einem Mal wußte er, daß er nicht länger in diesem Zimmer mit dieser Decke bleiben konnte. Sie war plötzlich zu einem Gegenstand des Ekels und der Abscheu geworden, durfte nicht berührt werden. Lord Darcy ließ die Decke fahren und zog sich hastig zurück.

»Das ist es also«, sagte er und zwang sich mit mächtiger Willensanstrengung, nicht aus der Tür hinauszulaufen. »Der Zauber ist auf einer Seite der Decke eingelassen. Das ist neu. Würde einer von Euch Meisterhexern sie bitte wieder für mich schließen? Ich merke, daß ich mich ihr nicht mehr nähern mag.«

Sir Pierre nahm die Decke auf und faltete sie wieder zusammen, um sie auf den kleinen Seitentisch zu legen. »Ist das nicht interessant, Lord Darcy?« fragte er. »Auch ich habe niemals etwas in dieser Art gesehen.«

»Sehr beeindruckend«, meinte Lord Darcy. »Ich muß mich für meine Überreaktion entschuldigen, aber ich hatte nicht mit etwas gerechnet, das so stark ist.«

»Eure Reaktion war sehr gemäßigt, My Lord«, meinte Sir Pierre. »Die meisten Nichtzauberer sind völlig unfähig, im selben Raum mit dieser Zauberdecke zu bleiben, wenn sie entfaltet ist. Beachtet doch, daß Präfekt Henri nicht anwesend ist. Er hat sich sofort verzogen, als Ihr die Falte angehoben habt.«

»Eine sehr raffinierte Idee«, bemerkte Master Sean. »Wirklich sehr raffiniert. Ich werde die Funktionsweise dieses Zaubers mit größtem Interesse untersuchen.«

»Ich sehe den Sinn darin nicht«, warf Sir Pierre ein, »obwohl das ganze wirklich äußerst raffiniert durchgeführt wurde. Es wäre doch viel effektiver, den Zauber unmittelbar auf den Gegenständen zu plazierten, die man nicht gestört wissen will. Mir scheint das wie eine indirekte und gefährlich umweghafte Weise, dieses Ziel zu erreichen.

Was ja auch die Tatsache beweist, daß wir die Leichname doch ausgegraben haben, die dadurch verborgen werden sollten.«

Lord Darcy tastete in seiner Tasche nach seiner Pfeife, doch dann fiel ihm ein, daß die Tabakdämpfe vielleicht einige der Spuren und Indizien durcheinanderbringen könnten, nach denen Master Sean suchte, und so ließ er es bleiben. »Stimmt«, sagte er, »aber das war doch weitgehend Glückssache. Mir scheint dies eine raffinierte Methode für jemanden zu sein, der das Talent nicht besitzt, aber den Zauber verwenden will.«

»Genau mein Denken, My Lord«, stimmte Master Sean ihm zu.

»Ich verstehe«, sagte Sir Pierre nachdenklich. »Darauf bin ich gar nicht gekommen. Eine Art Variante der Konservierungskiste.«

Lord Darcy nickte. Die Konservierungskiste, die darin aufbewahrte Lebensmittel frischhielt, besaß einen allgemeinen Konservierungszauber, der über die ganze Kiste verhängt war, wodurch es unnötig wurde, jedes Nahrungsmittel einzeln zu verzaubern. »Nur daß es sich in diesem Fall«, ergänzte er, »um einen Vermeidungszauber handelt. Eine kluge Anpassung einer bereits bestehenden Idee. Es weist auch auf sorgfältige Vorbereitung seitens des Mörders hin.«

»Und darauf, daß er über die Unterstützung eines Meisterhexers verfügte«, ergänzte Master Sean seinerseits. »Diese Decke ist nicht das Werk eines bloßen Wanderhexers.«

»Wie groß ist sie denn, wenn man sie ganz ausbreitet?« wollte Lord Darcy wissen.

»Ungefähr sechs Fuß lang und vier Fuß breit«, teilte Sir Pierre ihm mit.

»Sehr interessant«, meinte Lord Darcy nachdenklich. Er nahm die Pfeife aus der Tasche. »Ich werde euch beide jetzt euren justizhexerischen Bemühungen überlassen und in der Bar begierig auf eure Schlußfolgerungen warten.«

»Sehr gut, My Lord«, gab Master Sean zur Antwort.

»So, Sir Pierre, was nun den Konservierungszauber angeht, den Ihr auf die Leichen gelegt habt. Ich vermute doch, daß Ihr die Elmsley-Zählung verwendet habt und nicht eine Jordan ...«

Lord Darcy überließ die beiden Meisterhexer ihrer Arbeit. In der Bar fand er den Präfekten Henri vor, der wieder an dem Ecktisch saß, und gesellte sich zu ihm. »Ich würde gern mit dem Personal sprechen«, sagte Lord Darcy zu Edelmann Lourdan, als dieser ebenfalls an den Tisch gekommen war, »und zwar mit einem nach dem anderen, wenn sich das einrichten ließe.«

»Ich schicke sie herein«, erwiderte Edelmann Lourdan. »Kann ich Euer Lordschaft etwas zu trinken bringen? Oder Euch, Chief?«

»Kaffee würde mir zusagen, falls Ihr das einrichten könntet«, teilte Lord Darcy ihm mit.

»Eine Kanne Kaffee und ein Kännchen Sahne kommen sofort«, sagte Edelmann Lourdan. »Und Ihr, Chief?«

»Bringt am besten eine große Kanne«, erwiderte Präfekt Henri.

Lord Darcy machte sich daran, seine Pfeife anzuzünden, dann drehte er sich zu Präfekt Henri um. »Erzählt mir von der Demoiselle 'Lisbeth Augerre«, sagte er. »Wer war sie, was hat sie getan, wer waren ihre Freunde, mit welcher Sorte Mann wäre sie zusammengewesen, und warum ist sie umgebracht worden?«

»Und ich dachte schon, Ihr würdet mir eine schwierige Frage stellen«, sagte Präfekt Henri. Er holte einen Packen bekritzelter weißer Karten aus seiner Tasche und blätterte darin. »Da ist es«, meinte er schließlich. »Demoiselle 'Lisbeth Augerre. Tochter von Edelmann Jourald Augerre, Wagenlenker und Rollkutscher. Zwanzig Jahre alt. Hat die letzten vier Jahre im Gasthof gearbeitet. Gute Schulzeugnisse – sie besuchte die Gemeindeschule –, verließ sie aber mit siebzehn, sobald sie konnte. Unter ihren Kollegen wohlgelitten, wenngleich die Männer sie als etwas abweisend empfanden.«

»Ein jungfräulicher Typ?« fragte Lord Darcy.

Präfekt Henri hob den Blick von seinen Notizen. »Um die Wahrheit zu sagen, My Lord, hatte dieses Mädchen eine ungewöhnlich ausgeprägte Vorliebe für ältere Männer und Männer von ... Qualität. Und sie war, sagen wir mal, sexuell promiskuös.«

»Wollt Ihr damit sagen, daß die Demoiselle 'Lisbeth zu Lebzeiten eine Prostituierte war?« fragte Lord Darcy. »Sollte dem so sein, dann sprecht es ruhig aus, Präfekt.«

»Aber das wäre doch ungenau«, protestierte Präfekt Henri. »Soweit wir wissen, hat die Demoiselle ihre Gunst nie verkauft. Es war nur so, daß sie sich tatsächlich von reifen, bedeutenden Männern angezogen fühlte. Sie arbeitete gern im *Gryphon d'Or*, weil dieser Gasthof all jene Adligen anzog, die durch Tournadotte kamen. Den Tag verbrachte sie damit, Betten zu machen, und in der Nacht sorgte sie dafür, daß jenen ungebundenen Männern, die sie für wichtig genug erachtete, um ihr Interesse zu wecken, ein erinnerungswürdiger Aufenthalt zuteil wurde.«

»Eine, äh, edle Einstellung«, meinte Lord Darcy. »Wann hat man sie im Gasthof denn vermißt?«

»Ungefähr vor einem Monat«, gab Präfekt Henri zur Antwort. »Es entsprach zwar eigentlich gar nicht ihrem Wesen, nicht zur Arbeit zu erscheinen, doch ungefähr eine Woche lang machte sich keiner deswegen ernsthafte Sorgen. Denn es gab ja so viele mögliche Erklärungen, müßt Ihr wissen. Schließlich benachrichtigte man die Wachmänner und gab eine Vermißtenanzeige auf.«

»Und jetzt wissen wir, wo sie gewesen ist«, ergänzte Lord Darcy. »Und der Mann?«

Präfekt Henri zuckte die Schultern. »Ein nackter Mann mittleren Alters, in gutem körperlichen Zustand, mit gestutztem Schnäuzer und einem Spatenbart. Niemand mit dieser Beschreibung wurde als vermißt gemeldet. Wir können schließlich nicht nach jemandem suchen, dessen Beschreibung auf ungefähr zwanzig Prozent der männlichen Bevölkerung des Herzogtums Normandie zutrifft.«

»Könnte es ein Gast gewesen sein?«

»In diesem Fall wäre er vom Nirgendwo ins Nirgendwo verschwunden, und niemand hat ihn vermißt, als er nicht eintraf.«

»Wirklich ein passendes Bild«, meinte Lord Darcy. »Besaß die Demoiselle irgendwelche Freier? Gab es da irgend jemanden, der möglicherweise einen Anfall tobender Eifersucht bekam, als er die Demoiselle in Aktion beobachtete?«

»Nach allem, was wir bisher entdecken konnten, glaube ich das nicht«, antwortete Präfekt Henri.

»Ich auch nicht«, sagte Lord Darcy. »Jede Erklärung, die nicht auch diese Abwehrzauberdecke einsichtig macht, ist keine.«

Nun kam Edelmann Lourdan wieder an den Tisch, eine große Kanne Kaffee tragend, während das Barmädchen ein Kännchen Sahne und zwei prächtige Porzellantassen brachte. »Ich werde Euch jetzt das Personal hereinschicken, Euer Lordschaft«, verkündete Edelmann Lourdan. »Hätten Euer Lordschaft etwas dagegen, wenn ich hierbliebe und zuhörte? Ich werde auch mucksmäuschenstill sein.«

»Nein, das ist schon in Ordnung«, antwortete Lord Darcy. »Nehmt nur Platz, Edelmann.« Dann wandte er sich wieder Präfekt Henri zu. »Nun, hoffen wir, daß Master Sean mit irgend etwas aufwarten kann, das uns bei der Identifizierung hilft. Es ist schwierig, ein Motiv – oder überhaupt irgend etwas – festzumachen, wenn man nicht einmal weiß, um wen es sich bei der Leiche handelt.«

Die nächsten beiden Stunden unterhielt Lord Darcy sich mit dem Gasthofpersonal. Vom Hilfsflaschenwäscher bis zum Hauptwirtschafter. Keiner von ihnen konnte etwas von sich geben, was auch nur im geringsten von Interesse oder nützlich gewesen wäre, bis schließlich sogar Edelmann Lourdan seine Langeweile kundzutun begann. »Euer Lordschaft ist aber wirklich gründlich«, meinte der Gastwirt.

»Verbrechensaufklärung ist in erster Linie ein Prozeß der Eliminierung«, belehrte Lord Darcy ihn. »Und nicht annähernd so spannend, wie die Romanschriftsteller es darstellen. Aber die können ja auch die langweiligen Teile auslassen, während Ihr und ich, Edelmann Lourdan, sie aussitzen müssen.«

Im großen Raum ertönte eine Reihe von krachenden Lauten, als würden Türen geschlagen und der eine oder andere schwere Gegenstand zu Boden geschleudert, dann hörte man Stiefel durch den Raum auf die Tür zur Bar zustampfen. Die öffnete sich und gab einen schmucken Jüngling im Reitkostüm frei. Der Jüngling nahm seinen breitkrempigen Hut ab und hielt ihn sich vor die Brust. »Lord Darcy?« fragte er.

»Ja?« Lord Darcy spürte die Beschleunigung der Erregtheit, als sein geschulter Verstand so schnell analysierte und schlußfolgerte, daß es ihm schon wie eine Vorahnung erschien, als er den Jüngling schließlich sagen hörte:

»Ich bin der Chevalier Raoul d'Espergnan, My Lord. Kurier des Königs. Ich bin im Auftrag von Lord Peter Whiss gekommen, um Euch darum zu ersuchen, sofort auf Schloß Christobel zurückzukehren. Es ist ein weiterer Mord geschehen.«

9

Zwei Stunden später, um halb zwölf abends, beendete Lord Darcy seine Ermittlungen zum Doppelmord im *Gryphon d'Or*. So unvollständig sie noch waren, würde er die Sache erst einmal abschließen und auf Eis legen müssen. Lord Peters Ruf war im Prinzip ein Ruf Seiner Majestät und konnte – durfte – nicht auf die lange Bank geschoben werden. Da der Chevalier d'Espergnan ihnen keine Einzelheiten über den Mord berichten konnte, den er ihnen gemeldet hatte, einigten Lord Darcy und Master Sean sich darauf, keine Spekulationen darüber anzustellen. Sie würden schon bald alles erfahren, was es zu wissen gab, und sich daranmachen, auch den Rest zu entdecken.

Der Oostende-Paris-Expreß, der schon vor vier Stunden durch Tournadotte hätte fahren müssen, war noch nicht eingetroffen, wurde aber jeden Augenblick erwartet, was Lord Darcy und Master Sean die Notwendigkeit ersparte, sich zu Roß einen Weg durch das überschwemmte Tal zu bahnen, wie es der junge Chevalier getan hatte, um zu ihnen zu kommen. Der Zug würde zwar vielleicht die ganze Nacht brauchen, bis er Schloß Christobel erreichte, doch mit etwas Glück könnten sie dafür auch ein wenig Schlaf bekommen, während er sich seinen Weg durch den riesigen See bahnte, in den sich das normannische Küstental verwandelt hatte.

Master Sean hatte inzwischen den größten Teil seiner justizhexerischen Untersuchungen abgeschlossen und gab die wenigen noch verbleibenden Tests in die sachkundigen Hände des Sir Pierre, der recht begierig auf diese neue Erfahrung war. Eine halbe Stunde verbrachte er damit, Sir Pierre detaillierte Anweisungen zu geben und ihm einige Spezialsubstanzen aus seinem symbolverzierten Reisesack zu überreichen, bevor er zufrieden war.

Präfekt Henri begleitete sie auf ihrem feuchten Weg zurück zum Bahnhof. Die Schute war an allen vier Ecken mit Laternen bestückt, und Lord Darcy kam der Gedanke, daß sie wirklich einen sehr merkwürdigen Anblick bieten mußten, wie sie mit Ruderstangen schweigend durch die verlassenen Straßen gefahren wurden. »Ich hatte mich eigentlich darauf gefreut, mich morgen mit euch beiden mit einem Glas Ale zusammenzusetzen und unterhalten zu können«, sagte Präfekt Henri. »Aber das müssen wir wohl verschieben. Immer sind es die Freuden des Lebens, die verschoben werden müssen. Die Tragödien dagegen haben eine Art, sich in unsere Alltagsaktivitäten hineinzudrängen, daß man sie nicht mehr ignorieren kann. Was diese Morde betrifft ...«

»Gebt mir etwa einen Tag Zeit, um darüber nachzudenken«, antwortete Lord Darcy, »und um mit Master Sean seine Ergebnisse durchzugehen. Ich werde Euch Nachricht senden lassen.«

»Habt Ihr irgendeinen Vorschlag, in welcher Richtung wir unsere Ermittlungen fortsetzen sollen?« wollte Präfekt Henri wissen. »Schon der kleinste Hinweis könnte hilfreich sein. Ich muß ja weitermachen und hätte gerne das Gefühl, daß ich dabei vorankomme, anstatt einfach nur auf der Stelle zu treten.«

»Es gibt mehrere Hinweise«, sagte Lord Darcy. »Mit Sicherheit liegt die Antwort in der Identität der Gasthofgäste vor ungefähr vier Wochen. Einer davon könnte der Mörder gewesen sein, ein anderer war mit Sicherheit das Opfer. Ich hatte vor, mir eine Abschrift der Gästeliste dieser Zeit zu beschaffen. Würdet Ihr das bitte für mich erledigen und sie mir sobald wie möglich zukommen lassen? Und legt auch bitte alle Einzelheiten über die Gäste bei, an die sich das Personal erinnern kann. Und dann versucht, sie in beide Richtungen zu verfolgen – woher sie kamen und wohin sie gingen. Schaut, ob Ihr zwischen zwei oder mehreren davon irgendwelche Verbindungen entdecken könnt. Gewiß, nach solch langer Zeit eine schwierige Aufgabe, aber tut dennoch, was Ihr könnt. Mich würden besonders alle Gäste interessieren, die nach Schloß Christobel weiter wollten.«

»Denkt Ihr, daß ein Gast dieses Verbrechen begangen hat?«

»Nicht unbedingt, aber ich glaube, genau wie Ihr, daß das Opfer einer der Gäste war. Doch selbst diese Annahme stellt uns vor Probleme. Warum hat niemand ihn vermißt, als er nicht am Ziel eintraf? Andererseits hat man ihn vielleicht ja sogar vermißt, nur daß wir in diesem verdammten Wetter noch nichts davon hören konnten. Das müssen wir herausfinden. Ich werde den Adelsgerichtshof darüber informieren, daß wir diesen Fall übernehmen, damit Ihr alle erforderliche Hilfe erhaltet – sofern dieser Regen jemals endet und die Leute durchkommen sollten.«

»Dann glaubt Ihr, daß dieser Fall wichtig ist?« fragte Präfekt Henri.

»Alle Morde sind wichtig«, versetzte Lord Darcy, »aber dieser ... oder diese beiden ... könnten besondere Reichsbelange berühren. Ja, das glaube ich.«

Eine Stunde später fuhr der Oostende-Paris-Expreß dampfend und spritzend ein, worauf Lord Darcy und Master Sean in den Wagen erster Klasse einstiegen. Die Schlafabteile waren alle belegt, aber sie hatten wenigstens ein Tagesabteil für sich. Lord Darcy streckte sich auf den einander gegenüberliegenden Sitzen aus. »Ich werde versuchen, etwas zu schlafen«, teilte er Master Sean mit, der gerade auf dem anderen Sitz Platz nahm. Er schloß die Augen.

Als er erwachte, schien das Licht durch das Abteilfenster. Master Sean saß ihm immer noch in derselben Haltung gegenüber und las in einem Buch. Lord Darcy streckte sich und richtete sich auf. So weit das Auge reichte, konnte man draußen Wasser erkennen. Bis auf eine einsame Ulme, die etwa zweihundert Ellen entfernt aus dem Wasser ragte, hätten sie sich ebensogut mitten auf dem Ozean befinden können. Der Himmel war schiefergrau, und das diffuse Licht warf keine Schatten. Der Zug stand still.

»Welche Uhrzeit ist es?« fragte Lord Darcy. »Wo sind wir? Dieses Panorama erinnert mich verdächtig daran, wie man sich den Styx vorstellt.«

»Guten Morgen, My Lord«, sagte Master Sean und hob den Blick von seinem Buch. »Es ist ungefähr acht Uhr. Ich weiß auch nicht, wo wir uns genau befinden, aber ich glaube nicht, daß wir tot sind. Im Speisewagen wird das Frühstück serviert, und soweit ich weiß, kriegen Tote nichts zu essen. Habt Ihr gut geschlafen?«

»Anscheinend schon«, erwiderte Lord Darcy, »obwohl ich glaube, daß ich einen steifen Nacken habe. Guten Morgen, Master Sean. Ich hoffe, Ihr habt auch ein wenig Schlaf bekommen.«

»Ja, ausreichend«, bestätigte Master Sean.

»Wir hätten doch schon vor Stunden eintreffen müssen«,

sagte Lord Darcy, aus dem Fenster blickend. »Was ist geschehen?«

»Ein Erdrutsch«, klärte Master Sean ihn auf. »Weiter vorne vor dem Zug. Sie graben ihn gerade frei. Wir sind anscheinend nur eine halbe Stunde von Schloß Christobel entfernt, aber es wird noch zwei bis drei Stunden dauern, bevor wir weiterfahren können. Ich habe mich schon nach der Möglichkeit erkundigt, zu Fuß weiterzureisen, für den Fall, daß Ihr dies für erforderlich halten solltet, und man hat mir mitgeteilt, daß der größte Teil des Weges sich in Treibsand verwandelt hat. Es wäre, wie sie sagen, unratsam.«

»Nun, dann werde ich mich mal waschen gehen«, sagte Lord Darcy, »und danach können wir schauen, was der Speisewagen zwei hungrigen Reisenden an Köstlichkeiten zu bieten hat.«

Die *Continental und Southern* hing der Theorie an, daß ein wohlgenährter Reisender ein glücklicher Reisender war. Eine Stunde, nachdem sie Platz genommen hatten, saßen Lord Darcy und Master Sean einander gegenüber, dazwischen die Überreste von Spiegeleiern, Räucherschinken, Haferflocken und Gerstenkuchen sowie verschiedenen Marmeladen und Gewürzen, während der Kellner soeben ihre Kaffeetassen zum dritten Mal auffüllte. »Ich glaube, langsam werde ich tatsächlich wach«, bemerkte Lord Darcy und streckte sich, dann griff er in seine Tasche, um Pfeife und Tabaksbeutel hervorzuholen.

»Ja, My Lord«, gab Master Sean zur Antwort. »So fühle ich mich langsam auch – ich bin mir allerdings nicht mehr ganz sicher, daß ich noch von diesem Stuhl hochkomme. Es könnte sein, daß ich eine Spur zuviel gegessen habe.«

»Wenn Ihr nicht vorgehabt haben solltet, eine Runde schwimmen zu gehen«, versetzte Lord Darcy, »können wir ebensogut hier sitzen bleiben und unseren Kaffee trinken. Dann könnt Ihr mir die Ergebnisse Eurer gestrigen thaumaturgischen Untersuchungen mitteilen.«

»Viel gibt es da leider nicht mitzuteilen, My Lord. Die

meisten aussagekräftigen Ergebnisse sind in hohem Ausmaße unsicher, was an der langen Zeit liegt, die zwischen den Morden und der Untersuchung verstrichen ist, sowie an der Methode der Beseitigung der Leichen. Die meisten gesicherten Ergebnisse dagegen bieten keine Informationen.«

»Ich werde dankbar nach allen Brotsamen greifen, die Ihr mir anbieten könnt«, meinte Lord Darcy.

Master Sean holte ein großes Notizbuch aus seinem symbolverzierten Reisesack. »Mit Unterstützung von Sir Pierre Semmelsahn, der nebenbei bemerkt ein sehr guter Mann ist, führte ich an den beiden Leichnamen die grundlegende justizhexerische Untersuchung durch. Das Alter des männlichen Leichnams dürfte Mitte der Vierziger liegen, er ist von unterdurchschnittlicher Größe, und die Atmungsorgane wie auch die allgemeine Gesundheit zum Zeitpunkt des Todes waren als gut zu bezeichnen. Er wurde mit einem feinen Draht erwürgt, der um seinen Hals lag. Ähnlichkeitstests zwischen dem Draht und anderen Drahtstücken, die wir im Gasthof entdeckten, ergaben ein negatives Ergebnis. Sir Pierre wird nach weiteren Mustern suchen, die darauf überprüft werden können.«

»Der Mörder hat ihn also mitgebracht«, meinte Lord Darcy. »Aber ich wünschte, ich wüßte, weshalb er das getan hat.« Er entzündete ein Streichholz und führte es an den Rand des Pfeifenkopfs, nachdenklich am Holm saugend. »Dieses Verbrechen wurde in allen Einzelheiten irgendwo anders geplant und dann im *Gyphon d'Or* zu Ende gebracht. Und wenn ich wüßte, warum, Master Sean, wüßte ich wahrscheinlich auch, wer es war.«

Master Sean blickte erst Lord Darcy und dann wieder sein Notizbuch an. »Die Frau, Demoiselle Augerre, war zwanzig, zu Lebzeiten hübsch, der Leichnam war in ein Baumwollnachthemd mit Spitzenornamenten gekleidet. Mann und Frau hatten zwei Stunden vor ihrem Tod Geschlechtsverkehr – sie starben wenige Augenblicke nacheinander.

Der Schmutz unter den Fingernägeln des männlichen Opfers zeigt eine enge Verbindung zum Gasthof, jedoch nicht zu irgendeinem besonderen Zimmer.«

»Das wäre wohl auch zuviel der Hoffnung gewesen«, meinte Lord Darcy. »Wenn wir wüßten, aus welchem Zimmer das Opfer kam, könnten wir es wahrscheinlich identifizieren. Aber das liegt schon einen Monat zurück, und wer kann sich in einem gutgehenden Gasthof einen Monat später schon noch an einen ganz durchschnittlich aussehenden Gast erinnern? Wie schwierig ist es wohl für den Mörder gewesen, sich Zutritt zu dem Zimmer zu verschaffen, immer angenommen, daß es so geschehen ist?«

»Der *Gryphon d'Or* verfügt über die üblichen Abwehrzauber an den Schlössern seiner Zimmer«, erwiderte Master Sean. »Kommerzielle Produkte, aber sauber und sorgfältig hergestellt. Ein Meisterhexer hätte eine derartig verschlossene und geschützte Tür ohne Schlüssel in etwa drei Minuten öffnen können. Ein kluger Wanderhexer hätte es mit Schlüssel wohl in zehn Minuten geschafft, ohne hätte er wohl eine Stunde gebraucht. Ein Laie hätte die Tür einschlagen müssen, was mit Sicherheit jemandem aufgefallen wäre.«

»Stellen wir uns einmal einen Laien mit einem Fertigzauber vor, der im voraus von irgendeinem Meisterhexer hergestellt wurde«, schlug Lord Darcy vor. »Was wäre dann, Master Sean?«

Master Sean wollte erst energisch den Kopf schütteln, doch dann hielt er inne und blickte nachdenklich drein. Nach einer Minute eisigen Schweigens nickte er langsam. »Es *könnte* gehen«, meinte er. »Das könnte es tatsächlich. Es wäre allerdings nicht leicht, My Lord. Es würde eines echten Meisters bedürfen, das Gebräu zuzubereiten, und der Laie würde etwas Ausbildung brauchen, um mit dem symbolischen Zubehör umgehen zu können – also mit dem Räuchergefäß und anderem. Außerdem müßten Zauberformeln aufgesagt werden. Aber prinzipiell *wäre* es möglich.«

»Ich glaube, so ist es auch geschehen, Master Sean«,

teilte Lord Darcy dem rundlichen Magier mit. »Es gibt keine andere vernünftige Erklärung dafür. Der Gentleman – ich denke, wir können davon ausgehen, daß es ein Gentleman war –, dessen Leichnam wir heute untersuchten, befand sich mit Demoiselle Augerre in seinem Zimmer. Sie waren mit, äh, Liebesspielen beschäftigt, oder waren es gewesen. Sicherlich war die Tür dabei abgeschlossen. Niemand schätzt es, in solch delikaten Augenblicken gestört zu werden. Was mir Rätsel aufgibt, ist der Hase.«

»Der Hase, My Lord?«

»Ja. Der Hase, der das alles auslöste. Der über dieser teuflisch raffiniert behandelten Decke hockenblieb und drei Hunde verwirrte, wodurch er preisgab, was ansonsten das perfekte Verbrechen hätte sein können.«

»Das ist kein Problem, My Lord. Es ist eine reine Frage des Gleichgewichts.«

Lord Darcy sah seinen Gefährten fragend an. »Was für ein Gleichgewicht, Master Sean?«

»Das Gleichgewicht der Angst, My Lord. Da war dieser arme Hase, der verzweifelt vor drei hungrigen Hunden floh. Aber genau wie ein Mensch in ähnlicher Situation vor einem ihn verfolgenden Tiger in einen Wildbach springen würde, so sprang auch der Hase in noch größerer Angst vor der Gefahr hinter ihm in das Revier des Abweisungszaubers. Die Hunde aber, die nur ein bißchen Vergnügen und ein kleines Abendessen suchten, hatten nicht annähernd soviel Motivation, in Verfolgung des Hasen den Zauber zu überwinden. Also hockte die kleine Kreatur da, vor Angst erstarrt, bis die Hunde aufgaben und verschwanden. Überraschend ist nur, daß der Hase nicht vor Angst gestorben ist.«

Lord Darcy nickte. »Danke, Master Sean«, sagte er. »Damit habt Ihr für mich ein kleines, aber ärgerliches Problem gelöst. Jetzt kann ich mich auf die menschlicheren Aspekte dieser Angelegenheit konzentrieren.«

Der Kellner kam vorbei und füllte ihre Tassen wieder auf.

»In ungefähr zehn Minuten werden wir uns wieder in Bewegung setzen, My Lord«, berichtete er.

Master Sean goß sich etwas von der üppigen, dicken, gelben normannischen Sahne in seinen Kaffee. »Ich habe das Gefühl, daß das vor uns liegende Problem mindestens ebenso ärgerlich werden dürfte wie das, was nun hinter uns liegt«, meinte er. »In nächster Zeit werdet Ihr wohl beide Hände voll zu tun haben, My Lord.«

»Und Ihr wahrscheinlich noch viel mehr«, versetzte Lord Darcy. »Und außerdem habe ich das Gefühl, daß sich herausstellen wird, daß diese Fälle ganz engmaschig miteinander verwoben sind.«

»Ich habe gelernt, Euren Gefühlen zu vertrauen, My Lord«, erwiderte Master Sean.

10

Edelmann Domreme stand nervös vor dem langen Tisch, die großen, sehr schwieligen Hände hinter dem Rücken verschränkt, das von Arbeitsfalten gekennzeichnete Gesicht sorgenvoll gerunzelt. Hinter dem Tisch saßen die acht Männer, vor denen er – abgesehen von Seiner Majestät persönlich und Father Gibbin, Edelmann Domremes Beichtvater – von allen Menschen im ganzen Reich den größten Respekt hatte.

»Erzählt Eure Geschichte einfach nur ganz langsam und deutlich«, wies ihn der Marquis Sherrinford an, der vierte von links, zur linken Hand des Herzogs Richard sitzend. »Indem Ihr uns in dieser Ermittlung unterstützt, leistet Ihr Seiner Majestät einen großen Dienst, Edelmann Domreme. Seid nicht nervös.«

Was den armen Edelmann Domreme natürlich noch nervöser machte. »Ich will es versuchen, Euer Lordschaft«, sagte er. »Gestern nachmittag begab ich mich in den Ballsaal ...«

»Nein, nein«, unterbrach ihn der Marquis Sherrinford. »Fangt bitte am Anfang an. Wir wollen die ganze Geschichte hören.«

Edelmann Domreme blickte ihn verwundert an. »Aber Euer Lordschaft, das ist doch der Anfang. Etwa nicht?«

»Nennt uns erst einmal Euren Namen und Euren Beruf«, fuhr der Marquis Sherrinford fort. »Und dann erzählt Ihr uns, was Ihr im Ballsaal tatet, welche Vorsichtsmaßnahmen Ihr ergriffen hattet, und schließlich was gestern geschah. Einen zusammenhängenden Bericht, guter Mann. Wir wissen nicht, welche Informationen für Lord Darcy nützlich sein könnten, deshalb müssen wir alles erfahren. Nehmt Euch Zeit.«

Lord Darcy und Master Sean saßen geduldig da und warteten darauf, daß die Geschichte vor ihnen ausgebreitet wurde. Man hatte sie nach ihrem Eintreffen auf dem Schloß vor einer halben Stunde sofort zu dieser Versammlung – dieser Konferenz, diesem Untersuchungsausschuß – gerufen, und noch immer wußten sie nicht das geringste über den gestrigen Mord. Der Marquis Sherrinford zog es vor, sich gleich an die Quelle zu wenden. Er wollte nicht Gefahr laufen, teilte er ihnen mit, Lord Darcy durch einen Bericht aus zweiter Hand möglicherweise in die Irre zu führen. Normalerweise eine gute Idee, doch in diesem Fall vielleicht eine Spur zu zeitaufwendig.

Edelmann Domreme stand da und dachte nach. So wie es ihn nie gestört hatte, daß es Leute gab, die Dinge wußten, von denen er nichts verstand, war ihm auch nie der Gedanke gekommen, daß andere Menschen nicht alles wissen könnten, was er wußte. Und *diese* anderen Menschen, so hatte er geglaubt, müßten doch alles wissen. Da saß Richard, Herzog der Normandie, der über alles weltliche Wissen verfügen mußte; und gleich neben ihm zu seiner Rechten der Erzbischof von Paris, der doch mit Sicherheit alles göttliche Wissen besaß; und zu dessen Rechten wiederum Oberst Lord Waybusch, Kommandant der Wachmannschaften, dessen Aufgabe es doch war, alles zu wissen; und an dessen rechter Seite wiederum Master Sir Darryl Longuert, Hofhexer von England, der bestimmt über sämtliches magisches Wissen verfügte. Zur Linken des Herzogs befand sich der Marquis Sherrinford, Königlicher Hofkämmerer; und dann Lord Darcy, Oberster Ermittlungsrichter des ganzen Reichs, der doch, wie jeder wußte, Gedanken lesen konnte. Neben ihm saß Lord Peter Whiss, der, so jedenfalls das Gerücht, feststellen konnte, wenn man log. Und am Ende des Tisches, in seine blaue Hexerrobe gekleidet, war Master Sean O Lochlainn, der, wie es hieß, Leichen zum Sprechen bringen konnte.

Edelmann Domreme nahm sich Zeit. Wenn er etwas wissen sollte, was diese Herren nicht wußten, war es seine Aufgabe, diesem Mangel abzuhelfen. Und dabei wollte er keinen Fehler begehen. »Mein Name ist Isadore Domreme«, sagte er nachdenklich. »Ich wurde als Kind armer, aber ehrlicher Eltern im Dorf ...«

»Beginnt vor sechs Tagen«, unterbrach der Marquis Sherrinford ihn; er klang verärgert. »Beginnt mit dem Ballsaal vor sechs Tagen.«

Edelmann Domreme nickte bedächtig. »Vor sechs Tagen, Euer Lordschaften«, sagte er, »erhielt ich den Auftrag, den Boden im großen Ballsaal neu zu versiegeln. Wir hatten dazu schon auf trockneres Wetter gewartet, weil der Schellack bei feuchtem Wetter nur sehr langsam trocknet, doch Edelmann Druthers, der für die Schloßverwaltung zuständig ist, beschloß, daß wir, da es vor der Krönung Seiner Hoheit keine regenfreie Zeit mehr geben würde, fortfahren und die Aufgabe erledigen sollten.

Also haben wir das Mobiliar hinausgeschafft und den Boden abgeschmirgelt und gesäubert. Wir verwendeten einen Standardschälzauber, mit dem wir von Edelmann Peppler beliefert wurden, dem Wanderhexer, der für derlei Dinge einen Kontrakt mit der Schloßverwaltung hat, sowie viel Ammoniak und Wasser. Es dauerte zwei Tage, bis wir den Boden abgeschält, gereinigt und getrocknet hatten. Zur Unterstützung des Trockenvorgangs haben wir ebenfalls einen Zauber benutzt, Euer Lordschaften.«

»Fahrt fort«, ermunterte der Marquis Sherrinford den Mann.

»Jawohl, Euer Lordschaft. Vor drei Tagen – genaugenommen war es Dienstag – haben wir die neue Schellackschicht angebracht. Alle Türen wurden gleichzeitig verriegelt, damit niemand aus Versehen auf den neuen Schellack treten und die Versiegelung ruinieren konnte. Edelmann Druthers beschloß, es dem Boden zu überlassen, auf natürliche Weise zu trocknen. Er sagte, daß der Schellack, wenn wir ihn mit Magie schneller trockneten, Blasen schlagen könnte. Bitte um Verzeihung, Sir Darryl, Master Sean.«

»Gar keine Verzeihung nötig«, erwiderte Meisterhexer Sir Darryl Longuert, Hofzauberer von England, milde. »Es stimmt schließlich. Es könnte tatsächlich Blasen geben. Das läßt sich überhaupt nicht leugnen.«

»Und dann, gestern?« fragte Marquis Sherrinford.

Edelmann Domreme sah ihn gekränkt an. *Darüber* hatte er doch eigentlich schon die ganze Zeit reden wollen. »Gestern«, sagte er, »habe ich die Dienstbotentür aufgeschlossen, um mir den Boden anzusehen – um nachzusehen, wie lange er wohl noch trocknet. Ich«, sagte er stolz, »war nämlich verantwortlich für das Trocknen.«

»Na und?«

Edelmann Domremes Augen weiteten sich, als die Erinnerung zurückkehrte. »Da befand sich ein Gentleman«, sagte er. »Mitten auf dem Boden. Er lag dort. Tot.«

Lord Darcy schloß die Augen und stellte sich den Ballsaal vor: ein Rechteck von etwa hundert Fuß Breite und einhundertzwanzig Fuß Länge. Ungefähr in fünfzehn Fuß Abstand von der Wand und ebensoweit voneinander entfernt stand rechts wie links eine Reihe von Säulen. Ein Balken zog sich um den ganzen Raum, der vorne weit genug war, um ein kleines Orchester aufzunehmen; ansonsten aber war er kaum mehr als drei Fuß breit. In den Ballsaal führten viele Türen. Lord Darcy wußte nicht genau, wie es um die Türen stand, die vom Balkon führten. Das würde er noch untersuchen.

Der Dienstboteneingang mußte eine der beiden kleineren Türen sein, die einander in den Gängen gegenüberstanden. Außerdem gab es noch zwei große Türen, die in die vordere Mauer eingelassen waren, den Prunkeingang und den Großen Abgang, sowie zwei große Türen in der Mitte und weiter hinten einander gegenüberliegend, die zu den Erfrischungsräumen und den Toiletten führten. Lord Darcy meinte sich zu erinnern, daß der hintere Part nur die eine kleine Tür aufwies, die durch ein kleines Vorzimmer in den Privatgang gegenüber dem Thronsaal führte. Dazu hatte nur Ihre Majestäten und der Marquis Sherrinford die Schlüssel. Doch immerhin handelte es sich hier nicht um ein Verbrechen, das in einem geschlossenen Raum stattgefunden hatte, jedenfalls bisher noch nicht.

»Beschreibt bitte die relevanten Tatsachen, was den Leichnam betrifft«, forderte der Marquis Sherrinford ihn auf.

»Wie bitte?«

»Erzählt uns von der Leiche. Wie Ihr sie gefunden habt. Alles, was Euch damals auffiel.«

»Ah, jawohl, Euer Lordschaft. Mir sind tatsächlich ein paar Dinge aufgefallen. Wie ich schon zu Edelmann Druthers sagte, und auch dem Wachmann, als er zur Untersuchung kam, daß die Angelegenheit nämlich einige sehr seltsame Eigenschaften aufweist. Aber für mein Empfinden, Euer Lordschaften, ist es ohnehin ziemlich merkwürdig, mitten auf dem Ballsaalboden eine Leiche vorzufinden.«

»Fahrt bitte fort.«

»Ich schritt um den Leichnam herum, wobei ich mich sorgfältig in Nähe der Wände hielt, wo der Schellack bereits getrocknet war, um einen Blick auf das Gesicht des Gentleman werfen zu können. Es war niemand, mit dem ich persönlich bekannt war. Aber ich konnte erkennen, daß er von Adel ist … war. Als erstes fiel mir auf, daß ihm die Gurgel durchgeschnitten worden war. Unter Kopf und Schultern war eine Blutpfütze. Und auch um den ganzen Körper herum, vielleicht ein oder zwei Ellen weit, war Blut, als wäre es versprüht worden. Und dabei war der Schellack immer noch feucht. Das bekommt man nicht heraus, ohne das Parkett völlig abzuschmirgeln, das wird eine schöne Arbeit. Als nächstes bemerkte ich, daß neben der Leiche keine Waffe lag – kein Messer, kein Rasiermesser oder so etwas, was ziemlich merkwürdig war, müßt Ihr verstehen.«

»Warum war das merkwürdig?« ergriff Lord Darcy zum ersten Mal das Wort.

Edelmann Domreme sah aus wie ein Mann, der gerade eine mündliche Prüfung ablegte und sich nicht von Fangfragen reinlegen lassen würde. »Nun, Euer Lordschaft, weil es bedeutet, daß er keinen Selbstmord beging. Und da er nicht ermordet wurde ... zumindest nicht von sterblichen Händen ...«

»Sterblichen Händen?« unterbrach Oberst Lord Waybusch erschrocken. »Was wollt Ihr damit sagen, Edelmann, ›nicht von sterblichen Händen‹?«

»Würdet Ihr das bitte erklären, Edelmann Domreme?« fragte der Marquis Sherrinford. »Was brachte Euch zu dem Schluß, daß er nicht ermordet wurde?«

»Der Schellack«, erklärte Edelmann Domreme und verhakte seine Finger hinter dem Rücken. »Er war immer noch feucht, nahm also Fußspuren auf, aber im ganzen Saal gab es nur die Fußspuren des Toten!«

Eine halbe Stunde später standen Lord Darcy und Master Sean auf dem Balkon, der auf den Ballsaal hinunterblickte, und musterten den Tatort. Edelmann Domreme schritt gerade den Saal ab und entzündete die Gaslampen, und jedes weitere Licht erhellte die unter ihnen liegende Szene um so deutlicher und schrecklicher.

Die Leiche lag immer noch an Ort und Stelle, im Tod eine Haltung annehmend, die einem Lebenden unmöglich gewesen wäre: sie wurde von einem Konservierungszauber festgehalten, wie auch alles andere um sie herum, genau so, wie man sie vorgefunden hatte. Um den Leichnam war fächerartig verspritztes, inzwischen getrocknetes Blut zu erkennen, wo es aus der aufgeschlitzten Kehle hervorgeströmt war. Und unter Kopf und Schultern hatte sich eine Blutlache gebildet. Von der Dienstbotentür bis zur einen Seite des Leichnams führte ein Weg aus Papprechtecken von zwei mal vier Fuß Größe, die der Marquis Sherrinford hatte auslegen lassen, um keine eventuellen Abdrücke oder Spuren auf dem frischversiegelten Parkett zu verwischen.

Herzog Richard ging seinen Pflichten nach, doch die anderen fünf Mitglieder des Komitees standen hinter Lord Darcy und Master Sean O Lochlainn. Sie warteten auf Master Seans Versicherung, daß es sich bei dem Mord um ein Verbrechen handelte, das sie verstehen würden. Es *hätte* mit Magie ausgeführt werden können – von einem Magier etwa, der mit einem Zauber dafür sorgte, daß ein Messer durch die Luft schwebte und ohne Hebelpunkt zustach und -schnitt. *Das* hätten sie verstanden. *Das* hätte Master Sean mit Hilfe seiner Justizhexenkunst feststellen können. Dagegen könnte man sich durch die richtigen Gegenzauber schützen, die ein Meisterhexer liefern konnte.

Sollte aber keine Magie – weder weiße noch schwarze – bei dem Mord im Spiel gewesen sein, dann wäre die ganze Angelegenheit unverständlich. Und dann wäre niemand mehr im Bett seines Lebens sicher.

Der Marquis Sherrinford trat an den Rand des Balkons und funkelte den Leichnam finster an, als wäre sein Tod eine persönliche Beleidigung für ihn. »Es war meine Entscheidung, die Leiche nicht von der Stelle zu bewegen, My Lord«, sagte er. »Niemand von uns wollte das Risiko eingehen, irgendein Indiz zu verwischen – einen Staubfleck vielleicht oder eine Ätherschwingung –, das Ihr oder Master Sean entdecken könntet.«

Das Opfer war bereits identifiziert worden: Master Paul

Elovitz, Oberster Magiebeamter der Teleklanggruppe. Er war ein rundlicher Mann Ende fünfzig, der seine Arbeit, seine junge Frau aus einer erst kürzlich eingegangenen Ehe und seine beiden inzwischen erwachsenen Kinder liebte. Die Wahrscheinlichkeit, daß er Selbstmord begangen hätte, war allenfalls so groß wie die, daß er Spanien persönlich den Krieg erklärt hätte. Er war als Vertreter der Kommunikationszunft sowie als Meisterhexer gekommen, um der Krönung beizuwohnen. Die wenigen seiner Freunde und Geschäftsbekanntschaften, die sich zur Zeit im Schloß aufhielten, waren einhellig der Meinung, daß er ein glücklicher, harmloser Mann gewesen war, der niemals irgend jemandem absichtlich Schmerz zugefügt hatte.

Lord Darcy wandte sich an den Marquis Sherrinford. »Der Leichnam ist noch nicht untersucht worden?« fragte er.

»Er wurde noch nicht einmal angerührt«, teilte der Marquis Sherrinford ihm mit. »Wir stellten uns zwar insgeheim alle dieselbe, äh, schreckliche Frage, aber wir waren uns auch darin einig, daß es wichtiger für Euch und Master Sean ist, die Leiche *in situ* zu untersuchen, als daß wir unsere morbide Neugier befriedigen.«

»Also gut«, sagte Lord Darcy, »wenn Ihr uns entschuldigen wollt, My Lord, werden Master Sean und ich jetzt hinuntergehen und den Toten untersuchen.«

Es gab zwei Zugänge zum Balkon. Der eine, den sie ursprünglich genommen hatten, führte durch einen Ankleidetrakt für das Orchester, der selbst abgeschlossen war, wobei der Seneschall und der Konzertmeister die einzigen waren, die einen Schlüssel dazu besaßen. Da Master Sean bestätigte, daß die Affinitätszauber an den Schlössern nicht manipuliert worden waren, erschien es äußerst unwahrscheinlich, daß der Mörder diesen Eingang benutzt hatte. Der zweite Zugang bestand aus einer kleinen Tür im Ballsaal selbst, genau gegenüber der Dienstbotentür.

Lord Darcy und Master Sean schritten durch den Orchestertrakt in die Innenhalle hinaus, bis sie zum Dienstboteneingang des Ballsaals gelangten. Dort blieb Lord Darcy stehen, um den Raum aus diesem veränderten Winkel zu betrachten und um schließlich zusammen mit Master Sean zu dem Leichnam hinüberzuschreiten, dabei vorsichtig stets auf dem ausgelegten Pappweg bleibend.

»Sieht so aus, als hätten wir jetzt unser Rätsel eines Mordes bei verschlossenen Türen«, sagte Lord Darcy zu Master Sean.

»Es hat den Anschein, My Lord«, stimmte Master Sean zu. Er hatte die Hände vorgestreckt und rieb die Luft zwischen den Fingern, suchte nach Überresten des Bösen, das den Leichnam umgeben hätte, wenn beim Mord schwarze Magie im Spiel gewesen wäre.

Tatsächlich gab es nur eine Sorte Spuren im feuchten Schellack, nämlich die des Opfers selbst. Sie führten von der linken Tür bis zum Leichnam, der ungefähr zwanzig Fuß von ihr entfernt im Raum lag. »Das ist merkwürdig«, sagte Lord Darcy. »Schaut Euch einmal diese Spuren genauer an, Master Sean. Ballen und Zehen haben deutliche Abdrücke hinterlassen, die Ferse dagegen kaum. Ich hätte normalerweise gesagt, daß er schnell gelaufen ist, aber dafür liegen die Fußspuren zu dicht beieinander. Sie sind ja kaum zwei Fuß voneinander entfernt. Das ist eine seltsame Art von zögerndem Lauf.«

»Und was wäre Eurer Meinung nach die Ursache dafür?« wollte Master Sean wissen, als er niederkniete, um den nächstgelegenen Fußabdruck genauer zu mustern.

»Ich weiß es nicht. Eine Erklärung wäre die, daß etwas ihn beim Versuch zu laufen zurückdrückte. Aber was das sein könnte, kann ich nicht sagen – und Fußabdrücke hat es auch nicht hinterlassen. Aber ich habe das Gefühl, daß wir sehr viel besser über diesen Ort Bescheid wissen werden, sobald wir das herausbekommen haben.«

Der Boden war immer noch klebrig, wie Lord Darcy bemerkte, als er probeweise die Handkante dagegenhielt. Er kniete neben dem Leichnam nieder und musterte ihn sorgfältig. Wenige Augenblicke später gesellte Master Sean sich zu ihm. »Was meint Ihr?« fragte Lord Darcy.

»Ich meine, daß er tot ist«, erwiderte Master Sean. »Schaut Euch einmal sein Gesicht an, My Lord. Das ist der Ausdruck des eingefrorenen Entsetzens im Augenblick des Todes. Ich glaube, daß Master Paul vor irgend jemandem – oder irgend etwas – in Todesangst war und davon hier hereingejagt und umgebracht wurde. Könnte es sein, daß es das schiere Entsetzen war, was ihn zu diesen zögernden Schritten veranlaßte?«

»Das glaube ich nicht«, antwortete Lord Darcy. »Aber irgend etwas war es.« Er sah zum Balkon empor. »Ist Edelmann Domreme noch dort oben?« rief er. »Gut! Bitte holt noch etwas mehr von dieser Pappe und bringt sie hierher.«

Lord Darcy erhob sich und betrachtete nachdenklich den Leichnam, bis Edelmann Domreme mit der Pappe eintraf. Der Edelmann schien nicht geneigt zu bleiben, und Lord Darcy bestand auch nicht darauf. »Nur eine Sache, bevor Ihr geht, Edelmann«, sagte er. »Wie lange wird es wohl dauern, bis der Boden völlig trocken ist?«

Edelmann Domreme kniete nieder und stach mit dem Finger gegen das Parkett neben der Tür, um die Geste dann ein Stück weiter auf dem Pappstreifen zu wiederholen, wobei er den Blick sorgfältig von der reglosen Gestalt am Boden abgewendet hielt. »Ich würde sagen, noch zwei Tage oder so, Euer Lordschaft«, erwiderte er.

»Danke, Edelmann Domreme. Ihr wart mir eine große Hilfe.«

Edelmann Domreme verneigte sich und hastete aus dem Saal. Lord Darcy und Master Sean verteilten die Pappstreifen auf dem Boden, bis sie den Leichnam im Umkreis von drei bis vier Fuß umgaben. »Helft mir bitte etwas dabei, Master Sean«, sagte Lord Darcy und zeigte auf die Leiche, »dann mache ich Euch so bald wie möglich den Weg frei.«

»Ihr seid mir nicht im Weg, My Lord«, widersprach Master Sean, als er Lord Darcy gekonnt dabei half, den

Leichnam auf der Pappabdeckung auf den Rücken zu rollen.

»Na«, machte Lord Darcy, »schau sich das mal einer an!«

Er griff an den Kragen des Rocks des Toten. Daran war mit einer langen, geraden Nadel ein Rechteck aus steifem Papier befestigt.

»Was habt Ihr gefunden, My Lord?« rief der Marquis Sherrinford vom Balkon herab, von wo er noch immer das Vorgehen interessiert beobachtete.

»Das ist doch wohl nicht zufällig ein Verslein?« fragte Master Sean.

»Es ist ein Stück Papier, das mit einer Nadel am Rock des Toten befestigt ist, My Lord«, rief Lord Darcy dem Marquis zu. »Darauf stehen die Worte:

Neun kleine Zauberer auf dem Tor bei Nacht,
einer fiel herunter, bautz! – da waren's nur noch acht.«

Lord Darcy drehte das kartonähnliche Papier zwischen den Fingern und brachte es zur nächsten Gaslampe, um es besser erkennen zu können. »Es ist nicht dasselbe Papier wie beim ersten Mal, My Lord«, rief er, »aber ich würde schätzen, daß es dasselbe Schreibgerät war. Eine breite Stahlnadel. Wahrscheinlich dieselbe Tinte. Und dieselbe Handschrift – obwohl sich das schwieriger feststellen läßt. Ich werde Master Sean die beiden Mitteilungen auf Entsprechungen untersuchen lassen.«

Nun setzte ein langes Schweigen ein, das schließlich vom Marquis Sherrinford gebrochen wurde. »Ich werde jetzt mit Seiner Hoheit sprechen«, rief er hinab. »Er muß sofort davon erfahren. Bitte gebt mir Bericht, wenn Ihr irgend etwas hinzuzufügen habt.«

»Selbstverständlich, My Lord Marquis«, versicherte Lord Darcy. »Aber es dürfte mindestens einen Tag dauern, bis ich etwas melden kann, es sei denn, der Mörder hat irgendeinen dummen Fehler begangen. So, wie es gegenwärtig aussieht, scheint mir das unwahrscheinlich zu sein.«

Die Gruppe auf dem Balkon verließ den Ort des Geschehens hinter dem Marquis Sherrinford, um Lord Darcy und Master Sean allein zurückzulassen, damit sie ihre Wunder der Magie und der Kombinationskunst vollbrachten.

Lord Darcy untersuchte die Leiche sorgfältig, leerte alles, was sich in den Taschen der Weste und des Rocks sowie in Ärmeltasche, Gürtelbörse und den Innentaschen befand. Präzise legte er jeden Gegenstand auf den Papprechtecken aus. Master Paul war ein konservativer Mann gewesen, wie aus seiner Kleidung zu schließen war, unwillig, die neumodische Sitte zu übernehmen, Taschen in den Hosen anzubringen. Er besaß eine Brief- und Visitenkartenmappe aus feinem Hasenleder, die seine Hexerlizenz, unterschrieben vom Bischof von Ulster, sowie einen Stapel pergamentener Visitenkarten enthielt.

»Magier scheinen eine Vorliebe für Pergament zu haben«, bemerkte Lord Darcy, nachdem er den Inhalt der Briefmappe untersucht und sie beiseite gelegt hatte.

»Das erwarten die Leute von uns«, erklärte Master Sean, »und bei magischen Invokationen hat Pergament eine hohe symbolische Bedeutung. Denn das beste Symbol für einen Gegenstand ist der Gegenstand selbst, und ein umsichtiger Zauberer wird nie den Wert des Alltäglichen übersehen. Ein kommerzieller Hexer wie unser Master Paul hier hat wahrscheinlich viele kleine magische Aufträge für die Klienten und Kunden seiner Gesellschaft erledigt. Da sind die Visitenkarten aus Pergament sicherlich sehr nützlich gewesen zum Zwecke der Übertragung, der Entfernung, der Angleichung und ähnliches. Wahrscheinlich besaß er auch drei Füllfederhalter mit blauer, roter und grüner, möglicherweise sogar noch einen vierten mit brauner Tinte.«

Lord Darcy entschraubte nacheinander die drei Füllfederhalter, die unter Master Pauls Habseligkeiten lagen, und kritzelte kurz mit jedem davon auf den Rücken einer pergamentenen Geschäftskarte. »Kein Braun«, sagte er knapp. »Aber was die anderen angeht, habt Ihr recht. Wollt Ihr damit sagen, daß dieser Master Paul Elovitz die Hexerei auf die Ebene der Narretei reduziert hat? Ist das immer der Fall bei der geschäftlichen Magie?«

»Überhaupt nicht, My Lord«, widersprach Master Sean. »Ihr habt mich mißverstanden. Den meisten Magiern macht es sehr Freude, ihre Freunde und Nachbarn – und auch Geschäftspartner – mit kleinen Kostproben ihres Könnens zu unterhalten. Das ist so wie ein Dichter, der vielleicht ein Sonett schreibt, um damit einen Freund zu amüsieren.«

»Ich sehe mich berichtigt, mein Freund«, erwiderte Lord Darcy. »Ich habe wohl nicht richtig nachgedacht, bevor ich mich äußerte. Ist es nicht auch das, was Master Sir Darryl Longuert in gewissem Sinne einen großen Teil seiner Zeit beschäftigt? Der Hofhexer Seiner Majestät König John IV, einer, der wie ich höre, fähigsten praktischen Magier unserer Zeit, verbringt den größten Teil seiner Zeit damit, sich irgendwelche Partytricks auszudenken.«

»Ah, ja, My Lord«, antwortete Master Sean lachend, »aber es sind höchst erinnerungswürdige Partytricks!«

Lord Darcy nickte. »Mal sehen, was wir hier haben«, sagte er. »Eine Pfeife, einen Tabakbeutel, eine winzige Messingschale, einen Feuerstein mit Stahl, einen kleinen, symbolverzierten Ledersack – ich nehme doch an, daß es sich dabei um einen miniaturisierten Hexerwerkzeugsack handelt, Master Sean, was meint Ihr?«

Master Sean nahm den Beutel auf und öffnete ihn vorsichtig. »Nicht geschützt«, bemerkte er. »Es liegt kein Zauber darauf. Ich nehme an, er hat ihn nie aus der Hand gegeben. Mal sehen: eine Muskatnuß, ein Fläschchen, hmmm, ein Krötenstein, Zinnober, pulverisiertes ah, so, hmmm … Ja, My Lord, dem Inhalt zufolge handelt es sich dabei um einen kleinen Hexerbeutel. Alles andere als vollständig, aber in der Tat genug, um damit die eigenen Freunde erheitern zu können.«

Kritisch musterte Lord Darcy den Beutel. »Untersucht alles nach Belieben, Master Sean«, sagte er, »und stellt sicher, daß wirklich alles so ist, wie es sein sollte. Wenn Ihr irgend etwas finden solltet, was auf einen anderen Gebrauch dieses Beutels hindeuten könnte, laßt es mich wissen.«

»Jawohl, My Lord«, erwiderte Master Sean, verschloß den Beutel und legte ihn in seinen eigenen Rucksack. »Soll ich nach irgend etwas Bestimmtem Ausschau halten?«

»Ehrlich gesagt, weiß ich es noch nicht, Master Sean. Dennoch, wir müssen allem nachgehen.« Lord Darcy beugte sich für eine Weile über den Leichnam und musterte ihn genauer von Kopf bis Fuß; ganz besonders studierte er mit einer Taschenlampe die Halswunde. »Ein sehr scharfer, feiner Schnitt«, kommentierte er, »möglicherweise von einem Rasiermesser. Ungewöhnlich breit. Schaut einmal, Master Sean, er führt wirklich fast von einem Ohr bis zum anderen. Und hoch am Hals angesetzt, direkt unter dem Kinn. Seht – er liegt über Master Pauls ziemlich prominentem Kehlkopf. Ein unwahrscheinliche Stelle für eine Messerwunde.«

»Was schließt Ihr daraus, My Lord?«

»Im Augenblick sammle ich nur Daten«, antwortete Lord Darcy. »Mir fällt keine Hypothese ein. Aber ich bin sicher, mein lieber Freund Master Sean, daß sich alles aufhellen wird, sobald ich erst Euren Bericht gehört habe.« Er stand auf und blickte sich um. »Ich habe ein Problem, Master Sean. Vielleicht könnt Ihr mir helfen.«

»My Lord?«

»Ich würde gerne diesen Fußboden untersuchen. Ganz sorgfältig. Zoll um Zoll. Aber dazu müßte ich ihn entweder völlig mit den Pappmatten abdecken, könnte ihn also nicht mehr sehen, oder ich müßte auf Händen und Füßen herumkriechen, wobei ich das Beweismaterial ebenso schnell zerstören würde, wie ich es freilege.«

»Ein interessantes Problem, My Lord. Wie kann ich Euch behilflich sein?«

»Mir ist eingefallen, Master Sean, daß Ihr doch die Fähigkeit besitzt, Gegenstände levitieren zu lassen. Sagen wir einmal, daß ich zu einem Gegenstand werden möchte.«

»Aha!« machte Master Sean, und ein breites Lächeln überzog sein rötliches Gesicht. »Ich verstehe, My Lord. Eine interessante Idee. Machen wir doch das Experiment.«

»Es würde Euch doch wohl nicht zu sehr anstrengen, oder, Master Sean?« wollte Lord Darcy wissen. »Ich werde ungefähr eine halbe Stunde brauchen, um den Fußboden zu untersuchen. Natürlich brauchen wir auch nicht alles auf einmal zu machen.«

»Überhaupt kein Problem, My Lord, seid versichert. Wenn Ihr alles auf einmal erledigen wollt, ist das schon in Ordnung. Ihr versteht doch, daß ich für Eure Levitation nicht eigentlich meine eigene Kraft verwende.«

»Das verstehe ich gar nicht«, gestand Lord Darcy. »Wenn ein Mensch, der das Talent nicht besitzt, Magie studiert, ist das ebenso frustrierend wie für einen vollkommen tontauben Mann, der Klavier lernen will. Die Befriedigung, die ein mit dem Talent ausgerüsteter Mensch aus der Betrachtung zieht, wie die Zauber und Beschwörungen tatsächlich *funktionieren,* verleiht der ganzen Mathematik und der symbolischen Logik ein viel größeres Gewicht. Aber für den Rest der Menschheit wird es für alle Zeiten ein Rätsel bleiben, wenn man mal von einer so seltenen und hingebungsvollen Seele wie Sir Thomas Leseaux absieht.« Lord Darcy bezog sich auf einen gemeinsamen Freund, der inzwischen in London lebte und einige Jahre zuvor an der Lösung eines wichtigen Falls beteiligt gewesen war.

»Ah, ja, My Lord. Sir Thomas mag zwar nicht über das magische Talent verfügen, dafür besitzt er aber ein Talent für subjektive Algebra und symbologische Theorie, mit dem er den magischen Künsten mindestens ebenso große Fortschritte beschert hat wie jeder mit dem Talent gesegneten Praktiker.« Master Sean stand auf und holte einen bronzenen Weihrauchbecher, einen Dreifuß und mehrere weitere kleine Gegenstände aus seinem magischen Reisesack. »Laßt mir ein paar Augenblicke Zeit, um meinen Zauber vorzubereiten, My Lord, dann werde ich Euch durch den ganzen Ballsaal levitieren lassen, solange Ihr wollt.«

»Sehr gut, Master Sean«, antwortete Lord Darcy. »In der Zwischenzeit werde ich eine kleine Laterne holen, während Ihr Euch vorbereitet, und werde mich meinerseits auf die Untersuchung vorbereiten.«

Lord Darcy ging fort, um sich aus der Waffenkammer des Schlosses eine kleine Bullaugenlaterne zu besorgen, und als er zurückkehrte, fand er Master Sean dabei vor, wie er in hohem Bogen einen silbernen Brenner über den Leichnam schwenkte und dabei den letzten Teil eines komplizierten aramäischen Zaubers murmelte. Der bronzene Brenner, der auf seinem Dreifuß neben der Leiche stand, gab einen stechenden, süßlichen Geruch von sich.

»Ich wußte nicht, daß all das notwendig sein würde, Master Sean«, bemerkte Lord Darcy und zeigte dabei auf die beiden Brenner. »Ich glaubte immer, daß Ihr Euch einfach so vom Boden abhebt.«

»Oh, das tue ich auch, My Lord«, erwiderte Master Sean, während er den Silberbrenner beiseite stellte und seinen schwarzen Stab mit der Goldspitze aufnahm. »Aber *Euch* vom Boden zu heben, ist etwas anderes. Außerdem muß ich den Leichnam vor möglichen Ausrutschern des Zaubers schützen. Ich habe ihn ja noch nicht untersucht.«

»Natürlich«, räumte Lord Darcy ein. »Also gut, machen wir uns an die Arbeit. Nachdem ich den Fußboden untersucht habe, überlasse ich Euch die Untersuchung der Leiche. Irgendwie scheinen wir in dieser Woche ziemlich viele Leichen zu untersuchen.«

Master Seans Anweisungen folgend, legte Lord Darcy sich bäuchlings auf die Pappe. Master Sean beugte sich über ihn und strich eine dicke Salbe auf Lord Darcys Hand- und Fußgelenke sowie auf die Stirn; sie duftete nach Nelken und Moschus. Dann erhob er sich, nahm seinen Stab und zog eine Reihe magischer Symbole über Lord Darcys liegender Gestalt.

Lord Darcy spürte, wie er sich in die Luft hob, bis er ungefähr einen Fuß über der Pappe schwebte. »Fortbewegen könnt Ihr Euch, indem Ihr Euch ans Ziel denkt«, teilte

Master Sean ihm mit. »Stellt es Euch im Geiste vor. Ich bleibe hier und halte Eure Levitation aufrecht, bis Ihr fertig seid. Ist die, äh, Höhe ungefähr richtig, My Lord?«

»Ich glaube ja«, antwortete Lord Darcy. Er öffnete das Bullauge seiner kleinen Laterne und dachte so klar er konnte *linke Vordertür*.

Er begann, sich in Bewegung zu setzen. Langsam schwebte er über dem Boden auf die linke Vordertür zu. Er wurde immer schneller. Gleich würde er gegen die Tür prallen! *Stopp*! dachte er.

Ungefähr einen Fuß von der Tür entfernt, hielt Lord Darcy abrupt. »Das verlangt etwas Konzentration«, rief er Master Sean zu.

»Das stimmt, My Lord«, bestätigte Master Sean. »Laßt es mich wissen, falls Ihr irgend etwas braucht.«

Lord Darcy drehte sich zu Master Sean um. Der stand ein kleines Stück neben der Leiche, die Füße fest auf der Pappe verwurzelt, ungefähr drei Fuß auseinander, die Arme über dem Kopf ausgestreckt, mit dem Zauberstab in der Rechten gen Himmel zeigend – oder, genauer, gen Decke.

»Ist das bequem genug, Master Sean?« rief Lord Darcy. »Es sieht mir doch wie eine ziemlich ungemütliche Haltung aus.«

»Nur ein wenig unbequem, My Lord«, gab Master Sean zur Antwort. »Als Zaubergeselle lernt man, stundenlang derartige Stellungen einzunehmen. Fahrt nur mit Eurer Untersuchung fort. Mir geht es schon gut.«

»Also schön«, willigte Lord Darcy ein. Langsam bewegte er seinen horizontal schwebenden Körper durch den Ballsaal, untersuchte den Fußboden sorgfältig mit Hilfe der Laterne und seiner Lupe. Besondere Aufmerksamkeit widmete er der unmittelbaren Umgebung der verschiedenen Türen. Nach etwa zwanzig Minuten erklärte er seine Untersuchung für beendet und lenkte seine liegende Gestalt wieder über die Pappabdeckung.

»Jetzt könnt Ihr mich wieder absetzen, Master Sean«, sagte er.

Master Sean fuhr mit seinem Stab dreimal durch die Luft, und Lord Darcy setzte so scharf wie eine Seifenblase auf dem Pappstreifen auf. »Ich hoffe, daß dieses Erlebnis für Euch interessant und hilfreich war, My Lord«, meinte Master Sean.

»Interessant war es gewiß«, erwiderte Lord Darcy. »So etwas habe ich noch nicht erlebt. Das Gefühl des Fliegens ist recht beachtenswert, auch wenn man nur einen Fuß über dem Boden schwebt. Was die Nützlichkeit angeht, so könnte sich das möglicherweise auch bestätigen. Allerdings.«

»Ihr habt etwas gefunden?«

»Nur einen Hinweis. Im Augenblick bin ich mir noch nicht sicher, worauf er genau hinweist. Aber es ist immerhin etwas.« Lord Darcy kauerte neben dem Leichnam nieder und blinzelte über den Boden. »Ja. Ich denke, ich kann es von hier aus gerade noch erkennen. Wie ich schon dachte, die Markierungen verlaufen in gerader Linie zwischen Leichnam und linker Tür.«

Master Sean kniete neben ihm nieder und musterte den frisch mit Schellack versiegelten hellen Holzboden. Das helle Gaslicht der Lampenreihen an allen Wänden warf flackernden Widerschein auf die glänzende Politur. Es fiel schwer, irgend etwas zu erkennen, wenn man es nicht gerade direkt von oben ansah. Und Master Sean wußte nicht so genau, wo er hinblicken sollte. »Was für Markierungen, My Lord?« fragte er.

»Zwei sehr schwache, dünne Linien, höchstens ein Sechzehnzoll breit, wenn überhaupt. Die eine verläuft ungefähr acht Fuß vom Leichnam entfernt in Richtung Tür, sie ist etwa drei Zoll lang; die andere beginnt etwa zehn Fuß dahinter und hat eine Länge von ungefähr acht Zoll. Die Markierungen sind sehr deutlich, wenn man erst einmal darauf gestoßen ist, und so gut wie unsichtbar, solange man sie nicht bemerkt hat. Sie befinden sich links von Master Pauls Fußabdrücken, etwa zwei Fuß entfernt.«

Master Sean breitete die Arme aus und gestikulierte mit

seinem Stab. Langsam erhob er sich in die Luft und senkte sich nach vorn, bis er parallel zum Boden schwebte. Seine Robe raffend, damit sie nicht über den Boden schleifte, ging er tiefer, bis er einen Fuß hoch über dem Boden schwebte, dann bewegte er sich zu der Stelle, wo Lord Darcy die erste Markierung ausgemacht hatte. Er untersuchte sie eine Weile und schwebte dann zur nächsten Markierung weiter. »Was kann die verursacht haben, My Lord?« fragte er und schwebte zu der Pappbahn zurück, um sich schließlich wieder in die Senkrechte zu begeben und mühelos auf den Beinen aufzusetzen.

Lord Darcy schüttelte den Kopf. »Ich habe nur eine sehr vage und beunruhigende Idee dazu«, meinte er. »Aber sie sind ganz eindeutig erst entstanden, nachdem der Boden versiegelt wurde. Und das einzige, was seitdem in den Raum geschafft wurde, ist dieser Leichnam, zu dessen Eintrittsweg sie parallel verlaufen. Deshalb habe ich das Gefühl, daß sie miteinander zusammenhängen. Aber im Augenblick weiß ich noch nicht, wie.«

»Ich werde an den Markierungen Ähnlichkeitstests durchführen, My Lord«, entschied Master Sean, den glänzenden Boden zweifelnd musternd, »sofern mir irgend etwas einfällt, zu dem sie eine Ähnlichkeit aufweisen könnten.«

»Überprüft sie nach Blutspuren, Master Sean«, schlug Lord Darcy ernst vor. »Genaugenommen nach Master Pauls Blut. Und nach Öl. Untersucht sie auf Öl.«

»Öl, My Lord?«

»Ja. Öl oder Fett. Möglicherweise nur ganz winzige Spuren. Kann nicht schaden, es zu versuchen.«

»Gewiß, My Lord«, willigte Master Sean ein. Es war deutlich, daß der Vorschlag ihn verblüffte.

»Ich werde Euch jetzt zurücklassen, damit Ihr an der Leiche und der Umgebung Eure Magie ausüben könnt«, entschied Lord Darcy. »In vollem Vertrauen darauf, daß Ihr in einer Stunde diesen Raum verlaßt und aus dem Nichts in großer Schrift Name und Adresse des Mörders auf einem Stück hexergrauen Pergaments herbeigezaubert habt.«

Master Sean seufzte und öffnete seinen symbolverzierten Reisesack. »Ich wünschte, es wäre so einfach, My Lord«, gestand er. »Aber ich schätze, ich werde wohl wieder mit meinen mageren Ergebnissen zu Euch kommen, und Ihr werdet jenen logischen Sprung vollziehen, der jenseits der Macht der magischen Künste liegt, um unter den trockenen Formulierungen meines Berichts den Namen des Mörders zu entdecken.«

Lord Darcy lachte. »Jeder von uns beiden ist wohl davon überzeugt, daß der andere ein Wunderwerker ist«, meinte er. »Aber tatsächlich seid Ihr nur ein Magier und ich nur ein Logiker. Doch in Wirklichkeit ist es die Kombination – die Zusammenarbeit –, die alles ausmacht. Denn ich gestehe von Herzen gern, daß ich ohne meinen Master Sean verloren wäre.«

»Danke, My Lord«, erwiderte Master Sean, und eine matte Röte überzog sein ohnehin schon recht rosiges Gesicht. »Aber jetzt solltet Ihr lieber gehen, damit ich meine Arbeit tun kann.«

Zwei Stunden später saßen Lord Darcy und Master Sean in dem abgeschiedenen Besprechungszimmer des Marquis Sherrinford; es war ein kleiner, schlichter Raum mit einer Ledercouch, einem kleinen Tisch und vier Sesseln, der hinter dem regulären Büro des Marquis lag, das sich wiederum hinter dem von Lord Peter benutzten Zimmer befand. Es war zwar zu klein zum Arbeiten, diente dafür aber als Rückzugsort, wenn der Druck der Alltagsgeschäfte übermächtig wurde oder wenn der Marquis Sherrinford mit seinen immer wiederkehrenden Kopfschmerzen nicht mehr zurechtkam. Im Augenblick jedoch war es der einzige Ort, wo sie ungestört sein konnten.

»Und was«, fragte der Marquis Sherrinford und bedeutete ihnen mit einem Winken, Platz zu nehmen, »habt Ihr über den Tod des armen Master Paul herausbekommen? Welche magische Macht ist ihm in den Ballsaal gefolgt und hat ihm die Kehle durchgeschnitten?«

»Keine, My Lord«, erwiderte Master Sean. Kraftvoll nahm er auf einem der Brokatsessel Platz. »Nach allem, was die empfindlichsten mir zur Verfügung stehenden Tests besagen, wurde Master Paul Elovitz jedenfalls nicht durch Gebrauch magischer Kräfte getötet.«

Der Marquis Sherrinford musterte erst Master Sean und dann Lord Darcy, schließlich schüttelte er den Kopf. »Als wenn wir nicht schon genug Sorgen hätten«, meinte er, »jetzt müssen wir auch noch einen Mörder suchen, der mit einer mysteriösen Methode arbeitet, die jenseits der Magie liegt. Gentlemen, ich fühle mich von einem grausamen und unbeugsamen Schicksal genasführt. Aber bei Gott, es soll etwas für sein Geld erhalten – so schnell geben wir nicht auf! Es muß doch irgendeine Möglichkeit geben, dieses Problem so anzugehen, daß wir auch Ergebnisse erzielen.«

»Ich denke, ganz so schlimm ist es doch nicht, My Lord«, warf Lord Darcy ein. »Nur weil Master Pauls Tod mysteriös und dennoch unmagisch ist, gibt es doch keinen Grund zu der Annahme, daß er jenseits der Fähigkeiten der Magie oder auch nur jenseits jeder Lösung liegen könnte.«

»Ihr meint also zu wissen, wie die Sache durchgeführt wurde?« erkundigte sich der Marquis Sherrinford.

»Ich habe mehrere Hypothesen, My Lord. Ich würde es vorziehen, sie erst einmal für mich zu behalten, bis ich Gelegenheit gehabt habe, sie zu überprüfen. Aber ich denke, ich würde einigermaßen treffend die Methode erklären können, mit der Master Paul umgebracht wurde, so neu sie auch sein mag. Was mir zu schaffen macht, ist das Motiv. In diesem Fall führt uns die Methode nämlich nicht zum Mörder, das Motiv aber möglicherweise schon. Offensichtlich hat es nämlich die Methode bestimmt. Und ich denke, wir sollten uns lieber darauf konzentrieren, es ausfindig zu machen, denn ich glaube nicht, daß unser Mörder nach zwei Opfern haltmachen wird.«

»Ich bin mir nicht sicher, daß ich so richtig verstehe, was Ihr damit meint, daß das Motiv die Methode bestimmt«, entgegnete der Marquis Sherrinford.

»Es ist ganz einfach«, erklärte Lord Darcy. »Wir haben es hier mit einem unmöglichen Verbrechen zu tun. Nun ist es in Wirklichkeit natürlich doch nicht unmöglich – denn es wurde ja begangen, folglich muß es auch möglich sein. Aber es *scheint* unmöglich zu sein. Sollte das so sein? Schauen wir uns das Verbrechen des Mords – des geplanten Mords – doch einmal aus der Sicht des Mörders an. Der will einen Mord begehen. Er hat zwei Ziele dabei: den Tod seines Opfers und seine eigene Sicherheit. Das heißt, er will, daß ein anderer stirbt, will aber selbst nicht dabei erwischt werden.«

»Soviel ist klar«, stimmte der Marquis zu.

»Aber unter normalen Umständen gäbe es eigentlich keinen Grund, weshalb er dafür sorgen sollte, daß das Verbrechen unmöglich erscheint. Und wenn es dadurch auch nur eine Sekunde länger dauert oder um ein Quentchen riskanter ist, gibt es schwerwiegende Gründe, weshalb er es nicht tun sollte.«

»Warum hat dieser Mörder es dann getan?« wollte der Marquis Sherrinford wissen.

»Warum?« Lord Darcy lehnte sich in seinem Sessel zurück und musterte nachdenklich die Wand. »Es gibt zwei Möglichkeiten. Erstens: Es geschah zufällig oder war nur ein Nebeneffekt des Mords. Das heißt, der Mörder wollte einfach nur töten, aufgrund ungeplanter Ereignisse jedoch erscheint das Verbrechen nun unmöglich. Zum Beispiel könnte der Mörder sein Opfer in einem Zimmer erschießen, das nur eine Tür hat, um danach aus dem Raum zu fliehen. Das Opfer lebt noch lange genug, um die Tür hinter sich zu versperren, vielleicht ohne zu merken, wie schlimm es bereits verwundet ist, und in der Furcht vor einer Rückkehr des Mörders. Dann stirbt es. So daß wir es ganz zufällig mit einem Mord hinter verschlossenen Türen zu tun bekommen.«

»Und was wäre die andere Möglichkeit, My Lord?« fragte Master Sean.

»Daß der Mörder ein unmöglich erscheinendes Verbrechen aus einem Grund begeht, der mit dem Mord in Zusammenhang steht. Vielleicht ist sein Bedürfnis, die Ermittler vor Rätsel zu stellen, ebenso groß wie sein Bedürfnis zu töten. Vielleicht dient die Durchführung eines scheinbar unmöglichen Verbrechens dazu, irgendeinen bestimmten Aspekt des Mords zu verschleiern, der sonst offensichtlich wäre und den Verdacht auf den Mörder lenken würde.«

»Was könnte das sein, My Lord?« faßte Master Sean nach.

»Ich weiß es nicht, Master Sean, aber sollte dem so sein, habe ich vor, es herauszubekommen.«

»Und was ist mit den Morden in diesem Gasthof, dem *Gryphon d'Or*, könnten die damit im Zusammenhang stehen?«

»Ich fürchte ja«, antwortete Lord Darcy, »aber ich könnte mich auch irren. Im gegenwärtigen Stadium wäre es nur ein Ratespiel, und ich weigere mich zu raten. So etwas schadet dem logischen Denken.«

»Ich habe erfahren, daß eines der Opfer ein einheimisches Mädchen war«, sagte der Marquis Sherrinford, »während das andere noch immer nicht identifiziert wurde. Könnte das auch ein Zauberer sein?«

»Das wäre natürlich möglich«, räumte Lord Darcy ein, »aber ich bezweifle es.«

»Weshalb?«

Master Sean gluckste leise. »Kein Verslein dabei«, warf er ein.

Lord Darcy lächelte und nickte. »So ist es«, gestand er. »Es könnte sich zwar möglicherweise um denselben Mörder handeln, aber ich glaube nicht, daß er vor seinem Eintreffen hier damit begonnen hat, Hexer umzubringen. Darüber muß man auch noch nachdenken – warum ausgerechnet hier? Wenngleich es wahrscheinlich hier eine recht hohe Konzentration von Mitgliedern der Hexergilde gibt, die den Krönungsfeierlichkeiten beiwohnen wollen.«

Der Marquis Sherrinford blickte auf ein Blatt Papier auf seinem Tisch. »Dreihundertsechsundfünfzig«, sagte er, »soweit wir das feststellen können. Im Augenblick gibt es auf Schloß Christobel dreihundertsechsundfünfzig Hexer verschiedenster Provenienz, von Koryphäen wie dem Erzbischof Maximilian bis zu siebenundzwanzig Wanderhexern, die entweder im Schloß in Dienst stehen oder verschiedene Meister begleiten. Es werden auch noch einige weitere erwartet, etwa Seine Gnade der Erzbischof von London, Großmeister Sir John Tomasoni, und Kronprinz Stanislaw von Polen. Außerdem gibt es noch einige Zauberlehrlinge, die ich jetzt nicht aufgezählt habe.«

»Kronprinz Stanislaw?« fragte Master Sean. »Ich wußte gar nicht, daß der das Talent besitzt.«

»Ich weiß nicht, in welchem Ausmaß«, erwiderte der Marquis Sherrinford. »Er ist zwar Meister in der polnischen Gilde, doch ich habe das Gefühl, daß das eher ein Ehrentitel sein dürfte. Aber etwas Talent muß er schon besitzen, sonst hätte die Gilde ihn nie aufnehmen dürfen.«

»Das stimmt, My Lord«, bestätigte Master Sean. »Nicht einmal die polnische Hexergilde würde es einem Menschen ohne Talent gestatten, Mitglied zu werden, nur weil er von königlichem Geblüt ist.«

»Wie viele Meisterzauberer sind hier, My Lord?« wollte Lord Darcy wissen. »Ich glaube kaum, daß unser Mörder sich mit Wanderhexern begnügen wird.«

Der Marquis Sherrinford nickte. »Das glaube ich auch nicht«, meinte er. »Im Augenblick leben hier fünfundsechzig Meister. Aber warum sollte jemand einen Groll gegen Zauberer hegen? Das sind doch nützliche, hilfsbereite Leute, die selten jemandem wehtun. Außerdem sollte man doch glauben, daß man sich ausgerechnet die nicht unbedingt zu Feinden machen sollte. Ein Zauberer könnte seinen Widersacher doch glatt in seinem eigenen Blut kochen lassen, wenn er ihn nicht mag. Stimmt das nicht, Master Sean?«

Master Sean überlegte ernst. »Das könnte er, My Lord«, erwiderte er. »Oder zumindest könnten es die meisten Zauberer tun. Das macht sie allerdings nicht immun gegen Mord. Zum einen bekommt man nur dann eine Hexerlizenz, wenn die Kirche sowohl die Fähigkeiten als auch die Absichten des Hexens überprüft und bestätigt hat. Jeder Mann – oder auch jede Frau –, der auch nur die Absicht hegen könnte, einen anderen allein deswegen zu vernichten, weil er eine Abneigung gegen ihn hat, erhält mit Sicherheit keine Lizenz. Und wie Ihr gut wißt, muß die Lizenz alle fünf Jahre erneuert werden, damit die Sensitiven des *Advocatus manticii* Gelegenheit bekommen, etwaige Charakterveränderungen zu beobachten, die einen Zauberer destabilisieren könnten. So etwas kommt zwar vor, aber man schützt sich auch davor.«

»Was tut man denn in einem solchen Fall?« erkundigte sich der Marquis Sherrinford.

»Der fragliche Zauberer wird verwarnt, und es wird ihm geraten, sich fachkundige Hilfe zu suchen. Vielleicht empfiehlt man ihm einen bestimmten Helfer, der auf solche Dinge spezialisiert ist. Diese Frage kann seine Gnade von Paris besser beantworten als ich.«

»Und was wäre mit einem Zauberer, der gewissermaßen umkippt – jemand, der schlechte Magie praktiziert oder es unerlaubt tut, bevor er auffällt? Geschieht so etwas auch?«

»Schwarze Magie, meint Ihr? Das müßte es schon fast sein, denn Magie ist eine Frage der Absicht. Weiße Magie kann man nicht zum Angriff verwenden, nur zur Verteidigung. Mit schwarzer Magie kann man zwar angreifen, doch vernichtet sie nach und nach auch ihren Benutzer. Und natürlich wird jeder Zauberer, der erwischt und der Anwendung schwarzer Magie überführt wird, seiner Kräfte beraubt.«

»Könnte nicht irgendein Magier auch dann noch Magie praktizieren, nachdem ihm seine Kirchenlizenz entzogen wurde?« fragte der Marquis. »Dann hätte er ja noch weniger Anreiz, auf schwarze Magie zu verzichten.«

»Da habt Ihr mich falsch verstanden, My Lord«, erwiderte Master Sean entschieden. »Ein Magier, der von einem Standesgericht der Anwendung schwarzer Magie überführt wurde, kommt vor ein Scharfrichterkomitee – Zauberer, die mächtig genug sind, um ihn auf der geistigen Ebene zu überwältigen. Sein Talent wird beseitigt. Er kann nie wieder Magie durchführen. Ich kann Euch versichern, daß so etwas nicht leichtfertig geschieht. Jemandem sein Talent zu rauben, ist das gleiche, als würde man einen Menschen mit gesunden Augen blenden. Jedenfalls, soweit ich davon gehört habe.«

Der Marquis Sherrinford nickte, offensichtlich beeindruckt von Master Seans Ernsthaftigkeit und Überzeugungskraft. »Wir, äh, Blinden müssen Euch wohl glauben, wie streng diese Strafe ist«, meinte er. »Also läßt sich Magie – *weiße* Magie – nur zur Selbstverteidigung benutzen. Ist das richtig?«

»Man kann damit sich selbst verteidigen, Menschen, die man liebt, oder auch ein sinnvolles Ziel«, antwortete Master Sean. »Das wäre für einen treuen Staatsbürger beispielsweise die Verteidigung des Reichs.«

»Aber vergeßt dabei nicht, My Lord«, unterbrach Lord Darcy, »daß damit symbolische Angriffe oder Verteidigungsmaßnahmen gemeint sind. Es gibt auch Gelegenheiten, da ein körperlicher Angriff symbolisch gesehen eine Verteidigung darstellt.«

»Das ist richtig«, bestätigt Master Sean. »Die Situation ist kompliziert, und die Mathematik, mit der wir sie erklären ...«

»Drückt es doch mal einfach aus, Master Sean«, bat der Marquis Sherrinford. »Ich möchte nur wissen, wie ein Nichtmagier ungestraft Meisterhexer ermorden kann. Die meisten Menschen würden sich doch scheuen, Hand an einen Zauberer anzulegen, weil sie befürchten, dann in eine Kröte verwandelt zu werden.«

Master Sean schüttelte den Kopf. »Das gilt aber nicht für Leute, die auch nur ein bißchen von Magie verstehen. Erstens – jeder Zauber braucht Vorbereitung, und wenn ein Magier in einem unbewachten Augenblick oder unvorbereitet erwischt wird, kann er sich ebensowenig verteidigen wie jeder andere Mensch. Möglicherweise sogar noch weniger, da das Fechten und Boxen in den allermeisten universitären Magieausbildungsplänen keinen Platz haben. Zweitens – innerhalb der Zauberei gibt es viele Spezialgebiete, von denen die meisten keinerlei Wissen um die Selbstverteidigung voraussetzen, nicht einmal um die magische Selbstverteidigung. Master Raimun DePlessis war ein Heiler und hatte einen Lehrstuhl als Professor für theoretische Thaumaturgie an der Universität von Drogheda. Meister Paul Elovitz war Oberster Magiebeamter der Königlichen Anglo-Französischen Teleklanggesellschaft und konnte sich wahrscheinlich nicht einmal an die Beschwörung erinnern, mit der man einen schlichten Zauberstabangriff abwehrt. Für einen entschlossenen Mörder stellten beide kein allzu großes Hindernis dar.«

»Meint Ihr, daß er sie vielleicht aus diesem Grund ausgewählt hat?« wollte der Marquis wissen. »Vielleicht hegt der Mörder einen allgemeinen Groll gegen Hexer und greift nur die schwächsten oder die am wenigsten gefährlichen an.«

»Das glaube ich nicht, My Lord«, warf Lord Darcy ein. »Seine Reime wecken in mir den Verdacht, daß er ganz bestimmte Ziele im Auge hat. Ob die sich nun alle hier befinden, ist eine andere Frage. Es könnte sein, daß drei oder vier zur Krönung hierhergekommen sind, daß es einen weiteren in, sagen wir einmal, Paris gibt, einen anderen in …«

»Ihr meint also, daß dieser Vers von den ›zehn kleinen Zauberern‹ tatsächlich ein ernstzunehmender Abzählvers ist?«

»Zweifellos, My Lord.«

»Dann wird es also auch noch weitere Morde geben?«

»Wenn wir ihn nicht fangen – so gut wie sicher.«

Der Marquis seufzte und preßte die Handflächen gegen seine Schläfen. »Und was ist mit der Bedrohung Seiner Majestät?« fragte er. »Möglicherweise schleicht im Augenblick irgendein Unbekannter durch dieses Schloß und plant einen Angriff auf das Leben seiner Majestät, während wir machtlos sind, ihn daran zu hindern, bevor er es versucht. Und irgendein weiterer Unbekannter – möglicherweise auch derselbe – schleicht ebenfalls durch das Schloß, um irgendeinen harmlosen, gesellschaftlich nützlichen Menschen zu ermorden, nur weil es sich dabei zufällig um einen Meisterhexer handelt. Und ich habe Kopfschmerzen!«

Harbleury erschien plötzlich in der Tür, als hätte es sich bei den Worten des Marquis um eine Beschwörung von Harbleurys gehandelt. »Zeit für Eure Medizin, My Lord«, sagte er und brachte ihm auf einem Silbertablett ein Glas mit einer rosa Flüssigkeit.

»Ist das etwas Neues, My Lord?« fragte Lord Darcy, als der Marquis Sherrinford den Trank in drei Zügel leerte.

»In der Tat«, erwiderte der Marquis. »Das hat mir dieser Graf d'Alberra empfohlen. Ist, glaube ich, aus Baumrinde hergestellt.«

»Und hilft es Euch, was meint Ihr?«

Darüber dachte der Marquis Sherrinford einen Augenblick nach. »Das könnte durchaus sein«, sagte er. »Es ist schwierig, das in so kurzer Zeit festzustellen. Ein merkwürdiger Heiler – man redet einfach nur, während er zuhört. Dann sagt er manchmal etwas. Aber er sagt einem nie, was man *tun* soll – er redet einfach nur. Überhaupt kein Handauflegen – ich meine, er ist kein richtiger Heiler –, aber wenn diese Gesprächsmethode funktioniert, habe ich nichts dagegen. ›Sei nicht der erste, an dem man Neues ausprobiert‹, wie dieser Dichter mal sagte, ›und nicht der letzte, der Altes beiseite legt‹.«

»Nun, wenn es etwas nützt ...«, meinte Lord Darcy.

»Gewiß, My Lord«, stimmte Master Sean ihm zu. Doch er sah skeptisch aus.

11

Zwei beinahe ereignislose Tage verstrichen. Lord Darcy befragte so viele Meistermagier, wie er im Schloß vorfand, die entweder Meisterhexer Raimun DePlessis oder Meisterhexer Paul Elovitz gekannt hatten. Alle waren sich darin einig, daß keiner von beiden auch nur einen einzigen Feind auf der Welt hatte. Niemand konnte erklären, weshalb auch nur einer von ihnen hätte umgebracht werden müssen. Lord Darcy hatte nichts anderes erwartet.

Master Pauls Leichnam wurde ins Leichenschauhaus des Schlosses verbracht. Nachdem die Versiegelung des Ballsaals endlich trocken war, wurde der Marquis Sherrinford um Erlaubnis ersucht, die Blutflecken mit Sand fortzuschmirgeln. Seine Lordschaft überantwortete Lord Darcy die Entscheidung. Nach einigem Nachdenken und nach Beratungen mit Master Sean sowie einem weiteren Besuch im Ballsaal willigte er prinzipiell ein, versagte seine Zustimmung allerdings, was die beiden geheimnisvollen Markierungen anging, die er abdeckte, um sie zu konservieren.

Der Regen zog nach Osten weiter, aber das Flutwasser, das von den östlichen Flüssen gespeist wurde, ließ nicht nach, und das Schloß war von der Außenwelt so gut wie abgeschnitten. Das spielte zwar keine Rolle, weil die meisten Gäste inzwischen eingetroffen waren und die Speisekammern des Schlosses mehrere Regimenter für viele Monate verpflegen konnten; was ja auch die Funktion eines Schlosses war.

Täglich trafen zwei Züge im Bahnhof Christobel ein, beide ohne festen Fahrplan: einer aus Osten und einer aus Westen. Das Wasser war immer noch nicht hoch genug, um die Kessel der Lokomotiven auf dem größten Teil der Strecke zu bedrohen, doch bestand stets die Gefahr, daß die Gleise ausgespült wurden, und man benötigt gewaltige Mengen zusätzlichen Brennstoff, um die Waggons durch einen drei Fuß hohen See zu ziehen.

Als er am Abend des dritten Tages in seine Suite zurückkehrte, wurde Lord Darcy im Wohnzimmer von der Herzoginwitwe von Cumberland erwartet. Sein Diener Ciardi fing ihn im Gang ab und murmelte tadelnd »Ihre Gnade!«, dabei auf die offene Tür zeigend. Dann zog er sich naserümpfend in die Küche zurück. Ciardi, ein einfacher Mann mit komplizierten Anstandsauffassungen, war durchaus damit einverstanden, daß Lord Darcy und Mary von Cumberland schon die letzten zehn Jahre eine Herzensaffäre verband. Doch seiner Meinung nach war es unschicklich, daß *sie* Lord Darcy gelegentlich aufsuchte. Seiner Meinung nach hätte vielmehr der Baron die Herzogin besuchen müssen und nicht umgekehrt. In diesem Punkt war die Etikette sehr streng.

Mary von Cumberland stand auf, als Lord Darcy eintrat. Für eine Frau recht großgewachsen, war sie angenehm schlank und besaß erstaunlich dunkle blaue Augen. Ihr hellbraunes Haar wies zwar graue Strähnen auf, wenn dies aber ein Alterszeichen sein sollte, so war es das einzige an ihr. Ohne die grauen Strähnen hätte sie wahrscheinlich wie Anfang Dreißig ausgesehen, doch sie war viel zu eitel, um ihr Haar zu färben. »Mein Lieber!« rief sie und streckte Lord Darcy die Hände hin. »Du siehst, ich bin gekommen.«

Schweigend nahm er ihre Hände und zog sie an sich. Sie umarmten sich, und er spürte, wie ihr warmer, nachgiebiger Körper sich fest gegen seinen preßte. »Ja«, murmelte er ihr ins Ohr, »und nach zwei Monaten weißt du auch, wie froh ich bin, dich wiederzusehen. Aber ich werde mir immer dieselbe Frage stellen.«

»Welche Frage denn, mein Lieber?«

»Ob ich es war oder der Mord, der dich hierher geführt hat?«

Sie stieß ihn von sich. »Also wirklich, My Lord!« sagte sie streng. »Ihr meint ...« Dann fing sie an zu lachen. »Ich habe erst gestern von dem Mord erfahren«, sagte sie. »Und da war ich bereits in Rouen. Ich bin mit Edwin im herzoglichen Gefolge gekommen. Da seine Frau bald niederkommen wird, kann sie nicht reisen, und so hat er sich sogar über meine Gesellschaft gefreut.«

Ihr Stiefsohn Edwin, der jetzige Herzog von Cumberland, war knapp sechs Monate jünger als seine Stiefmutter. Doch er war in vielerlei Hinsicht alt geboren und gab nie vor, die junge und schöne Frau zu verstehen, die so spät in das Leben seines Vaters getreten war. Doch sie hatte seinen Vater ganz offensichtlich sehr geliebt, und der Altersunterschied hatte den beiden anscheinend nichts bedeutet. Sie hatte ihren Ehemann glücklich gemacht, bis seine Lieblingsmähre gestolpert war und seinem Leben auf dem Höhepunkt ein Ende gesetzt hatte – im Alter von achtundsechzig Jahren.

Und so hatte die Herzoginwitwe von Cumberland, die noch keine dreißig Jahre alt gewesen war, auf Carlyle House hofgehalten und war dort für ihren regen Witz und die Gesellschaft berühmt geworden, die sie pflegte. Und ihr Stiefsohn hatte eine gute Partie gemacht, kümmerte sich um die Liegenschaften und Jagden und war auf eine perverse Weise stolz auf seine Stiefmutter, die er so gar nicht verstand.

Und Mary von Cumberland hatte gute Taten vollbracht und nicht mehr an Männer gedacht. Im ersten Jahr hatte die Trauer über ihren Verlust derlei Gedanken von ihr ferngehalten. Und danach, nachdem die Zeit die Wunde geheilt hatte, wurde ihr erst recht klar, was sie da verloren hatte. Denn sie mußte feststellen, daß nach dem Tode ihres Ehemanns kein anderer Mann sie mehr interessierte. Sie waren alle langweilig.

Bis sie dem Oberermittlungsrichter des Herzogtums Normandie begegnet war, dem Baron Darcy.

»Ihr seid der einzige Mann«, hatte sie ihm eines Nachts kurz nach ihrer ersten Begegnung ins Ohr geflüstert, »seit dem Tode meines Mannes, der mich nicht gelangweilt hat.«

»Ein seltenes Kompliment«, hatte er erwidert.

Und ihre Beziehung im Laufe der Jahre war gut gewesen, weil sie einander respektierten, sich um einander sorgten und keiner den anderen jemals langweilte. Und Mary von Cumberland, die Lord Darcy bei einigen seiner Fälle geholfen hatte, als sie zufällig dabeigewesen war, hatte in sich das Jagdfieber entdeckt. Sie liebte die intellektuelle Herausforderung, Mörder zu jagen, und hoffte, eines Tages selbst einen zu fangen.

»Ich dachte, dein Stiefsohn würde bei seiner Frau bleiben«, warf Lord Darcy ein, »bis das Kind geboren ist.«

»Das wollte er auch«, teilte Ihre Gnade ihm mit, »aber sie hat ihn verscheucht. Er ist nicht gerade die beste männliche Gesellschaft, wenn man am Gebären ist; er nimmt alles so persönlich. Schließlich ist es ja nicht so, als würde sie davon nichts verstehen – immerhin hat sie die Angelegenheit schon dreimal ausgezeichnet bewältigt. Aber Edwin fällt immer wieder in Ohnmacht. Es ist seltsam – mit Zuchtstuten soll er sehr sachkundig umgehen, wie ich höre. Aber seiner eigenen Frau bei der Niederkunft zuzusehen, bringt ihn völlig aus der Fassung.«

»Da hat er also entschieden, lieber an der Krönung seines Königlichen Cousins teilzunehmen als an der Niederkunft seiner Frau?«

»Sie hat darauf bestanden«, bekräftigte Mary von Cumberland. »Und da es mir einen ausgezeichneten Vorwand bot, dich zu besuchen, erbot ich mich mitzukommen. Schließlich darf man den armen Mann ja in solchen Zeiten nicht alleinlassen.«

»Das stimmt«, räumte Lord Darcy ein. »Ehemänner sind notorische Versager, wenn es um Geburten geht.«

»Und nun bin ich hier«, sagte Ihre Gnade, »und jetzt sieht es so aus, als würde ich doch keine Zeit mit dir verbringen können.«

»Keine?« fragte Lord Darcy.

»Bestimmt nicht«, sagte Mary von Cumberland in gespieltem Ernst. »Wenn du herumläufst und gerade einen Mord aufklärst, wärst du viel zu beschäftigt, um mir noch irgendwelche Aufmerksamkeit zu widmen.«

»Wenn es nur ein einziger Mord wäre«, erwiderte Lord

Darcy, »dann könnte ich für dich vielleicht einen Augenblick erübrigen. Aber bei bisher vieren ...«

»Vier!« Mary bedeckte den Mund mit der Hand und ihre Augen verengten sich. »Du machst Witze!« sagte sie, sein Gesicht musternd. »Nein, du machst doch keine Witze. Was ist hier passiert?«

»Das ist eine sehr gute Frage«, antwortete Lord Darcy. »Ich bin froh, daß du hier bist. Ich brauche eine kühle, intelligente Person, mit der ich darüber sprechen kann.«

Ihre Gnade schüttelte den Kopf, bis die dichten Ringellocken – die letzte Mode in London – von einer Seite zur anderen hüpften. »Dem ist nicht so, My Lord«, widersprach sie. »Was du brauchst, ist jemand, dem du es zutrauen kannst, Gedanken und Ideen wie Bälle zurückzuschleudern, während du im Schlafzimmer auf und abstampfst. Was du brauchst, ist eine Wand. Ich fühle mich geehrt, My Lord, diese Wand zu sein, aber wir wollen diese Funktion doch nicht größer machen, als sie ist.«

Lord Darcy lachte. »Du könntest recht haben, Mary«, meinte er, »aber um das zu erkennen, bedarf es einer kühlköpfigen, intelligenten, aufmerksamen Person. Und einer mit sehr viel Einfühlungsvermögen, um es richtig zu machen.«

»Nun«, sagte sie und nahm ihn bei der Hand, »dann gehen wir doch ins Schlafzimmer und fangen an, Ball zu spielen.«

Am nächsten Morgen wachte Lord Darcy früh auf, duschte sich und begab sich zum Frühstück in den Nebenraum, während Mary noch tief und fest im Schlafzimmer schlief. Er las den Pariser *Courier* vom Vortag, der es endlich aufs Schloß geschafft hatte, und nippte an seinem Kaffee. Als er sich gerade an die zweite Tasse machte, kam Mary ins Zimmer getorkelt und ließ sich ihm gegenüber auf den Stuhl sinken. »Du hast mich weiterschlafen lassen!« sagte sie vorwurfsvoll.

»Das war ein Akt der Barmherzigkeit«, erwiderte er.

»Das war es mit Sicherheit«, sagte sie. Sie drehte sich zur Küchentür um und rief: »Maggy! Bringt mir eine Tasse und ein Hörnchen!«

»Jawohl, Euer Gnaden«, ertönte die gedämpfte Antwort von Lord Darcys Köchin durch die Tür.

»Ich habe etwas für dich«, sagte Mary zu Lord Darcy. »In der Aufregung gestern abend bin ich nicht dazu gekommen. Aber wenn du heute morgen losgegangen wärst, ohne es dir anschauen zu können, hättest du mir niemals verziehen.«

»Das klingt ja wirklich anmaßend«, erwiderte Lord Darcy. »Was ist es denn?«

Ihre Gnade von Cumberland schüttelte den Kopf. »Wenn ich vergessen hätte, es dir zu geben, wäre es anmaßend gewesen. Da ich es nicht getan habe, wird es lediglich interessant sein.«

Sie reichte ihm einen Umschlag. »Henri Vert, der kleine Mann, der den Polizeipräfekt der Normandie abgibt, hat mir dies überreicht, als unser Zug im Bahnhof von Tournadotte Halt gemacht hat. Er war da und suchte nach einer zuverlässigen Person, die ihn dir überbringen könnte. Ich habe ihn davon überzeugt, daß ich zuverlässig bin, obwohl er zunächst seine Zweifel zu haben schien.«

Lord Darcy lächelte. »Du *bist* zuverlässig, meine Liebe«, teilte er ihr mit. »Und das ist nur eine deiner kleineren Tugenden.«

»Oh, vielen Dank«, sagte sie und reichte ihm den Umschlag.

Lord Darcy riß ihn auf. Darin befand sich eine kurze Notiz sowie mehrere Blätter mit handschriftlichen Daten. »Lieber Lord Darcy«, begann das Notizblatt:

> *Ich habe einige Informationen zusammengetragen, nach denen Ihr verlangtet, und ich schicke sie Euch, solange die Züge noch fahren. Anbei findet Ihr Sir Pierre Semmelsahns Bericht über die Tests, die er für Master Sean zu Ende*

geführt hat, sowie eine Liste aller Gäste des Gasthofs für die fragliche Zeit. Sir Pierre hat festgestellt, daß die Morde in der Nacht des fünfzehnten April stattfanden, also an einem Dienstag. Er sagt, daß Master Sean mit dem Ergebnis der Untersuchung einverstanden sein dürfte, da er auch die dabei verwendete Methode vorgeschlagen hat.

Die Menschen auf der Liste sind jene, die in der fraglichen Nacht im Gasthof waren. Aufgrund des Wetters ist es im Augenblick allerdings leider unmöglich, aktuelle Informationen über sie einzuziehen. Dort, wo ihre voraussichtlichen Ziele im Hotelregister eingetragen sind, finden sich diese auch auf dieser Liste.

Ich hoffe, Euch damit helfen zu können. Wir werden die Leichname vorübergehend in einer Krypta der Dorfkirche beisetzen, da eine richtige Beerdigung im Augenblick ohnehin nicht möglich scheint. Der Konservierungszauber wird für die nähere Zukunft aufrechterhalten.

Euer Freund,
Chief Henri

»Ich sollte mich wohl besser daranmachen«, sagte Lord Darcy, während er aufstand und seinen Kaffee trank.

»Was hast du vor?« wollte Mary von Cumberland wissen.

»Diese Namen zu überprüfen. Ich kann mir vorstellen, daß ein großer Prozentsatz von ihnen auf dem Weg nach Schloß Christobel war, als sie im *Gryphon d'Or* abstiegen, und daß sie sich jetzt hier befinden.« Er fuhr mit dem Finger die Liste entlang. »Einige der Namen erkenne ich bereits. Meisterhexer Raimun DePlessis wurde in einer Bäkkerei ermordet. Graf d'Alberra heilt Kopfschmerzen. Der Chevalier Raoul d'Espergnan ist Kurier des Königs. Man wird sie alle verhören müssen.«

»Noch etwas?« fragte Mary von Cumberland.

»Außerdem sollte ich Master Sean den Bericht des Zauberers überreichen. Er soll feststellen, ob er etwas Brauchbares enthält. Diese ganzen Hexer schreiben in einer Art lateinischer Kurzschrift, die ein Laie nur schwer interpretieren kann.«

»Was kann ich tun?« fragte Mary.

Lord Darcy überlegte. »Du kannst mir dabei helfen, festzustellen, welche Leute auf dieser Liste auch jetzt auf dem Schloß sind. Sobald wir einige von ihnen gefunden haben, also ehemalige Gäste des Gasthofs, kannst du bei der Befragung helfen. Vor allem bei den Frauen auf der Liste«, sagte er. »Die werden eher mit dir reden als mit mir oder irgendeinem anderen, den ich schicken könnte.«

»Nur sehr wenige Königliche Ermittlungsrichter können einer Herzogin Aufträge erteilen«, meinte sie.

»Nur wenige Herzoginnen sind auch so talentiert wie Euer Gnaden«, erwiderte Lord Darcy.

»Ja«, sagte sie, »das stimmt.«

12

Der Marquis Sherrinford öffnete die Augen und richtete sich auf dem Ledersofa auf. Er fühlte sich merkwürdig erfrischt. Worüber hatten sie nur gesprochen? Es war ein solch seltsames Erlebnis, über die eigene Jugend zu reden. Wie sollte das irgendeine heilerische Wirkung haben?

»Und wie geht es Eurem Kopfschmerz jetzt?« ertönte irgendwo hinter ihm die fürsorgliche Stimme des Grafen d'Alberra.

Langsam schüttelte er den Kopf, bewegte ihn von einer Seite zur anderen, wartete auf das Nadelstichgefühl der Empfindlichkeit, das seinen Anfällen normalerweise voranging. Kein Ergebnis. Er fühlte sich etwas beschwipst im Kopf, aber es war keinerlei Spur von Schmerz oder drohendem Schmerz festzustellen. »Fort!« sagte er und klang dabei leicht überrascht.

Der Marquis Sherrinford hatte den Grafen d'Alberra in

dem Bewußtsein zu einer einstündigen Behandlung aufgesucht, daß bald einer seiner Kopfschmerzanfälle einsetzen würde. Es war ein Gefühl der Hohlheit im Kopf, verbunden mit Nadelstichen, wie er dem Grafen mitteilte. Graf d'Alberra hatte geantwortet, daß er auf diesen Augenblick gewartet habe. »Wenn meine Behandlung funktioniert, was ich nicht garantieren kann«, hatte er dem Marquis Sherrinford mitgeteilt, »dann beginnt sie am Anfang eines Eurer Kopfschmerzanfälle. Sobald wir sie von diesem Punkt an behandelt haben, werden spätere Behandlungen einfacher und sicherer.«

»Ihr wollt Euch mit mir unterhalten, während ich gerade Kopfschmerzen bekomme?« hatte der Marquis Sherrinford ungläubig gefragt.

»Genaugenommen möchte ich, daß Ihr den Löwenanteil des Redens bestreitet, obwohl ich mit Sicherheit dazu beitragen werde«, hatte der Graf d'Alberra erwidert. »Und warum sollte das soviel seltsamer sein als das Handauflegen, an das Ihr, wie ich sicher bin, doch bestimmt glaubt?«

Darüber hatte der Marquis Sherrinford einen Augenblick nachgedacht. »Ich weiß nicht ... Es ist einfach so.«

Doch nun war es geschehen. Eine Stunde nachdem er in das kleine Büro des Grafen d'Alberra getreten war, hatte er keine Kopfschmerzen, keine Spur von Kopfschmerzen, ja nicht einmal die Drohung, daß sie einsetzen könnten. Obwohl sie mit Sicherheit im Anzug gewesen waren.

»Ich glaube, Graf, daß Ihr einen Konvertiten dazugewonnen habt«, sagte der Marquis Sherrinford und stand auf. Vorsichtig schüttelte er den Kopf, doch alles war in Ordnung. »Ich muß zugeben, daß das, was Ihr getan habt, was immer es gewesen sein mag, wirklich gewirkt hat.«

»Den größten Teil habt Ihr selbst getan«, erwiderte der Graf d'Alberra und erhob sich aus dem Ledersessel, in dem er gesessen hate, um zum Schreibtisch zu gehen. »Um ganz ehrlich zu sein, ich bin mir selbst nicht völlig klar, wieso es wirkt, obwohl ich dabei bin, eine Theorie zu entwickeln, die auf meinen Fallstudien basiert. Aber natürlich bin ich froh, daß meine merkwürdigen Techniken Euch Erleichterung verschafft haben. Nun solltet Ihr Euch besser auf den Weg machen. Angesichts der immer näher rückenden Krönung müßt ihr einen vollen Terminplan haben, und auf mich wartet ein weiterer Patient.«

»Ja, natürlich, Graf. Ich danke Euch noch einmal. Sehen wir uns morgen wieder?«

»Ja. Zur üblichen Zeit. Und zögert bitte nicht, My Lord, mich zu jeder beliebigen Tages- und Nachtstunde aufzusuchen, solltet Ihr Kopfschmerzen nahen spüren. Nun, da wir wissen, daß die Technik wirkt, ist es völlig unnötig, daß Ihr noch weitere derart erschöpfende Episoden durchmachen müßt.«

Der Graf d'Alberra öffnete die Bürotür und verabschiedete den Marquis Sherrinford mit einer Verbeugung. Draußen im Gang saß ein kleiner, passiv wirkender Mann auf der Holzbank. Er war zusammengesackt und starrte die Wand an, ohne sich im geringsten zu bewegen. Er sah aus, als sei er abgeschaltet worden und wartete darauf, daß jemand ihn aufzöge. »Verzeiht, daß ich Euch habe warten lassen, Edelmann Bowers«, sagte der Graf und wandte sich lächelnd an ihn. »Bitte tretet ein.«

Der Marquis Sherrinford fühlte sich so fröhlich wie schon lange nicht mehr, als er über den Hof vor dem Stephainiterkloster ging. Er hatte es zwar nicht gestattet, daß die Kopfschmerzen ihn fertigmachten oder sich in seine Arbeit einmischten, doch das war vor allem äußerlich gewesen. Denn nur er allein hatte den Preis gekannt, den es ihn kostete, sich gelassen zu geben und ausgewogene Urteile zu fällen, während er unter etwas litt, das er dem Grafen d'Alberra als ein Gefühl beschrieb, »als würde mein Kopf in eine Schraubzwinge geklemmt, um dann in periodischen Abständen mit einem Hammer bearbeitet zu werden«.

Doch nun, da er wenigstens den Hauch einer Möglichkeit sah, dieses periodische Hämmern im Kopf unter Kontrolle zu bringen, sah der ganze Tag plötzlich viel heiterer aus, und alles schien ihm plötzlich möglich zu sein.

Er wurde von Lord Peter im Thronsaal erwartet. »Es gibt Post, My Lord«, sagte er.

»Gut, gut«, meinte der Marquis Sherrinford, nahm seinen Umhang ab und hängte ihn hinter dem Thron an die Garderobe, bevor er Platz nahm. »Die sollte ich wohl besser gleich erledigen. Heute abend findet der Jubiläumsball der Alten und Ehrenwerten Gesellschaft der Gildenhallen statt, dem muß ich beiwohnen, und es gibt noch sehr viel Kleinarbeit zu leisten. Die Zunftmeister nehmen derlei Dinge sehr viel ernster als der Adel. Die Schloßangestellten arbeiten wie verrückt, um den Ballsaal und alles andere rechtzeitig fertigzubekommen. Harbleury überwacht die Vorbereitungen. Die Zunftmeister stürzen sich auf jedes Wort von ihm. Irgend etwas Neues, Harbleury?«

»Die polnische Delegation ist eingetroffen, My Lord«, meldete Harbleury. »Sie wurde von Seiner Königlichen Hoheit von der Normandie und Seiner Gnade von Paris begrüßt.«

»Das ist gut«, meinte der Marquis Sherrinford. »Ich hoffe, sie können tanzen.«

»Sie haben sich geweigert, ihr Privatabteil im Zug zu verlassen, bevor sie standesgemäß empfangen wurden«, fuhr Harbleury fort. »Oberst Lord Waybusch hat sich ziemlich große Sorgen gemacht. Wenn es uns nicht gelungen wäre, Seine Hoheit und Seine Gnade aufzutreiben, würden sie noch immer im Zug sitzen.«

»Wer ist denn gekommen – der Sohn, wie es versprochen war? Oder haben sie im letzten Augenblick einen Ersatzmann geschickt?«

»Es war seine Königliche Majestät, Stanislaw, König von Kurland und Thronfolger von Polen, zusammen mit dreißig seiner engsten Berater und Vertrauten«, berichtete Lord Peter.

»Wir machen unsere Königlichen Söhne zu Prinzen, damit sie ihre zu Königen machen«, bemerkte der Marquis

Sherrinford. »Eine merkwürdige Form von königlichem Wettbewerb. Kurland war bis 1923 ein bloßes Herzogtum, dann wurde es plötzlich zum Königreich. Folglich ist Stanislaw König. Und ich bezweifle, ob Seine Majestät überhaupt jemals im Leben in seinem Königreich Kurland gewesen ist.«

»Wir werden wohl für morgen hier im Thronsaal eine Audienz für König Stanislaw organisieren müssen«, bemerkte Harbleury. »König trifft König.«

Der Marquis sah sich im großen Raum um, der ebenso groß war wie der Ballsaal, nur auf der anderen Seite des Innengangs liegend; zusammen glichen die beiden zwei rechteckigen Flügeln eines architektonischen Schmetterlings. Doch der Ballsaal diente dem Vergnügen, während der Thronsaal für schwergewichtige Staatsakte gedacht war. Er war gestaltet worden, um die Barone des 16. Jahrhunderts zu beeindrucken, die hier ihre Aufwartung machten, und seither hatte sich am Dekor wenig geändert.

An den Wänden hingen die Banner und Wimpel längst gewonnener Schlachten, und die Waffen und Panzer von Kriegern, die schon lange tot waren. Beherrscht wurde der Saal vom Thron des Plantagenets, auf dem sich John IV. herabneigte, Gesandte begrüßte und Tribut empfing, sowie Urteile fällte, wie es seine Vorfahren seit achthundert Jahren getan hatten.

»Ich werde Seine Majestät darüber in Kenntnis setzen«, sagte der Marquis. »Ich überlasse es Euch, dafür zu sorgen, daß sie sich hier wohlfühlen.«

»Die Zimmersuite, die wir ihnen reserviert haben, ist kaum groß genug«, meinte Harbleury. »Obwohl sie die Überbelegung wohl kaum bemerken werden, wenn es stimmt, was ich über ihre Lebensbedingungen gehört habe.«

»Also bitte«, machte der Marquis. »Keine antipolnischen Ressentiments! Es fällt schwer, sie zu mögen; ich schätze, daß das Mißtrauen, mit dem sie allem begegnen, abfärbt. Aber wir müssen es versuchen. Falls sich allerdings herausstellen sollte, daß sie *tatsächlich* in eine Verschwörung verwickelt sind, Unsere Allerhöchste Majestät zu ermorden ...«

Harbleury und Lord Peter sahen den Marquis Sherrinford mit ernster Miene an. »My Lord«, sagte Lord Peter, »hier ist ein Brief von Seiner Lordschaft aus London.« Er hielt ihm einen Umschlag entgegen. »Er enthält neue Einzelheiten über die vermutete Verschwörung, allerdings immer noch nicht genug, um dagegen etwas unternehmen zu können. Einfach nur weitere, aufstachelnde Einzelheiten.«

»Wie? Den will ich sofort sehen!« Fast hätte der Marquis Lord Peter den steifen Umschlag aus der Hand gerissen. »Schickt sofort nach Lord Darcy!« sagte er, als er den gefalteten Brief hervorholte.

»Ich habe mir erlaubt, dies bereits zu veranlassen«, teilte Harbleury ihm mit. »Ebenso Oberst Lord Waybusch.«

Der Marquis Sherrinford entfaltete den Brief und legte die Brille an. Er las:

An Seine Lordschaft,
den Ehrenwerten Marquis Sherrinford
Von Seiner Lordschaft, dem Marquis von London.
Am Dienstag, dem 3. Mai, im Jahre des Herrn

Edler Vetter, seid gegrüßt.
Ich hoffe, daß dieses Schreiben Euch bei Euren Bemühungen unterstützen wird, Seine Majestät zu bewachen und zu beschützen.
Der Hehler des verblichenen Edelmanns Albert Chall war ein gewisser Edelmann (?) Ambrose Zekka von zweifelhaftem Ursprung. In seiner Wohnung war er nicht vorzufinden, und anscheinend ist er kurz nach dem Verscheiden des Edelmanns Chall mit dem größten Teil seiner Habe verschwunden.
Eine Durchsuchung seiner Räumlichkeiten und jenes Besitzes, den er nicht mit sich zu nehmen für wert erachtete,

offenbarte eine Sammlung von Nebensächlichkeiten, die jede für sich allein zwar nichts preisgibt, die in ihrer Gemeinschaft aber starke Hinweise auf bestimmte Möglichkeiten geben.
Es sind diese:
Ein abgetragenes Paar Schuhe.
Ein abgewetzter Lederriemen, zweiundsiebzig Zoll lang, mit Messingschnalle. Glasscherben.
Ein kleines Fragment Drei-Maus-Papier mit den Worten ›Kann nicht‹ auf einer Zeile und ›Seine Maj...‹ in der darunterliegenden Zeile, in polnischer Sprache geschrieben.
Ein großes Fragment von etwas, das wie ein Hausgrundriß aussieht, von dem ich eine genaue Kopie beilege. Ich übersende euch nicht das Original, weil ich befürchte, dieser Brief könnte verlorengehen.
Partikel von Bartwichse.
Ein Stück Öltuch, in entfaltetem Zustand etwas vier Fuß im Quadrat groß, das einmal einen Vermeidungszauber besaß und immer noch Überreste davon aufweist. Was auch erklärt, weshalb der Bewohner der Wohnung es übersah, als er auszog. Meine Ermittler entdeckten es erst bei der dritten Durchsuchung – und auch dann nur deshalb, weil Meisterhexer Lord John Quetzal, der Oberste Städtische Justizhexer, dabei war.
Lord John Quetzal überprüfte mit einer Reihe von Tests den Zimmerstab, die geistigen Bilder, die zurückgeblieben waren, und ähnliche Hexereien, und es gelang ihm, Sinnesbilder der beiden Personen zu formen, von denen die Räumlichkeiten regelmäßig benutzt wurden. Der eine war ein kleinerer Mann mit dunklem Bart – vermutlich spitz – und einem ›Gefühl großer Kontrolle‹. Wahrscheinlich allerdings ohne das Talent. Die andere Person gibt Rätsel auf. Lord John beschreibt sie als jemanden, der ›da war und doch nicht da‹ und konnte nichts anderes über ihn – oder sie – in Erfahrung bringen.
Der Lederriemen stammte von einem Gepäckstück. Da er wahrscheinlich ausgetauscht wurde, solltet Ihr nach einem

alten Ledergepäckstück mit einem neuen Riemen Ausschau halten.

Bei den Glasscherben handelt es sich um die Überreste eines Brillenglases. Eine Überprüfung des Korrekturfaktors ergab, daß es keinen besaß. Daher hatte der Mann, der die Brille trug, entweder ein gesundes Auge, oder sie war Teil einer Kostümierung. Ich selbst gehe von letzterem aus.

Was das Papierfragment angeht, so erscheint es verlockend, sich in diesem Punkt der Raterei zu ergeben, doch das wäre nicht hilfreich. Allerdings stützt es Edelmann Challs merkwürdige Behauptung. Leider.

Diese Information wurde mit Hilfe der Bemühungen meines Hauptassistenten, Lord Bontriomphe, sowie mehrerer unserer fähigsten und vertrauenswürdigsten Zivilwachmänner erstellt: die Edelmänner S. Panser, O. Cather und J. Keems. Ich werde an dieser Stelle nicht den Versuch unternehmen, genauer zu präzisieren, wer von ihnen was erledigte, doch haben sich alle als erwähnenswerte und treue Diener Seiner Majestät bewiesen.

Merkwürdigerweise schien Edelmann Albert Chall, soweit wir dies feststellen konnten, kein Polnisch zu sprechen.

Ich hoffe, daß sich diese Ausführungen als nützlich erweisen.

Gott segne Seine Majestät
London

Als der Marquis Sherrinford den Blick von dem Brief hob, standen Lord Darcy und Oberst Lord Waybusch bereits neben ihm. Er reichte ihn Lord Darcy zum Lesen und musterte diesen ungeduldig, als er den Brief durchging. »Was haben wir da?« fragte er, als Lord Darcy schließlich fertig war.

Der gab den Brief an den Oberst weiter. »Sehr interessant«, meinte er. »Äußerst interessant.«

»Es freut mich, daß Ihr das glaubt«, versetzte der Marquis Sherrinford, »ich werde jedenfalls daraus nicht schlau.

Aber ich schätze, das ist wohl auch nicht meine Aufgabe. Wenn Ihr meint, es sei interessant ...«

»Verdammt, Darcy, *was* soll denn daran so interessant sein?« fauchte Oberst Lord Waybusch. »Ich begreife nicht, inwieweit uns das irgendwie voranbringen würde. Und was, zum Henker, ist Drei-Maus-Papier?«

»Das ist das Wasserzeichen«, erklärte Lord Darcy. »Das Wappen der Familie d'Envers, der die Papiermühle gehört. Drei Mäuse, mit ihren Schwänzen aneinandergebunden. Es ist hochwertiges Papier, das in 24er-Bogen zu Korrespondenzzwecken verkauft wird. Leider ist es zu weit verbreitet, als daß es sich lohnen würde, seinen Ursprung zu ermitteln.«

»Verstehe«, meinte der Marquis. »Und die Wörter selbst bedeuten an sich noch nichts, obwohl sie, wie De London sagte, Hinweise geben.«

»Viel zu viele verdammte Hinweise«, knurrte Oberst Lord Waybusch, faltete den Brief wieder zusammen und reichte ihn dem Marquis, der ihn seinerseits an Harbleury weitergab. »Polnisch. Die verdammten Polen haben gerade ihre Zimmer bezogen, wußtet Ihr das? Drei Dutzend. Wollten den Zug erst verlassen, wenn sie standesgemäß von Seiner Hoheit begrüßt würden. Haben sich dabei verdammt beleidigt aufgeführt. Jetzt wollen sie auch noch ihre eigenen Wachen haben und auch noch ihren eigenen verdammten Koch, als wenn das nicht genügte. Und als wenn gutes, deftiges normannisches Essen für sie nicht genug wäre.«

»Es ist auch besser so«, meinte der Marquis Sherrinford. »Sollen die Seine Kurländische Majestät doch nur bewachen. Wir wollen doch nicht, daß ihm irgend etwas zustößt, oder?«

»Mir gefällt einfach nur nicht die Vorstellung, daß dreißig von denen durchs ganze Schloß schleichen, während wir Nachricht haben, daß irgendein gottverdammter Pole gerade versucht, Seine Majestät umzubringen.«

»Die Bedrohung Seiner Majestät Leben mag vielleicht polnischen Ursprungs sein«, warf Lord Darcy ein, »aber es sieht doch eher danach aus, als würde sie von London hierhergetragen. Ich bezweifle, daß irgendein Mitglied der polnischen Delegation auch nur davon weiß.«

»Ich stimme Lord Darcy zu«, verkündete Lord Peter. »Und unter uns gesagt, ich habe auch eine Möglichkeit, die Sache zu überprüfen.«

»Was für eine Möglichkeit?« wollte der Marquis wissen. »Habt Ihr etwa ein Spionierauge in ihrer Suite angebracht?«

»Nein«, dementierte Lord Peter. »Das wäre äußerst ungastfreundlich. Und außerdem würde ihr Hexer das Ding wahrscheinlich auf der Stelle orten. Statt dessen haben wir einen Geheimagenten – einen von unseren Männern – mitten in der polnischen Delegation.«

»Wirklich?« Der Marquis Sherrinford sah überrascht aus. »Soll das heißen, einer von denen ist tatsächlich einer von uns? Wie, äh, faszinierend. Wer ist es denn?«

»Das möchte ich lieber nicht sagen«, wich Lord Peter aus. »Seine Sicherheit hängt davon ab, daß *niemand* seine Identität kennt. Und wiewohl ich euch vier Gentlemen natürlich vollauf vertraue, wäre es doch nicht mein eigenes Leben, das ich da aufs Spiel setze. Falls und wenn die Zeit kommt, daß er sich offenbaren muß, werdet Ihr es erfahren.«

»Wer immer es sein mag, weiß er denn von der Bedrohung Seiner Majestät?« fragte der Marquis Sherrinford.

»Bisher konnte ich ihm keine Nachricht geben«, erläuterte Lord Peter. »Wenn er also nicht gewissermaßen von innen von der Sache erfahren hat, weiß er nichts davon. Und wenn er die Verschwörung entdeckt hätte, hätte er mich, davon muß ich ausgehen, benachrichtigen lassen.«

»Ist er denn zuverlässig?« wollte Oberst Lord Waybusch wissen.

»Absolut«, gab Lord Peter zur Antwort. »Wenn Ihr ihn jemals kennenlernen solltet, erzähle ich Euch mal seine Geschichte, dann werdet Ihr auch sehen, warum. Andererseits muß ich auch darauf hinweisen, daß er, da er zur Delegation des Kronprinzen Stanislaw gehört, höchst unwahrscheinlich von einer solchen Verschwörung erfahren würde.«

»Warum das, My Lord?« wollte der Marquis wissen.

»Die Polen scheinen Fraktionsregierungen aufzustellen«, erklärte Lord Peter. »Kronprinz Stanislaw und seine Fraktion sind dafür, die Spannungen zwischen Polen und dem Anglo-Französischen Reich abzubauen. Sie glauben, daß es keiner Seite nützt. Nicht daß das in irgendeiner Weise liberal gedacht wäre, My Lords. Ich bin mir sicher, daß Kronprinz Stanislaw ebensosehr an die schlußendliche Bestimmung Polens glaubt, Europa und die ganze Welt unter seine Herrschaft zu bringen, wie sein Vater und sein Sohn Sigismund. Aber Stanislaw glaubt, daß man das Anglo-Französische Reich sich selbst überlassen sollte, weil wir dann aus eigener Kraft verkümmern würden.«

»Verkümmern, eh?« fragte Oberst Lord Waybusch. »Wollen wir doch mal sehen, wer da verkümmert!«

»Und das soll die liberalere Ansicht sein?« warf der Marquis Sherrinford ein.

»Gewissermaßen. Der König glaubt natürlich an die völlige Vernichtung des Anglo-Französischen Reichs durch ehrenvolle wie unehrenhafte Mittel. Das gleiche tut sein Enkel, Kronprinz Sigismund. Und beide glauben fest daran, daß die *Serka* ein Mittel ist, um dieses Ziel zu erreichen. Die Ansichten des Kronprinzen Stanislaw werden von seinem Vater und seinem Sohn nicht geteilt. Und es dürfte wahrscheinlich sein, daß die *Serka* sich nicht dazu veranlaßt sieht, Stanislaw von ihren geheimsten Operationen in Kenntnis zu setzen, solange sein Vater noch am Leben ist.«

»Dennoch«, sagte der Marquis, »solltet Ihr versuchen, Eurem Mann eine Mitteilung zukommen zu lassen. Stellt fest, ob er irgend etwas erschnüffeln kann.«

»Das werde ich tun, My Lord«, versicherte Lord Peter.

»My Lords, wenn ich nicht irre, haben wir hier einigen Grund zur Sorge«, meldete sich Harbleury zu Wort. »Und das könnte auch unsere gegenwärtige Besprechung berühren.« Er stand etwas abseits der Gruppe am Schreibtisch, den Brief des Marquis von London in der Hand haltend. Er hatte eines der Begleitdokumente auf dem Tisch ausgerollt und musterte es, während er sprach.

Lord Darcy drehte sich um und beugte sich über das Papier. »Was ist, Harbleury?« fragte er.

»Diese Karte hier, die sich in De Londons Brief als Anlage befand«, sagte Harbleury und zeigte auf das Dokument. »Das scheint ein Grundriß von Schloß Christobel zu sein. Das meiste davon ist ziemlich skizzenhaft, aber schaut einmal – hier ist der Ballsaal, dort der Thronsaal, das ist die Waffenkammer, und hier sind die Königlichen Gemächer.«

»Ich glaube, Ihr habt recht«, sagte der Marquis Sherrinford, als er die Bleistiftzeichnung musterte.

»Er hat tatsächlich recht«, bekräftigte Lord Darcy.

»Eine gewisse Ähnlichkeit gibt es schon«, warf Oberst Lord Waybusch ein, der das Papier genau musterte und einige Linien mit dem Finger nachzog. »Doch schaut mal hier – wenn das der Ballsaal ist, was ist denn das hier alles? Ein ganzer Haufen Zimmer, wo doch eigentlich der Hof sein sollte? Das stimmt doch nicht.«

»Das wird das erste Stockwerk sein«, erklärte Lord Darcy. »Der Kopist hat sie nebeneinander gelegt. Aber schaut Euch einmal diese Zimmerflucht an, die mehrfach mit einem X markiert ist. Es sieht so aus, als hätte sie irgendeine besondere Bedeutung. Was sind das für Räume?«

Harbleury richtete sich auf und wandte sich ihnen zu. »Das ist die Villefrance-Suite«, sagte er. »Die haben wir der polnischen Delegation zugewiesen.«

»Na, da brat' mir aber einer einen Affen!« rief Oberst Lord Waybusch. »Wie finden wir denn das?«

»Unsere Rätsel nähern sich einander an, My Lord«, meinte Lord Darcy. »Habt Ihr es auch bemerkt?«

»Wieso das?« wollte Oberst Lord Waybusch wissen.

»Wir haben es mit drei Rätseln zu tun«, erklärte Lord Darcy. »Erstens: Irgend jemand versucht – oder könnte versuchen –, Seine Majestät zu töten. Zweitens: Irgend jemand ermordet Meisterhexer und hinterläßt Verse aus einem Kinderreim. Drittens: Irgend jemand hat zwei Menschen in einem Gasthof zu Tournadotte ermordet.«

»Das stimmt zwar«, wandte der Marquis Sherrinford ein, »aber ich bin immer noch nicht ganz davon überzeugt, daß die Morde im *Gryphon d'Or* mehr waren als nur ein gewöhnlicher Raubmord.«

»Das ist möglich«, räumte Lord Darcy ein, »aber äußerst unwahrscheinlich. Wenn wir die Vorbereitungen betrachten, die diesem Mord vorausgingen, müßte das, was gestohlen wurde, von beträchtlichem Wert sein.«

»Und wie nähern sie sich nun einander an?« fragte Lord Peter.

Lord Darcy nahm Harbleury den Brief des Marquis von London ab und öffnete ihn. »Denkt an das hier«, sagte er. »Erinnert Ihr Euch noch an Master Seans Beschreibung des Mörders von Master DePlessis?«

»Er hatte keine Beschreibung zu bieten, Lord Darcy«, warf Oberst Lord Waybusch ein. »Er hat gesagt, daß er den Burschen mit seiner Magie nicht klar erkennen kann, oder so ähnlich. Daß er wie ein Gespenst ist.«

»Er hat gesagt, daß das geistige Abbild von jemandem stammte, der nicht vollständig hier war«, sagte der Marquis Sherrinford nachdenklich.

Lord Darcy tippte mit dem Finger auf den Brief. »Lord John beschreibt ihn als jemanden, der da war und doch nicht da.«

»Das stimmt«, sagte Lord Peter. »Ich wußte doch, daß irgend etwas an meinem Gedächtnis zupfte, als ich dies Passage las.«

»So viele Gespenster können draußen auf dem Anglo-Französischen Land unmöglich herumlaufen«, meinte Lord Darcy. »Ich wage die Behauptung, daß es sich hier entweder um denselben Geist oder um einen gespenstischen Verwandten handelt. Das bedeutet, daß beides eng miteinander verbunden ist. Was Lord John und Master

Sean geistig sehen – oder beinahe nicht sehen –, müssen wir herausfinden.«

»Gwiliam von Occam hätte Euch mit Sicherheit zugestimmt, My Lord«, sagte der Marquis Sherrinford.

»Ich stimme auch zu«, verkündete Oberst Lord Waybusch. »Das sind zwar keine Beweise, die für eine Verurteilung zum Tod am Strang genügen würden, aber ich würde nicht unbedingt dagegen wetten wollen.«

»Und was ist mit den beiden anderen Rätseln?« fragte Lord Peter. »Wie bringt Ihr die in Zusammenhang mit diesem Brief?«

»Was die Verbindung zu den Polen angeht, haben wir den Papierfetzen und diesen Grundriß«, erläuterte Lord Darcy. »Obwohl das zwar die Existenz einer Verschwörung gegen Seine Majestät nicht bestätigt, macht es es uns doch schwer, diese Möglichkeit zu ignorieren. Denken wir an die Verbindung zu den Morden im *Gryphon d'Or.* Ich würde sagen, daß das Öltuchquadrat wahrscheinlich benutzt wurde, um darin die Decke einzuhüllen, mit denen die Leichen bedeckt und am Hügel vergraben wurden. Es würde doch jeder Logik Hohn sprechen, zu behaupten, daß zwei ähnliche, äußerst ungewöhnliche Gegenstände nicht irgendwie miteinander in Verbindung ständen.«

»Dann wollt Ihr also sagen«, ergriff der Marquis das Wort, »daß wir es hier mit einem polnischen Verrückten zu tun haben, der aus Gründen, die nur er selbst kennt, in einem Gasthof zu Tournadotte zwei Menschen umgebracht hat, um danach auf Schloß Christobel zu kommen und, bewaffnet mit dem Geheimnis der Unsichtbarkeit, Meisterhexer umbringt. Und dieser Mann soll außerdem noch unseren Lehnherren töten.«

»Das ist eine mögliche Deutung«, gestand Lord Darcy. »Und sie ist nicht unmöglicher als alle anderen. Finden wir uns damit ab, My Lords – gleich, was sich schließlich als die richtige Lösung entpuppen sollte, wird sie kaum merkwürdiger als diese sein. Wir müssen die Situation von dieser Seite betrachten und verfügen auch nur über ungenügende Informationen. Aber ich kann euch versichern, My Lords, daß dem, der dafür verantwortlich ist, alles vollkommen logisch erscheinen wird.«

»So geht das nicht weiter«, sagte der Marquis Sherrinford, mit der Handfläche auf den Tisch schlagend. »Ich kann doch nicht zweimal am Tag bei Seiner Majestät vorsprechen und ihm erzählen, daß sein Leben immer noch in Gefahr ist, daß wir aber noch nichts dagegen unternommen haben.«

»My Lord Marquis, wir geben alle unser Bestes«, warf Lord Peter ein. »Ich bin sehr zuversichtlich, daß wir diesen Mann werden aufhalten können. Wenn der Erfolg überhaupt kommt, kommt er meistens vollständig und auf einmal, vergeßt das nicht.«

»Das mag zwar sein, Lord Peter«, entgegnete der Marquis Sherrinford. »Aber vergeßt Eurerseits nicht eins – das gilt auch für das Scheitern. Immer alles auf einmal.«

13

Der Agent, den man unter dem Namen Pyat kannte, betrat den Ballsaal so früh wie möglich, bevor allzu viele andere eingetroffen waren. Die Gäste wurden beim Eintreten ausgerufen, und Pyat hegte keinerlei Verlangen danach, daß irgend jemand allzu genau hinsah, wenn der Name, der nicht der seine war, ausgerufen wurde. Möglicherweise gab es hier jemanden, der Hochstapler aufspüren konnte. Oder der den Hochstapler wiedererkannte. Es gab keine Möglichkeit, sich gegen zufälliges Entdecktwerden zu schützen; man mußte einfach bereit sein, die Sache mit Frechheit durchzustehen oder zu fliehen.

Mit einem Gefühl der Unwirklichkeit, ja der Macht bewegte er sich zwischen diesen Anglo-Franzosen wie ein Wolf im Schafspelz inmitten einer Herde. Er wußte etwas,

was sie nicht wußten, was sie nicht einmal ahnen konnten; und es war eine Sache der Macht, eine Angelegenheit von Leben und Tod.

Er verneigte sich vor den Damen und nickte den Herren zu, blieb stehen, um eine Erfrischung zu sich zu nehmen, sprach kurz mit einem Adligen in leuchtendem Kostüm, der ihm in seiner angenommenen Identität schon einmal begegnet war. Seine Manieren waren vielleicht etwas übertrieben, eine Spur ausländisch, doch das diente nur dazu, ihn noch interessanter zu machen.

Und die ganze Zeit wollte etwas in seinem Inneren losschreien: »Schaut mich doch an, ihr Narren!«

Das war das Gefährliche an seiner Arbeit. Da in jedem Augenblick die Möglichkeit des Entdecktwerdens lauerte, gab es keine Ruhe. Sein Kostüm war Tarnung, seine Konversation Theater, alles an ihm war anders, als es aussah. Es erzeugte in ihm ein merkwürdig gemischtes Gefühl, gejagtes Wild und Halbgott zugleich zu sein. Das hielt ihn wach.

Er nahm einen Ouiskie mit Schuß vom Tablett eines vorbeikommenden Dieners. Was hätte anglo-französischer sein können als ein Ouiskie mit Schuß? Er schlenderte umher, bewunderte die schönen Frauen in ihren extravaganten hübschen Kleidern. Auch die Männer war extravagant gekleidet, stellte er mit Abscheu fest. Die Hofkleidung im heutigen Anglo-Französischen Reich entsprach der Mode des 17. Jahrhunderts, einer Zeit der Seidenjacketts mit umgekrempelten Ärmeln sowie Pluderhosen, die an den Knien über leuchtenden Strümpfen und spitzen Schuhen endeten. Diese Adligen und Meister, die Führer des Anglo-Französischen Reichs, sahen aus wie grelle Papageien, wie sie sich so durch den Ballsaal schoben. Wahrscheinlich sah er in seiner eigenen Hofkleidung ebenfalls aus wie ein Papagei. Es war ein Glück, daß sie ihm so gut paßte, denn kleinste Unterschiede nahmen unter derartig beengten Verhältnissen riesige Ausmaße an. *Ein dekadentes Land*, dachte er, um sich blickend, *und reif zum Pflücken*.

Der Mann, der seine Waffe war, kam durch den Saal auf ihn zu. »Ich spüre, wie es sich in mir staut«, sagte der Mann. »Ihr habt mir versichert, daß ich Erleichterung finden würde. Daß ich durch Euch Erleichterung finde.«

Pyat nickte forsch. »Ihr sollt Erleichterung haben«, sagte er halblaut. »Alles ist so eingerichtet worden, wie ich es versprochen habe. Geht hinüber an die Ecke dort und wartet auf mich. Ich werde mich gleich zu Euch gesellen und Euch sagen, was Ihr tun sollt.«

»Seid Ihr sicher?« fragte der Mann. »Es muß sein.«

Er war so begierig bei der Sache und doch auch so nüchtern, daß selbst Pyat, der ihn zu dem gemacht hatte, was er war, ein wenig nervös wurde.

»Bisher habe ich Euch nie im Stich gelassen«, erinnerte ihn Pyat. »Aber die Zeit ist noch nicht ganz reif. Nur noch einen kleinen Augenblick. Vielleicht eine Stunde, vielleicht zwei. Seid geduldig. Genießt die Vorfreude.«

»Die Vorfreude«, wiederholte der Mann. Er schmeckte den Gedanken ab, als sei es etwas Körperliches.

»Ihr erinnert Euch noch daran, was ich Euch gesagt habe? An die Übungen, die Vorbereitung?«

»Ja. Ich erinnere mich.«

»Gut. Dann geht los und bereitet Euch vor. An der Ecke dort drüben. Da stehen Stühle. Schließt die Augen. Rezitiert die Worte. Führt die Übungen durch. Atmet tief. Ich werde Euch holen, sobald die Zeit gekommen ist.«

»Ich gehe«, sagte der Mann, drehte sich um und schritt davon.

Verstohlen blickte Pyat um sich. Niemand hatte ihr Gespräch bemerkt. Das war gut.

Seine Zielperson war noch nicht eingetroffen. Es hätte eine beliebige von sechsen sein können, doch er hatte diese aus ästhetischen Gründen auserwählt. Irgendwie fühlte es sich richtig an. Ein mächtiger Mann würde einen unschicklichen Tod erfahren. Es war fast poetisch. Poetisch – welch seltsamer Gedanke, wenn man alles beisammen bedachte. Er lachte leise in sich hinein und stimmte in das Gespräch der Gruppe ein, die ihm am nächsten stand. Man sprach über Kriminalromane. »So etwas zu lesen ist ungesund«, teilte er der Gruppe mit. »Könnte die Verbrechensrate erhöhen.« Er schaffte es nur mit Mühe, nicht in Gelächter auszubrechen.

14

Lord Darcy und Mary von Cumberland kamen spät zum Ball. Sie gingen zusammen den langen Gang entlang, der zum Ballsaal führte, sie an seinem Arm. Die Spiegelreihen zu beiden Seiten des Gangs zeigten endlose Abbilder eines stattlichen Edelmannes des 17. Jahrhunderts, der seine schöne Edelfrau durch einen mit Wandteppichen verhangenen Schloßgang führte. Sogar die Wachen des Leibregiments in ihren traditionellen Paradeuniformen, die sich seit dreihundert Jahren nicht verändert hatten, verstärkten den Effekt, wie sie zackig Haltung annahmen, als das adlige Paar an ihnen vorbeikam. *Wir tänzeln durch die Zeit,* dachte Lord Darcy beiläufig, *und sind soeben drei Jahrhunderte zurückgetreten. Dreht euch, dreht euch, kommt zusammen …*

»Das ist einfach ungerecht, weißt du«, meinte Mary von Cumberland und unterbrach seinen Gedankengang, als sie sich der Empfangsreihe an der Tür zum Ballsaal näherten. »Wenn uns irgend jemand eintreten sehen sollte, wird er sagen, ›Typisch Frau, stundenlang für die Toilette zu brauchen‹. Und dabei habe ich in Wirklichkeit auf *dich* gewartet.«

»Absolut richtig, Euer Gnaden«, räumte Lord Darcy ein. »Doch wird es mir durch die Tatsache erspart bleiben, es zuzugeben, da wir offiziell nicht zusammengehören. Und außerdem wird jeder, der dich in diesem Kleid erblickt, zu der Überzeugung gelangen, daß sich die Wartezeit sehr wohl gelohnt hat.«

Mary von Cumberland lächelte den schlanken Mann mit den scharfen Gesichtszügen an, der an ihrer Seite schritt, und richtete das Mieder ihres roten Seidenkleides. »Die Regeln, nach denen eine Gesellschaft zu leben beliebt, haben mich immer besonders fasziniert«, meinte sie. »Es gibt Dinge, die man zwar tun, über die man aber nicht reden kann. Und es gibt Dinge, über die man zwar reden kann, die man aber nicht tun darf. Es gibt Dinge – ganz offensichtlich gar nicht geschlechtsspezifische –, die Männer tun dürfen, aber nicht Frauen, und umgekehrt. Wir leben in einem unsichtbaren Labyrinth, und wir haben alle gelernt, wo wir umkehren müssen und wann, um uns zurechtzufinden.«

»Manche dieser Regeln sind aber auch gut, Mary, und viele sind sogar notwendig«, befand Lord Darcy milde.

»Du hast mich mißverstanden, mein Lieber«, erwiderte Mary von Cumberland. »Wie in der Magie, wo es absolut erforderliche Worte zu sagen und Gesten zu machen gilt, weil der Zauber sonst nicht wirkt, so gibt es auch in der Gesellschaft absolut erforderliche Worte, die gesagt, Gesten, die gemacht werden müssen, sonst verstehen oder vertrauen wir einander nicht, und alles um uns herum bricht zusammen. Das Problem ist nur, daß die Regeln der Gesellschaft, anders als in der Magie, niemals mathematisch formalisiert wurden, und so wissen wir nicht, welche Worte für den Zauber unabdingbar und welche einfach nur ein Papperlapapp sind.«

»Ich verstehe, Euer Gnaden«, sagte Lord Darcy nickend. »Ich habe es zwar noch nie so gesehen, aber jetzt, wo du mich darauf hinweist, leuchtet es mir sehr ein.« Diese Herzogin, die zwar eine Wanderhexe war, in diesem Beruf aber nicht arbeitete, besaß immer noch unvermutete Aspekte des Geistes, die wie unsichtbare Facetten eines kostbaren Juwels zu seinem Funkeln beitrugen. Und diese Dame funkelte wirklich.

Sie schritt vor ihm durch die Haupttür, um sich ankündigen zu lassen und sich zur Schar zu gesellen, da sie weder miteinander verheiratet noch förmlich verlobt waren. Doch waren sie erst einmal drin, durften sie den ganzen Abend miteinander verbringen, ohne daß dies als unschicklich gegolten hätte. Wie üblich, hatte Mary von Cumberland recht: Wenn man mal darüber nachdachte, war das alles schon sehr seltsam.

Lord Darcy ließ mehrere Leute vor, dann trat auch er durch den Eingang mit den hohen Türen. Er reichte dem rotgesichtigen Diener seine Karte, der sie dem reichverzierten Majordomus übergab. Der schlug dreimal mit seinem Stock auf den Boden und brüllte »Seine Lordschaft der Baron Darcy«, als Lord Darcy in den Saal trat.

Als er das letzte Mal hier eingetreten war, hatte ein Leichnam am Boden gelegen, und Blut hatte sich wie eine riesige Schneeflocke um ihn herum verteilt. Alles war entfernt worden – es war keine Spur mehr übrig. Allerdings bedeckte, wie Lord Darcy bemerkte, ein roter Teppich das äußere Viertel des Bodens. Das mußte die Folge seiner Anweisung gewesen sein, die seltsamen Markierungen am Boden zu erhalten. Eintausend Quadratfuß Teppich, ausgelegt, um zwei Markierungen zu verbergen, die ein achtel Zoll breit und kaum mehr als einen Fuß lang waren. Und dort, wo es nicht vom Teppich bedeckt war, glänzte das frisch versiegelte Parkett. Die Hausdiener mußten sich doch noch der Magie bedient haben, überlegte Lord Darcy, um die neuen Stellen so schnell zu trocknen.

Die Empfangsreihe war kurz, und jeder darin hatte im Schnitt fünfzig Pfund Übergewicht. Da war der Bürgermeister von London, durch Tradition der Ehrenvorsitzende der Ehrenwerten Gesellschaft der Zünfte von London, mit einem großen, roten und goldenen Band um den Hals, das das Wappen der Stadt London trug; seine charmante, rundgesichtige Frau und mehrere Leute, deren Namen Lord Darcy im Geplapper der Vorstellungen nicht verstand. Er schüttelte ihnen allen die Hand und schlenderte in den Ballsaal.

»My Lord, es freut mich, Euch hier zu sehen.«

Bei diesem Worten wandte Lord Darcy sich um. Es war Edelmann Harbleury, der in seinem seidenen Hofkostüm mit den Rüschen noch gnomhafter aussah.

»Ihr überrascht mich, Harbleury«, meinte Lord Darcy. »Ich hätte geglaubt, daß Euch derlei gesellschaftliche Ereignisse langweilen würden.«

Harbleury lachte leise und ließ den Kopf auf und ab wakkeln. »Ihr meint wohl, was ich hier tue, da ich doch nicht verpflichtet bin zu kommen? Natürlich habt Ihr recht. Ich habe in vielerlei Hinsicht eine beneidenswerte Stellung. Nachdem ich von einem Gemeinen niedriger Geburt in eine Position der Macht und des Vertrauens aufgestiegen bin, wenn auch, auf meinen eigenen Wunsch hin, immer noch ohne Titel, bekomme ich von beiden Welten das Beste ab. Ich kann mir aussuchen, wohin ich gehen will, bin aber durch die Konvention nicht dazu gezwungen, langweiligen Vergnügen und anderen gesellschaftlichen Veranstaltungen des Adels beizuwohnen.«

»Ganz so hätte ich das wohl nicht ausgedrückt«, sagte Lord Darcy, »aber ich schätze, daß ich doch etwas Ähnliches gemeint habe. Wenn Ihr nicht eine heimliche Leidenschaft für das Gepränge des 17. Jahrhunderts oder für Bälle hegt, solltet Ihr eigentlich inzwischen genügend Ereignisse dieser Art kennengelernt haben, um davon nicht mehr im geringsten fasziniert zu sein. Und wenn Ihr schon nicht verpflichtet seid, daran ...«

»Oh, My Lord, aber in diesem Fall bin ich durchaus dazu verpflichtet«, erläuterte Harbleury. »Und zwar aus zwei Gründen. Erstens werden Seine Majestät und der Marquis Sherrinford beide hier sein, und einer von beiden könnte irgendwann meiner bedürfen. Da bin ich lieber gleich zur Stelle. Und zweitens habe ich dieses Ereignis, äh, entworfen, und da fühle ich mich dazu verpflichtet, mich persönlich davon zu überzeugen, wie es sich entwickelt.«

»Es entworfen?«

»Jawohl, My Lord. Der Bürgermeister von London, der ja als Vorsitzender der Ehrenwerten Gesellschaft für diesen

Ball verantwortlich zeichnet, war sich nicht sicher, welcher Etikette er dabei folgen sollte. Schließlich ist dies die erste Investitur eines Prinzen von Gallien seit dreiundsechzig Jahren.«

»Aha!« machte Lord Darcy. »Jetzt geht mir langsam ein Licht auf. Er hat sich also an Euch gewandt, als einen Experten des Protokolls.«

»So ist es, My Lord.«

»Und Ihr …«

»Ich habe alles geplant, My Lord. Ich konnte niemanden auftreiben, der sich daran erinnern konnte, wie der Zunftball vor dreiundsechzig Jahren abgelaufen ist, und die Zeitungen jenes Tages waren außerordentlich geizig in ihrer Beschreibung des Ereignisses. Zwar melden sie in allen Einzelheiten, wer damals kam und was sie trugen, aber nicht, was sie taten und wie. Also habe ich es mir ausgedacht.«

Lord Darcy sah sich um. Die großen Wappenschilde der einhundertvierzehn Zünfte, aus denen sich die Ehrenwerte Gesellschaft zusammensetzte, bedeckten die Wände. Sie waren in chronologischer Reihenfolge angebracht und neigten sich in ihren Halterungen vor, als wollten sie ihre Mitglieder überwachen. Das hätte einen düsteren, bedrohlichen Effekt haben können, wären nicht viele Wappen sehr frivol gestaltet gewesen. So beispielsweise das Wappen der Ehrenwerten Bäcker aus dem Jahre 1487, das zwei Mehlsäcke auf einem Feld voller Eier zeigte. Oder das der Ehrenwerten Kürschner, 1614, mit einer roten Hand, die eine Reihe Nerzpelze hielt. Oder die Ehrenwerten Fischhändler, 1627, mit drei toten Heringen auf einem weißen Teller. Alles Motive, davon war Lord Darcy überzeugt, die von den Gestaltern der Wappen und den Zunftgründern äußerst ernst genommen worden waren. Die Farben waren sehr fröhlich, und für die wenigen Anwesenden, die auf den Gedanken kamen, den Blick nach oben zu richten, war der Effekt all dieser Wappen zusammengenommen beinahe überwältigend.

Die Seitentüren standen offen, und in den Nebenräumen

waren Tische zu sehen, bedeckt mit vielen Ellen weißen Leinens und einer großen Auswahl von Delikatessen, wobei man im Raum zur Linken allein flüssige Erfrischungen reichte. »Sieht mir aus wie eine größere Version der Feierlichkeiten, die die Zünfte jedes Jahr unter sich abhalten«, bemerkte Lord Darcy, der schon Dutzende solcher Veranstaltungen hatte besuchen müssen. »Eine Art förmlichen Essen mit formlosem Tanz.«

»Ihr macht Euch ja keine Vorstellung davon, wie schwierig es war, den Lord Bürgermeister und seine Zunftgenossen dazu zu bewegen«, erzählte ihm Harbleury. »Sie wollten alles übertreiben. Wollten den Adel mit seinen eigenen Waffen schlagen. Sie hätten nur lächerlich ausgesehen, und das habe ich ihnen auch gesagt. Aber sie haben mir nicht geglaubt.«

»Wie habt Ihr sie dann überzeugt?«

Harbleury setzte ein schiefes Lächeln auf. »Ich habe über ihr Erbe gesprochen«, sagte er. »Über die Macht der Zünfte und ihren Platz im Reich, und über die nicht endende Tradition Anglo-Französischer Freiheiten, die doch ihre Kraft und ihre Freude gewesen seien.«

»Was soll denn das heißen?« wollte Lord Darcy wissen.

»Woher soll ich das wissen?« erwiderte Harbleury. »Aber es hörte sich genau richtig an, und so werden wir jetzt einen angenehmen Abend haben, der leicht in einer Katastrophe hätte enden können.«

Lord Darcy nahm Harbleurys Hand und drückte sie fest. »Es ist eine Freude, einen derartigen Meister wohlklingender Phrasen zu kennen«, sagte er. »Falls ich mal jemanden brauche, der Leute aus irgendeiner Sache herausredet, weiß ich jetzt, an wen ich mich wenden muß. Sehr gute Arbeit, Harbleury.«

»Danke, My Lord«, antwortete Harbleury und blickte bescheiden zu Boden. »Ich tue gelegentlich das gleiche für Seine Lordschaft und Seine Majestät, so daß ich nicht gänzlich ohne Übung war.«

Lord Darcy wandte sich von Harbleury ab und stieß fast

im selben Augenblick auf dessen Herrn, den Marquis Sherrinford, der gerade in ein ernstes Gespräch mit einem kleinen, adretten Mann mit Spitzbart vertieft war. »Ah, Lord Darcy!« rief der Marquis. »Bleibt doch einen Augenblick. Ich möchte Euch jemandem vorstellen.«

Lord Darcy blieb stehen, begrüßte den Marquis Sherrinford und wurde dessen Begleiter, dem Grafen d'Alberra, vorgestellt. »Ah, ja«, sagte Lord Darcy, als er mit dem kleinwüchsigen Grafen einen Handschlag austauschte. »Ihr seid der Gentleman, der My Lord Marquis' Kopfschmerz kuriert.« Lord Darcy bemerkte, daß der Graf zwar klein, aber massiv gebaut war, mit mächtigen Schultern und einem Brustkorb wie ein Faß. Zudem war er einer jener Männer, die den Handschlag als eine Art Wettbewerb begriffen, und so quetschte er Lord Darcys Hand einen langen Augenblick mit gnadenloser Heftigkeit, bevor er ihn schließlich wieder freigab.

»Danke für das Kompliment, My Lord«, erwiderte Graf d'Alberra. »Aber tatsächlich heilt mein Freund, der Marquis Sherrinford, sich selbst. Ich bin froh und entzückt, daß meine Methode ihm dies ermöglicht. Ich hoffe, daß eines Tages viele Erkrankungen, die von der konventionellen Magie nicht kuriert werden können, oder die sich heute noch jenseits des Zugriffs des Heilers oder Chrirurgus befinden, mit den Techniken bewältigen lassen, die ich gerade entwickle.«

»Ich weiß nichts über Eure Methoden, Graf d'Alberra, muß ich leider gestehen. Könntet Ihr mir sie irgendwie beschreiben, damit ich eine Vorstellung von dem bekomme, was Ihr tut?«

»Er unterhält sich mit Euch«, erläuterte der Marquis Sherrinford. »Und er bringt Euch zum Reden. Alles über Eure Kindheit.«

»Kindheit?«

»Ich glaube daran«, erklärte Graf d'Alberra, »daß der Körper vom Geist beherrscht wird. Und daß viele Erkrankungen, die sich äußerlich nicht heilen lassen, beispielsweise durch Handauflegen, mit Hilfe der körperlichen Abwehrmechnismen beheben lassen, aktiviert durch den Geist. Das Problem besteht darin, wie man diese Abwehrkräfte in Gang gesetzt – wie man den Geist an die Arbeit bekommt.«

»Ich verstehe«, antwortete Lord Darcy höflich. »Und das tut Ihr, indem Ihr die Kindheit des Patienten mit ihm besprecht?«

»Es funktioniert, My Lord«, warf der Marquis ein. »Jedenfalls tut es das in meinem Fall. So merkwürdig die dahinterstehende Theorie auch sein mag – entschuldigt mich, Graf –, sie wirkt jedenfalls.«

»Gegen Erfolge kann ich nichts mehr einwenden«, meinte Lord Darcy.

»Die Kindheit scheint der Schlüssel zu allem zu sein«, fuhr Graf d'Alberra fort. »Ich war selbst überrascht, als ich das feststellte.«

Da ertönte das dreifache Klopfen des Zeremonienstabs, und der Majordomo rief: »Seine Majestät, Kronprinz Stanislaw von Polen, König von Kurland, Herzog von Krakau, Komtur des Allerheiligsten Ordens vom Blutigen Schaf. Ihre Hoheit, Kronprinzessin Yetta.«

»Ah, Seine Polnische Majestät und Frau sind eingetroffen«, sagte der Marquis Sherrinford. »Ich sollte wohl hinübergehen und ihn begrüßen. Möchte einer von euch die Bekanntschaft des zukünftigen Königs von Polen machen?«

»Das fände ich faszinierend, My Lord Marquis«, erwiderte Lord Darcy.

»Ihr werdet mich entschuldigen«, sagte der Graf d'Alberra, »aber ich kann die Polen einfach nicht ausstehen!« Dann verneigte er sich vor dem Marquis und Lord Darcy, machte auf dem Absatz kehrt und ging davon.

»Na!« machte der Marquis. »Man sollte eigentlich denken, daß ein Heiler seine Gefühle besser beherrscht. Ich meine, schließlich *liebt* keiner von uns die Polen. Kommt mit mir, Lord Darcy, und laßt Euch Seiner Majestät vorstellen. Wer weiß, vielleicht habt Ihr eines Tages mit ihm zu tun.«

»So könnte es kommen, My Lord«, sagte Lord Darcy und folgte dem Marquis durch den Ballsaal.

Kronprinz Stanislaw war ein kleiner, muskulöser Mann um die Fünfzig, mit rundlichem Kopf und kurzgeschorenem, ergrauendem blonden Haar. »Es ist mir eine Freude, Lord Darcy, Eure Bekanntschaft zu machen«, sagte er mit schwerem deutschen Akzent, was Lord Darcy daran erinnerte, daß das Hochdeutsche die Hofsprache Polens war. »Euer Ruhm als Ermittler ist sogar bis Warschau vorgedrungen. Vielleicht werden wir uns eines Tages Ihrer vielen Talente versichern wollen, eh? Würdet Ihr das tun? Würdet Ihr den Polen helfen?«

»Es wäre mir eine Ehre, Euer Majestät«, erwiderte Lord Darcy mit einer Verbeugung.

»Das ist gut«, sagte Kronprinz Stanislaw. »Was immer auch zwischen unseren Ländern im argen liegen mag, Menschen bleiben doch Menschen, nicht?«

»Gewiß, Euer Majestät«, pflichtete Lord Darcy ihm bei.

»Ich werde jetzt gehen«, sagte der Kronprinz, »und mit meiner Frau tanzen. Es könnte diese Anglo-Franzosen davon überzeugen, daß ich kein Ungeheuer bin, nicht?« Damit nickte er dem Marquis Sherrinford und Lord Darcy zu, gab der statuenhaften, blonden Prinzessin Yetta seinen Arm und stakste zur Tanzfläche.

Mary von Cumberland war jetzt, entschied Lord Darcy, lange genug allein gewesen, also verabschiedete er sich vom Marquis Sherrinford und begann sie zu suchen. Als er sie in der Menschenmenge entdeckte, stellte er fest, daß sie gar nicht allein, sondern vielmehr eine von zwei Frauen war, die von einer Schar bewundernder Männer umgeben wurde. Wie es auch sein sollte, dachte er. Die zweite Frau war klein und dunkelhaarig, mit intensivem, intelligentem Gesichtsausdruck, und Lord Darcy konnte sich nicht daran erinnern, sie jemals gesehen zu haben. Die Bewundererschar bestand aus etwa acht Männern, die umherstanden,

Getränke in der Hand, und versuchten, locker auszusehen, im Mittelpunkt ein hochgewachsener, schwerer, breitschultriger Mann mit rötlicher Gesichtsfarbe und überreichlich verzierter Paradeuniform, der gerade einen Vortrag zu halten schien, als Lord Darcy sich näherte.

»Kommt und leistet uns Gesellschaft, My Lord«, sagte die Herzogin, als sie ihn kommen sah. »Lord Darcy, darf ich Euch Lady Marta de Verre vorstellen, und das ist Lord Brummel, Lord General Halifax, Sir Felix Chaimberment, Meisterhexer Dandro Bittman, Major von Jonn von der Legion Neu-England, und Meisterhexer Darryl Longuert kennt Ihr, glaube ich, schon. Der Major erzählt uns gerade, wie es sich an der Außengrenze von Neu-England lebt. Es ist absolut faszinierend.«

»Das kann ich mir vorstellen, Euer Gnaden«, sagte Lord Darcy und gesellte sich zu der Gruppe, nachdem er bei der Vorstellung jedem kurz zugenickt hatte. »Das Gebiet von Neu-England hat mich schon immer fasziniert.«

Plötzlich brachte die Stentorstimme des Majordomo den Saal zum Verstummen. »Seine Durchlauchteste Majestät, John der Vierte«, verkündete er, »von Gottes Gnaden König von England, Irland, Schottland und Frankreich; Kaiser der Römer und Deutschen; Oberster Häuptling des Clans der Moqtessumid; Sohn der Sonne; Graf von Anjou und Maine; Stifter des Souveränen Ordens vom Heiligen Johannes zu Jerusalem, Souverän des Altehrwürdigen Ordens von der Tafelrunde, des Ordens vom Leoparden, des Ordens von der Lilie, des Ordens von den Drei Kronen und des Ordens vom Heiligen Andreas; Herrscher und Protektor der Westlichen Kontinente von Neu-England und Neu-Frankreich; Verteidiger des Glaubens. *God save the King*!«

»God save the King!« wiederholten dreihundert Stimmen.

»Ihre Hochwohlgeborene und Erlauchte Majestät Marie«, fuhr der Majordomo fort, »Königingemahlin von John dem Vierten, Prinzessin von Rumänien, Herzogin von

Sark und Guernsey und Lady Commander Seiner Majestät Winchester Wachregiment. Erhebt Euch.«

Alle, die ohnehin nicht schon gestanden hatten, als König und Königin den Ballsaal betraten, erhoben sich nun. Der Tradition folgend, traf das Herrscherpaar eine Stunde zu spät ein, und der Tradition folgend würde der eigentliche Ball bald beginnen.

»Major von Jonn«, sagte Mary von Cumberland, den Gesprächsfaden wieder aufnehmend, »My Lords, Lady Marta, darf ich euch Lord Darcy vorstellen, Oberster Ermittlungsrichter des Adelsgerichtshofs.«

»Ein Vergnügen«, sagte von Jonn und nahm eine übertriebene Habachthaltung an, um sich mit deutlichem deutschen Militärgruß steif zu verbeugen. »Außerordentliches und ehrliches Vergnügen. Habe von Eurem Wirken gehört, My Lord, und wollte Euch schon seit einiger Zeit kennenlernen. Besonders seitdem ich vom nördlichen Kontinent der Neuen Welt zurückgekehrt bin. Hatte vor, Euch nach der Krönung in London aufzusuchen.«

»Und weshalb, Major?« fragte Lord Darcy.

Mary von Cumberland sah Lord Darcy an und sprach hinter dem Rücken des Majors lautlos die Worte »Auf der Liste!« aus. Lord Darcy fing ihren Blick ein und nickte unmerklich, um ihr zu zeigen, daß er Bescheid wußte. Er hatte die Namensliste auswendig gelernt, die Chief Henri ihm gesandt hatte, und Major von Jonn befand sich darauf, ebenso wie der Name von Lady Marta und Sir Darryl Longuert. Ihre Gnade von Cumberland war in den wenigen Minuten, die sie bereits auf dem Ball war, wirklich nicht untätig gewesen.

»Habe Verbrechensermittlung immer bewundert«, erklärte der Major. »Erscheint mir als etwas, das von großer Wichtigkeit ist – das sich um seiner selbst willen lohnt. Ich habe daran gedacht, es auf diesem Gebiet selbst einmal zu versuchen, sofern sich feststellen läßt, daß ich die Fähigkeit dazu habe. Wenn man von einer strukturierten Gesellschaft ausgeht, ob es diese hier ist oder eine andere, die sich davon fundamental unterscheidet, so muß sie immer Gesetze haben, um sich zu definieren und zu schützen. Und die Männer, die diesen Gesetzen zur Geltung verhelfen, sind es auch, die die Gesellschaft zusammenhalten.«

»Nun, solltet Ihr die Fähigkeit nicht besitzen, so habt Ihr zumindest die erforderliche Philosophie«, erwiderte Lord Darcy leise lachend.

Master Dandro, ein rundlicher kleiner Hexer Mitte vierzig mit hervorstehenden Zähnen und fliehendem Kinn, hob protestierend den Finger. »Es ist die Kirche, die die Gesellschaft zusammenhält«, verkündete er. »Religion und Magie – Glaube und Praxis –, die beiden Säulen der Anglo-Französischen Gesellschaft. Und die Krone ist natürlich das Mittelstück im Bogen, wenn ich meine Metapher einmal etwas ausführen darf.«

Die Herzoginwitwe von Cumberland lächelte den kleinen Hexer an. »Wirklich, Master Dandro«, sagte sie, »das ist tatsächlich eine recht orthodoxe Auffassung.«

Master Dandro drehte sich mit hasenähnlichem Lächeln zu ihr um. »Orthodox bin ich nur, was Orthodoxie angeht«, erwiderte er. Er verneigte sich, leise über seinen eigenen Mutterwitz lachend, und wandte sich Master Sir Darryl Longuert zu. »Ich muß Euch noch zu Eurem Aufstieg zum Hofzauberer gratulieren, Sir Darryl«, sagte er. »Wer hätte gedacht ... Aber schließlich hattet Ihr ja immer ein Talent dafür, zur rechten Zeit am rechten Ort zu sein.«

»Das muß es gewesen sein«, stimmte Sir Darryl ihm milde zu.

»Als wir uns das letzte Mal begegneten – war das vor zwei Jahren? –, da war Euch jeglicher Gedanke dieser Art fremd, wie ich mich erinnere. Ihr wißt doch noch, Sir Darryl, es war bei der Entmachtung.«

»Entmachtung?« fragte Lady Marta. »Ist das denn ein gesellschaftliches Ereignis?«

»An manchen Orten schon«, versetzte Lord Darcy.

»Das ist ein Zaubererbegriff«, erklärte Sir Darryl. »Mit diesem Ausdruck bezeichnen wir die Zeremonie, mit der wir die, äh, Kräfte eines Hexers entfernen. Das wird nur sehr selten getan und auch dann nur aus extremem Grund.«

»Ich weiß, wovon Ihr sprecht«, teilte Lord Darcy ihm mit.

»Es ist die Aristokratie, die die Gesellschaft zusammenhält«, meinte Lord Brummel, ein alter Mann mit viel zuviel weißem Haar und einer hohen, schnarrenden Stimme. Beifallheischend blickte er sich um, doch als er keinen Applaus bekam, machte er »Hah hämm« und sah zu Boden.

»Ist es das nicht, was Ihr dort draußen in der Wildnis getan habt?« fragte Lord Darcy den Major von Jonn. »Den Regeln der Gesellschaft an einem Ort zur Geltung zu verhelfen, wo sie noch immer sehr neu sind?«

Major Jonn schüttelte den Zopf. »Die Zwölf Nationen, wie sich die Stammeskonföderation an der Nordostküste selbst nennt, besitzen eine Zivilisation, die ebenso alt und, äh, zivilisiert ist wie unsere. Wir verfügen lediglich über die überlegenen Gewehre und die überlegene Magie. Wäre es andersherum, so hätten sie hier Kolonien und würden sie ›Neu-Seneca‹ oder ›Ost-Iroquois‹ nennen.«

»Eine interessante Bemerkung«, warf ein kleiner, arrogant aussehender Adeliger in hellgrünem Hofkostüm ein, der soeben dazugekommen war und nun links von Mary von Cumberland stand. Er hob das Kinn und musterte den Major durch sein Monokel. »Ihr meint also, die wilden Ureinwohner von Neu-England stünden kulturell mit uns auf einer Stufe? Ich habe gehört, daß sie ihre Haut rot und weiß färben und ihre Feinde skalpieren.«

»Einige tun das«, bestätigte Major von Jonn. »Und im Fürstentum Hessen, wo ich herkomme, schlagen wir Dieben die Köpfe ab und spießen sie auf, um sie auf dem Dorfplatz zur Schau zu stellen. Allerdings malen wir uns nicht rot und weiß an. Das muß wohl der zivilisatorische Unterschied sein.«

»Aber mein Herr, das sind doch alles unmoralische Heiden!« meinte der Adelige schnippisch; er sah verärgert aus.

»Nicht nach Aussage Seiner Heiligkeit Papst Karl IV.«,

erinnerte ihn Major von Jonn. »Die Päpstliche Inquisation der Neuen Ländereien hat bestimmt, daß die Eingeborenen eine klar umrissene Religion besitzen, deren moralische Grenzen für die Christenheit als akzeptabel zu gelten haben. Heiden, ja; unmoralisch, nein.«

Lord Darcy nickte. Mitte des vergangenen Jahrhunderts war die Päpstliche Untersuchungskommission damit beauftragt worden, die Moral der einheimischen Religionen Neu-England – des nördlichen Kontinents der Neuen Welt – und Neu-Frankreich, des südlichen Teils, zu untersuchen. Zwanzig Jahre später war sie zu dem Schluß gelangt, daß die meisten Religionen der Neuen Welt zwar zweifellos heidnisch – also unchristlich – waren, moralisch aber eindeutig vertretbar. Die Studie hatte sich in erster Linie mit der Qualität der Magie befaßt, die von den verschiedenen Völkern und Religionen ausgeübt wurde. Während in manchen Fällen – besonders bei den Kriegsgöttern des südlichen Kontinents bis hoch ins Herzogtum Mechicoe – der Gestank des uralten Bösen so stark war, daß die Sensitiven sich den betreffenden Tempeln nicht weiter als hundert Ellen nähern konnten, waren die allermeisten Rituale doch so frei von schwarzer Magie, wie es sich ein christlicher Zauberer oder Priester nur wünschen konnte. Und natürlich gehörte es zu den Grundüberzeugungen der modernen Religion, daß der Gebrauch weißer Magie vom Teufel stammte. Daraus war zu schließen, daß eine Religion, die weiße Magie verwenden konnte, zumindest moralisch sein mußte, auch wenn sie in Glaubensdingen Irrwege beschritt.

Das bedeutete natürlich nicht, daß die Einheimischen nicht zum Wahren Glauben bekehrt werden sollten, es besagte lediglich, daß die Sache nicht so schrecklich eilig war.

»Na!« meinte der Adelige und ließ sein Monokel am Ende des Haltebands wirbeln, während er den Major böse musterte. »Wenn Ihr keinen Unterschied zwischen den

Gewohnheiten eines Haufens Wilder und dem Benehmen zivilisierter Menschen machen wollt, dann eben nicht, Sir.«

»Major von Jonn, darf ich Euch Baron Hepplethong vorstellen«, warf die Herzoginwitwe von Cumberland taktvoll ein.

»Ah!« sagte Major von Jonn. »Ist mir ein Vergnügen, Baron. Das ist doch ein britischer Name, nicht wahr? Aus dem Piktischen, glaube ich. Es sind doch erst ein paar Jahrhunderte vergangen, seit Eure Vorfahren sich noch blau anmalten, nicht wahr?«

»Hmph!« machte Baron Hepplethong und wandte sich ab.

»Der Mann ist ein Narr«, meinte Lady Marta, während sie ihren dunklen Blick auf den sich entfernenden Rücken des Barons Hepplethong heftete. »Die meisten Männer sind zwar Narren, aber er treibt es wirklich ins unnatürliche Extrem. Ich habe das Mißgeschick, entfernt mit ihm verwandt zu sein. Er glaubt an die natürliche Überlegenheit der weißen Rasse, des Adelsstands und des männlichen Geschlechts. Außerdem ist er der Überzeugung, daß Leute, die Grün tragen, jenen, die Rot oder Braun tragen, moralisch überlegen sind. Ich scherze nicht.«

»Wir sind alle Opfer der Vorurteile unserer Klasse und unserer Epoche, meine liebe Lady Marta«, meinte Master Darryl entschieden. »Manche von uns eben stärker als andere. Man muß lernen, Narren zu ertragen, denn es gibt ihrer so viele.«

»Ich versuche es ja, Master Darryl«, erwiderte Lady Marta und kehrte ihm mit einem Rauschen ihrer Röcke den Rücken zu. »Und ich stelle fest, daß gelegentliche Ausbrüche mir dabei helfen.«

»Gewiß, das tun sie bestimmt«, räumte Master Darryl ein.

»Eine interessante Theorie, die Ihr da habt«, sagte Lord Darcy zu dem Major. »Haltet Ihr es mit dem Adel des Wilden oder mit der Wildheit der europäischen Zivilisation?«

Darüber dachte Major von Jonn eine Weile nach. »Ja«,

meinte er schließlich, »ich bin der Meinung, daß es ethisch, moralisch oder spirituell keinen Unterschied zwischen uns gibt; nur materiell, also nur auf dem letzten und schwächsten dieser vier Gebiete.«

»Keinen Unterschied, Major?« warf Meisterhexer Dandro Bittman ein. »Gewiß …«

»Ich bitte um Verzeihung, Master Dandro«, unterbrach Major von Jonn, als er sich vor dem Zauberer verneigte. »Ich wollte damit nicht sagen, *keine Andersartigkeit*. Einige ihrer Praktiken sind in jeder Hinsicht anders als unsere. Ich meinte damit, daß es keinen qualitativen Unterschied gibt. Keiner ist dem anderen überlegen, wenn man den Grundunterschied zwischen den beiden Kulturen mitberücksichtigt.«

»Das ist die Meinung einer Minderheit, Major, wie Ihr wahrscheinlich selbst wißt«, sagte Lord Darcy. »Aber es ist eine, die man viel öfter zu hören bekommen sollte. Es ist eine Frage, die eine Diskussion und eine Debatte verdient hätte, sie darf nicht einfach nur mit den Antworten jener beschieden werden, die sich in einer Autoritätsstellung befinden.«

»Das habe ich schon oft gesagt, My Lord«, antwortete Major von Jonn.

»Ich nehme doch nicht an, daß Eure offenen Ansichten über die Ureinwohner Neu-Englands etwas mit Eurer Rückkehr zu tun haben oder damit, daß Ihr ein anderes Betätigungsfeld sucht?« wollte Lord Darcy wissen.

»Eigentlich nicht«, gab der Major zur Antwort. »Ich bin zurückgekehrt, weil ich meinen Fünfjahrsturnus beendet habe. Nun habe ich sechs Monate Urlaub, bevor ich einen neuen Posten erhalte. Und was meinen Interessenwandel angeht – ich kann nicht behaupten, daß mir die soldatische Karriere jemals wirklich reizvoll erschienen wäre. Für einen jungen Gemeinen aus Hessen war es die beste Möglichkeit, vorwärtszukommen und sich weiterzubilden, deshalb habe ich sie auch wahrgenommen. Und je mehr Bildung ich mir aneignete, um so mehr entdeckte ich, daß mir der Beruf mißfiel.«

»Eine faszinierende Diskussion, wirklich faszinierend«, meinte Master Dandro zur ganzen Gruppe. »Aber ich muß jetzt gehen. Ich habe noch eine wichtige Angelegenheit mit Seiner Majestät zu besprechen. Ihr werdet mich gewiß entschuldigen.« Lächelnd und sich verneigend verließ er die Gruppe und verschwand in der sie umgebenden Menschenmenge.

»Warum möchte Seine Majestät wohl einen Master Dandro Bittman sprechen?« fragte Lady Marta.

»Ich fürchte, daß seine Beschreibung des kommenden Ereignisses sich nicht unbedingt mit der Seiner Majestät decken dürfte«, versetzte Sir Darryl. »Wenn Master Dandro einmal im Sterben liegt, wird er sich entschuldigen, indem er sagt, daß da noch eine kleine Angelegenheit sei, die er mit dem Herrn zu regeln habe.«

»Ein merkwürdiger kleiner Mann«, meinte Mary von Cumberland.

»Aber nichtsdestotrotz ein ausgezeichneter Zauberer«, teilte Sir Darryl ihr mit. »Sein Geist ist starr und für neue Ideen nicht empfänglich. Aber die Ideen, die er verfolgt, sind, äh, orthodox.«

»Das Soldatentum ist aber eine edle Berufung, junger Mann«, sagte General Lord Halifax. Wie ein buntgefiederter Raubvogel beugte sich der hochgewachsene, hagere General vor und klopfte dem Major auf die Schulter. Dabei schepperten seine beiden Ordensreihen auf der Brust. »Soldatentum hat dieses Reich erbaut, und Soldatentum hält es zusammen. Ihr jungen Burschen aus den Fürstentümern hättet wenig Gelegenheit voranzukommen, gäbe es nicht den Beruf des Soldaten, der euch allen offensteht. Das ist die Hand, die Euch füttert, junger Mann, also beißt sie nicht!«

»Das tue ich doch gar nicht, Sir. Überhaupt nicht«, protestierte Major von Jonn. »Die Geschichte hat allzu deutlich bewiesen, daß jedes Land, das sich nicht mehr um die

Kriegskunst kümmert, schon bald aufhört zu existieren. So war es in der Vergangenheit, und so wird es auch in absehbarer Zukunft sein. Aber ich persönlich habe nun meine zehn Jahre abgedient und glaube, daß es Zeit für eine Veränderung ist. Und man könnte sich auch denken, daß manche Leute sagen würden, daß wir, die wir aus den Provinzen stammen, auch noch andere Möglichkeiten haben sollten, voranzukommen, als für unser Land zu sterben.«

»Mein Herr!« schnaubte General Lord Halifax.

Abwehrend hob Major von Jonn die Hand. »Ich gehöre nicht dazu, General, das versichere ich Euch.«

Vorne im Saal verkündete der Ballchef, der Präsident der Ehrenwerten Gilde der Glasbläser, der folglich mächtige Lungen und eine kraftvolle Stimme besaß, den Beginn des ersten Tanzes. Es war eine Kotillon, der von Seiner und Ihrer Majestät angeführt wurde.

Die Unterhaltung wurde zu einem leisen Murmeln, und die versammelten Massen wichen zur Seite, als der König und die Königin von England und Frankreich, Kaiser und Kaiserin des Anglo-Französischen Reichs, in der Mitte des Ballsaals ihren Platz einnahmen. Flankiert wurden sie von ihren Söhnen, dem Prinz von Britannien und dem Herzog von Lancaster (der schon bald Prinz von Gallien werden sollte) und ihren Frauen. Und dann folgte in strenger Rangfolge die Aristokratie des Anglo-Französischen Reichs und die Führer seiner mächtigsten Zünfte.

Lord Darcy bemerkte, daß Richard, Herzog der Normandie, nicht anwesend war. Als er auf dem Tanzboden seinen Platz an der Seite von Mary von Cumberland einnahm, begriff er auch, warum. An den drei Seiten des Balkons, die nicht vom Orchester in Anspruch genommen wurden, befand sich, gleichmäßig über den Raum verteilt, ein Trupp von Männern. Sie trugen die Uniform der Leibwache, und sie gehörten auch tatsächlich zur Wache, waren aber eine handverlesene Gruppe. Lord Darcy erkannte die Gestalt Richards von der Normandie in der Uniform eines Gardeoffiziers an einem Ende des Balkons sowie Oberst Lord Waybusch am anderen.

Mary von Cumberland sah, wohin Lord Darcy blickte, und schaute ebenfalls nach oben. »Wachen?« fragte sie. »Was können die von dort oben schon ausrichten?«

»Bogenschützen«, teilte Lord Darcy ihr mit. »Ausgebildete, geübte Langbogenschützen. Der englische Bogenschütze verteidigt das Reich schon seit achthundert Jahren, und er tut es noch heute. Ein Bogen ist immer noch die beste Waffe auf mittlere Entfernung in geschlossenen Räumen. Viel präziser und leiser als eine Handfeuerwaffe. Das muß Herzog Richards Idee gewesen sein. Er ist entschlossen, daß seinem Bruder nichts passieren soll.«

Lord Darcy blickte ernst drein, und Mary von Cumberland drückte seinen Arm. Sie wußte, was er dachte. »Das sind wir alle«, sagte sie.

Die Musik spielte auf, und König John und Königin Marie begann – zusammen mit den dreihundert sie umscharenden Menschen – den stattlichen Kotillon. Lord Darcy legte der Herzogin von Cumberland den Arm um die Hüfte und hielt sie vielleicht ein wenig fester, als es schicklich war. »Tanzen wir«, flüsterte er.

15

Es war Tradition, daß Ihre Majestät zu gesellschaftlichen Zusammenkünften zu spät kamen und früh gingen. Sie kamen spät, weil alle sie eintreffen sehen wollten. Sie gingen früh, weil es Sitte war, daß niemand eine Feierlichkeit verlassen durfte, bevor das Königliche Paar sich verabschiedet hatte. Auf dem Ball der Zünfte blieben sie zweieinhalb Stunden, was die Veranstaltung zu einem Erfolg machte. Das Orchester spielte »Gott mit Arthur, England, Frankreich, Schottland, Wales«, was stets mit dem Namen des jeweiligen Königs gesungen wurde, so daß alle formulierten »Gott mit Jo-hon, England, Frankreich ...«, und so weiter, und mit dem letzten Ton verließen König John und Königin Marie durch die Privattür im hinteren Teil den Ballsaal. Die Königin begab sich, begleitet von zwei Hofdamen, in ihre Gemächer. Der König betrat mit dem Marquis Sherrinford den Thronsaal.

Ungefähr zehn Minuten später fand Harbleury Lord Darcy im Gespräch mit der Herzoginwitwe von Cumberland, Father Phillip und dem Erzbischof Maximilian von Paris, worauf er ihm auf die Schulter tippte. »Wenn Euer Lordschaft mich entschuldigen wollen«, flüsterte Harbleury ihm zu, »Seine Lordschaft der Marquis Sherrinford würde Euch gern einen Augenblick sprechen.«

»Selbstverständlich«, sagte Lord Darcy. Er entschuldigte sich bei den anderen und folgte Harbleury zu der Privattür, wo er vom Marquis erwartet wurde.

Schweigend führte der Marquis Sherrinford Lord Darcy durchs Vorzimmer über den Gang, um schließlich die hintere Tür des Thronsaals aufzuschließen und zu öffnen. »Die Türen schließen sich von selbst«, erklärte er. »Und da die einzigen vorhandenen Schlüssel auf mich selbst und ihre Majestäten geeicht sind, kann ich nicht nach Euch schikken, ich muß Euch selbst holen. Was das, was ich Euch zeigen werde, um so bemerkenswerter machen wird.«

»Und was wird das sein, Euer Lordschaft?« fragte Lord Darcy.

»Das schaut Ihr Euch besser selbst an«, entgegnete der Marquis Sherrinford und führte ihn durch die Vorhänge hinter dem Thron zum Thron selbst.

Die Beleuchtung war matt, sie stammte ausschließlich von den flackernden Flammen einen Gaslampenpaars an den gegenüberliegenden Seiten des großen Saals, die gerade so schwach eingestellt waren, daß sie nicht erloschen. Das war wahrscheinlich die normale Nachtbeleuchtung für diesen Saal; wenn der König oder der Marquis

Sherrinford eintraten, würden Diener die Lampen heller stellen.

Die einzigen Menschen, die außer Lord Darcy, dem Marquis Sherrinford und Harbleury – die hinter ihm gingen – im Saal zu erkennen waren, waren eine schattenhafte Gestalt, die schweigend auf dem hohen Thron saß, sowie ein einzelner Mann, der mitten im Saal stand und in die andere Richtung blickte.

Lord Darcy trat zwei Schritte vor, dann erkannte er den vor ihm stehenden Mann an der typischen Kopf- und Schulterform der Plantagenets. Er krümmte ein Knie. »Sire.«

Der Kaiser der Anglo-Franzosen, Souverän von Neu-England und Neu-Frankreich, blickte sich um. Selbst in diesem matten Licht konnte Lord Darcy erkennen, daß die Sorge um das Reich heute abend schwer auf seinen Schultern lastete.

»My Lord Darcy«, sagte Seine Majestät und trat zwei Schritte vor. »Ihr und ich, wir beide begegnen einander von Zeit zu Zeit, über den Leichen anderer Menschen. Bildlich gesprochen, da Ihr mein Oberster Ermittlungsrichter seid. Und heute, zum ersten Mal, ganz wörtlich.« Mit einem Winken der Hand zeigte Seine Majestät auf den Thron.

Lord Darcy erhob sich und blickte zum Thron hinüber, um die geheimnisvolle, stumme Gestalt darauf zu mustern. Er durfte sich nicht danach umdrehen, weil sein Monarch anwesend war. Man kehrte dem König nicht den Rücken zu.

»Wir wollen das Protokoll beiseite lassen«, sagte König John, als er das Problem bemerkte. »Im Augenblick bin ich nur der Herzog von Navarre, und Ihr habt eine Leiche zu untersuchen. Macht Euch daran, My Lord.«

Der Herzog von Navarre war eines der Lieblingsinkognitos von König John, eine Fiktion, die sich jetzt als nützlich erweisen sollte. Lord Darcy konnte in Ruhe arbeiten, solange der Herzog von Navarre ihm über die Schulter blickte. Denn schließlich war der Herzog nicht der König.

Lord Darcy drehte sich um, schaute die schattenhafte Gestalt auf dem Thron an. »Ich vermute«, sagte er, »daß dies kein Attentat auf Euer Majestät Leben war.«

»Seine Majestät und ich habe den Thronsaal zusammen betreten«, sagte der Marquis Sherrinford. »Die, äh, Person auf dem Thron war bereits da, als wir eintrafen. Sonst ist niemand hereingekommen oder hinausgegangen, außer Harbleury.«

»Das wäre also geklärt«, sagte Lord Darcy. Er bestieg die beiden Stufen des Podests und studierte die Gestalt auf dem Thron. Es war ein kleiner, dicklicher Mann, vornübergesackt und mit geöffneten, starren Augen. Selbst in dem schwachen Licht war es keine Frage, ob er tot war oder was ihn umgebracht hatte. Ein langer, hölzerner Hellebardenschaft ragte aus dem Brustkorb des Mannes hervor, und es schien, als sei er durch seinen Körper gestoßen worden, um ihn an den Thron zu nageln.

Lord Darcy beugte sich über den Leichnam. »Ich brauche einen Chirurgus«, sagte er, »und Master Sean O Lochlainn, falls jemand nach ihm schicken könnte. Und außerdem brauche ich mehr Licht.«

»Harbleury«, sagte der Marquis Sherrinford, »bitte sucht Master Sean und Sir Moses Benander und bringt sie her. Und danach Lord Peter. Kein Wort von alledem hier.«

»Selbstverständlich, My Lord«, antwortete Harbleury und verschwand durch die Hintertür aus dem Saal.

Der ›Herzog von Navarre‹ hatte inzwischen die Laternenstange gefunden und schritt langsam durch den Thronsaal, um die Wandlampen zu entzünden. *Das muß der Herzog von Navarre sein*, dachte Lord Darcy. *Seine Majestät John IV. würde sich niemals zu solchen niederen Arbeiten hergeben.*

Doch dann schüttelte Lord Darcy den Kopf, als er begriff, daß er sich irrte. In der letzten halben Stunde war im Thronsaal von Schloß Christobel ein Verbrechen begangen worden. Ein Mord, der, sollte er irgendwie in Zusammenhang mit den anderen stehen, was fast sicherlich der Fall war, alle im Schloß berühren würde, von Seiner Majestät abwärts. Die Untersuchung dieses Mordes war im Augenblick das wichtigste, was auf Schloß Christobel geschehen mußte, im Herzogtum der Normandie und höchstwahrscheinlich sogar im ganzen Anglo-Französischen Reich. Da war es durch und durch passend, durch und durch schicklich, durch und durch *plantagenethaft*, daß seine Majestät tat, was zu tun war, und wenn es nur darin bestehen mochte, die Gaslaternen zu entzünden.

Mit zunehmendem Licht setzte Lord Darcy die Untersuchung der Leiche fort. Mit einem leichten Schock mußte er erkennen, um wen es sich bei dem Opfer handelte. Der kleine, rundliche Körper mit den ausdruckslosen, starren Augen hatte einst die sterbliche Seele des Meisterhexers Dandro Bittman beherbergt, bis jemand sich dazu entschlossen hatte, sie mit der eisernen Spitze einer Hellebarde davon zu lösen.

»Wie ist er hier hereingekommen?« fragt Lord Darcy.

»Wir hatten eigentlich gehofft, daß Ihr uns das sagen könntet«, bemerkte der Marquis Sherrinford trocken.

»Sein Name ist Bittman«, erwiderte Lord Darcy. »Meisterhexer Dandro Bittman. Ich habe mich vor kaum zwei Stunden noch mit ihm unterhalten. Ich erinnere mich, daß er sich entschuldigte, weil er, wie er sagte, zu dieser Zeit eine Verabredung mit Seiner Majestät hatte.«

»Mit seiner Majestät?« fragte der Marquis, er klang überrascht.

»Jetzt vermute ich, daß dem nicht so war«, versetzte Lord Darcy nun seinerseits trocken.

»Dem war nicht so«, versicherte ihm der Herzog von Navarre.

Und wer, überlegte Lord Darcy, hätte über die Angelegenheiten des Königs wohl besser Bescheid wissen sollen als der Herzog von Navarre?

»Dann hat niemand von Euren Lordschaften Master Dandro in den Thronsaal eingelassen?«

»So ist es«, versicherte der Marquis.

»Nun, das schließt schon einmal die Hintertür aus, zu

der es, woran ich soeben erst wieder erinnert wurde, ja nur drei Schlüssel gibt«, folgerte Lord Darcy. »Dann wollen wir einmal herausfinden, durch welche andere Tür Master Dandro eingetreten ist.« Er schritt zu der Doppeltür, die zur Königsgalerie führte, und öffnete sie. Die zwei dahinter zu beiden Seiten der Tür stehenden Wachen nahmen Habachtstellung an und drehten sich einander zu, als die Tür sich öffnete.

»Steht bequem, Soldaten«, sagte Lord Darcy. »Ich bin Lord Darcy, der Ermittlungsrichter des Königs. Ich muß wissen, wer während Eurer Wache durch diese Tür gekommen ist.«

Die beiden Soldaten musterten einander und einigten sich stumm darauf, wer von beiden reden sollte. Der Posten zu Lord Darcys Linken nahm Haltung an und sagte: »Sir, niemand ist durch diese Tür getreten oder hat sie verlassen, seit wir hier Wachdienst haben.«

»Und wie lange ist das schon?« fragte Lord Darcy.

»Sir, wir haben um acht Uhr unsere Wache angetreten«, meldete der Posten. »Wir sollen in Kürze abgelöst werden.«

»Habt Ihr zu irgendeiner Zeit Geräusche aus dem Thronsaal vernommen?« fragte Lord Darcy.

»Geräusche?« Der Mann sah verwundert drein. »Nein, Sir.«

»Danke, Soldaten«, sagte Lord Darcy und sah auf die Uhr. Es war wenige Minuten vor Mitternacht. Er trat einen Schritt zurück und ließ die Tür sich vor ihm schließen. Dann drehte er sich um und schritt durch den Thronsaal zu den Türen zur Königinnengalerie, um sie zu öffnen.

Als die Tür sich öffnete, kam Lord Peter Whiss gerade durch den Gang auf ihn zugestürzt! »Was ist los, Lord Darcy?« fragte er keuchend, als er die Tür erreicht hatte. »Was ist geschehen?«

»Eine Sekunde«, sagte Lord Darcy und wandte sich an die Posten, die die Tür flankierten. »Wie viele Leute sind durch diese Türen geschritten, seit Ihr Wachdienst habt?« fragte er.

»Niemand, Sir«, erwiderte einer der beiden in Habachtstellung.

»Habt Ihr irgendwelche Geräusche dort drin gehört, während Ihr im Dienst wart?«

»Nein, Sir.«

»Danke«, sagte Lord Darcy und bedeutete Lord Peter, ihm in den Thronsaal zu folgen.

»Wir haben es mit einem weiteren Mord zu tun«, teilte er ihm dann mit. »Kommt mit mir zur Prunktür, das ist der einzige Eingang zu diesem Saal, den ich noch nicht überprüft habe.«

»Hier drin?« fragte Lord Peter. »Es ist jemand *hier drin* umgebracht worden?«

Lord Darcy nickte. Lord Peter sagte nichts mehr, als sie gemeinsam zur Prunktür schritten. In der großen, dahinterliegenden Halle, die sie erblickten, als sie die massive rechte Tür geöffnet hatten, war ein ganzer Trupp von Männern in den verschiedenen Säulen und in den Nischen verteilt, einschließlich der üblichen beiden Posten an der Tür. In diesem Augenblick huschte ein Mitglied des Dienstbotenstabs von links nach rechts durch den Raum, ansonsten aber waren keine weiteren Zivilisten zu sehen.

»Ist irgend jemand durch diese Türen getreten, seit Ihr mit Eurer Wache begonnen habt?« fragte Lord Darcy den näherstehenden Posten.

»Nein, Sir«, erwiderte er.

»Und Ihr seid schon die ganze Wachschicht hier – fast vier Stunden?«

»Jawohl, Sir.«

»Habt Ihr irgendwelche Geräusche von drinnen gehört, während Ihr Wache standet?«

»Nein, Sir, aber das hätten wir auch sonst nicht. Die Türen sind sehr dick und schwer. Wir hören nie etwas von drinnen.«

»Ich verstehe. Danke«, sagte Lord Darcy und ließ die Türen sich wieder schließen. »Lügen sie nicht?« fragte er Lord Peter.

Lord Peter schüttelte den Kopf. »Bisher haben sie nur die Wahrheit gesagt.«

»Und das würdet Ihr auch erkennen?« fragte Lord Darcy. »Selbst bei solch kurzen Mitteilungen?«

»Ich wüßte es«, klärte Lord Peter ihn auf. »Wenn mich jemand anlügt, weiß ich es. Übrigens haben sie recht, was die Geräusche angeht. Bei all diesen Vorhängen hier werden Geräusche im Zimmer weitgehend absorbiert, und die Türen sind von jener Sorte, wie man sie seit dreihundert Jahren nicht mehr herstellt: dick, massiv, schwer und dicht. Da dringt nicht das leiseste Geräusch hinaus.«

»Die Posten in der Königsgalerie habe ich bereits befragt«, sagte Lord Darcy, »aber ich denke, Ihr solltet ihre Aussagen noch einmal überprüfen. Ich besitze nicht Eure Gabe; sollten die auch die Wahrheit sagen, stehen wir vor einem interessanten Problem.«

Lord Peter ging hinaus, um mit den Posten an der Königsgalerie zu sprechen, während Lord Darcy zum Thron und seiner toten Last zurückkehrte. Master Dandros Gesichtsausdruck zeugte von schockierter Überraschung; ganz offensichtlich hatte er nicht mit dem gerechnet, was ihm widerfahren war. Das konnte Lord Darcy glauben. Man nahm nicht Platz, nicht einmal auf einem Thron, wenn man damit rechnet, von einer zwölf Fuß langen Hellebarde darauf festgespießt zu werden.

Lord Darcy führte eine oberflächliche Untersuchung der Leiche durch, während er auf Master Sean und den Chirurgus wartete. Die Kleidung war noch immer so, wie er sie in Erinnerung hatte: die pulverblaue Ausgehrobe des Meisterhexers mit goldenen Borten. Die Insignien mehrerer heiliger Orden und magischer Gesellschaften waren auf den linken Oberarm der Robe genäht, auf die linke Brustseite und auf andere passende Stellen. An der Brust befand sich eine Bänderschiene mit mehreren Streifen, Dienstabzeichen der Hexergilde. Wahrhaftig ein nützliches Mitglied der Gesellschaft, wenn auch in diesem Punkt vielleicht ein bißchen eitel.

Und in der Mitte der Brust, befestigt mit einer langen, geraden Nadel, ein zusammengefalteter Zettel. Lord Darcy entfernte ihn und klappte ihn auf. Mit ausdrucksloser Miene las er.

»Was ist das? Wieder ein Vers?« fragte der Marquis Sherrinford, der Lord Darcy bei der Inspektion der Leiche beobachtete.

Lord Darcy reichte den Zettel dem Marquis, der ihn schnell las und Seiner Majestät weitergab.

Acht kleine Zauberer wollen Gott sehr lieben
einer wurde schnell erhört – da waren's nur noch sieben.

»Verdammt!« sagte Seine Majestät. »Gibt es denn keine Möglichkeit, diesen Verrückten aufzuhalten?«

»Ich hoffe es sehr, Euer, äh, My Lord«, antwortete Lord Darcy.

Der König drehte sich zu ihm um. »Ihr seht Aussichten, diesen Mörder zu finden?«

»Ja, Euer Majestät. Ich kann nur hoffen, daß es mir gelingt, bevor er Gelegenheit bekommt, wieder solche kleinen Verse zu komponieren.«

Lord Peter kam zu ihnen herüber und nickte Lord Darcy zu. »Ihr habt tatsächlich ein Rätsel vor Euch«, sagte er. »Sie haben nicht gelogen.«

»Wer?« fragte der König.

»Die Wachen, My Lord«, antwortete Lord Peter. »Den Aussagen sämtlicher Wachen an allen drei Außentüren zufolge hat niemand in den letzten drei Stunden diesen Raum betreten oder verlassen. Und da Ihre Majestäten und der Marquis Sherrinford die einzigen Schlüssel zu dieser Hintertür dort besitzen, haben wir es jetzt tatsächlich mit einem *echten* Mord hinter verschlossenen Türen zu tun.«

»Könnte man dieses Schloß auf magische Weise umgangen haben?« wollte der König-alias-Herzog wissen.

»Euer Hofzauberer glaubt das nicht«, warf der Marquis Sherrinford ein.

»Ich lasse es von Master Sean sicherheitshalber überprüfen, My Lord«, sagte Lord Darcy. »So etwas müßte Spuren hinterlassen haben, sofern es überhaupt möglich gewesen sein sollte.«

Der König schüttelte den Kopf. »Unternehmt etwas, Lord Darcy«, sagte er mit drängendem Ton. »So habe ich mir die Krönung meines Sohnes nicht vorgestellt.« Er wandte sich an den Marquis Sherrinford. »Wir begeben uns in unsere Gemächer. Haltet uns auf dem laufenden.«

»Jawohl, Euer Majestät«, antwortete der Marquis Sherrinford, als er bemerkte, daß Seine Majestät in den *Pluralis majestatis* überwechselte, womit er anzeigte, daß der Herzog von Navarre nicht mehr im Raum war. »Eine Sekunde noch.« Er schritt zur großen Doppeltür und rief: »Wache!«

»Was soll das, My Lord Marquis?« fragte der König. »Glaubt Ihr, daß wir Begleitschutz brauchen?«

»Ja, Euer Majestät«, erwiderte der Marquis mit Bestimmtheit.

Seine Majestät funkelte den Marquis Sherrinford eine Sekunde an, dann ließ der König seinen Blick über den Leichnam schweifen und beruhigte sich. »Nun gut«, sagte er, »wahrscheinlich habt Ihr recht. Das Reich braucht Uns mehr, als Wir unter Beweis stellen müssen – was immer Wir auch zu beweisen versuchten.«

»Jawohl, Euer Majestät«, pflichtete der Marquis ihm bei. Er rief einen Wachkorporal und zwei Gefreite herein und wies sie an, Seine Majestät bis zur Tür seiner Gemächer zu begleiten.

Der König begab sich zur Hintertür und schloß sie auf, dann hielt er inne, während die Wachen schon in den Gang hinausgingen. »Vergeßt nicht«, sagte er, sich wieder zum Saal umwendend, »uns auf dem laufenden zu halten. Wir bauen auf Euch. Lord Peter, Lord Darcy, Wir schließen Euch in unsere Gebete ein. Marquis Sherrinford, Wir werden Euch morgen früh als ersten empfangen.«

»Jawohl, Euer Majestät«, erwiderte der Marquis Sherrinford. Alle drei gingen in die Knie, als ihr Herrscher den Raum verließ.

Master Sean O Lochlainn und Sir Moses Benander betraten den Saal aus der Königsgalerie kommend, musterten die Männer am Thron und gesellten sich zu ihnen.

»Was haben wir da?« fragte Sir Moses. Sir Moses war ein alter Mann mit stechenden dunklen Augen und einem schütteren weißen Bart. Er war der Königliche Chirurgus. Ein sehr klar denkender Mann, der keine Verwendung für Narren oder Narretei hatte, der als fabelhaftester Chirurg im ganzen Reich galt. Seine Abende verbrachte er auf aristokratischen Dinnerpartys, den Status eines Königlichen Chirurgen genießend. Tagsüber arbeitete er in einem kostenlosen Privathospital, das er zu London gestiftet hatte, um damit den Armen zu helfen.

»Einen Toten, Sir Moses«, teilte Lord Darcy ihm mit.

»Vergeßt nicht, junger Mann, daß er erst tot ist, nachdem *ich* ihn für tot erklärt habe«, erwiderte Sir Moses. Er schob Lord Darcy beiseite und schritt zum Thron empor. Er musterte den Meisterhexer Dandro Bittman.

»Dieser Mann ist tot«, sagte Sir Moses.

»Das ist er in der Tat, Sir Moses«, warf Master Sean ein, der hinter ihm das Podest bestieg. »Und das ist etwas, was weder Ihr mit Eurem Knochensägen noch ich mit meinen Zaubern, noch der beste Heiler mit den sensitivsten Händen im ganzen Königreich ändern könnte.«

»So ist es, Master Sean«, erwiderte Sir Moses und blickte noch immer auf die grotesk verzerrte Gestalt eines toten Mannes hinunter, der von einer zwölf Fuß langen Hellebarde an den Königlichen Thron gespießt worden war wie eine Motte auf ein Stück Pappe. Wie eine sehr blutige Motte. »Und ich kann noch weniger ausrichten als Ihr. Ich kann lediglich bestätigen, daß er tot ist, was jeder Narr sieht. Ihr könnt wenigstens den Schurken fragen, der es getan hat.«

»Es ist Lord Darcy, der das Fangen übernimmt«, entgegnete Master Sean. »Ich versorge ihn mit meinen Ergebnissen, er spricht dafür mit dem Gemeindepriester und dem Gastwirt und dem Holzfäller, dann fährt er mit dem Finger dreimal die Nasenbrücke entlang und sagt ›Verhaftet den Seneschall‹ und erklärt mir später, woher er das wußte. Und das ist immer alles schmerzlich naheliegend – aber erst *nachdem* er es erklärt hat.«

»Wir wollen hoffen, daß es diesmal auch so sein wird, Master Sean«, bemerkte Lord Darcy. »Aber da ich es hier mit einem unmöglichen Verbrechen zu tun habe, befürchte ich, daß ich wohl auch mit einer unmöglichen Lösung aufwarten muß.«

»Unmöglich?« Master Sean blickte auf den Leichnam herab. »Der Mann wurde mit einer Hellebarde durchbohrt. Daran ist nichts unmöglich. Gewiß, man braucht dazu eine kräftige Hand …«

»Und etwas Übung, würde ich sagen«, unterbrach Sir Moses ihn. »Eine Hand – genaugenommen ein Arm – von mittelmäßiger Kraft könnte das zwar bewältigen, es würde aber der Übung bedürfen, um die Bewegung richtig zu vollziehen.«

»Was dieses Verbrechen unmöglich macht, ist die Frage des Zutritts«, erklärte Lord Darcy. »Es gibt vier Eingänge zu diesem Saal. Zu einem davon, dem hinteren, gibt es drei Schlüssel, die alle auf ihre Besitzer geeicht sind, und zwar sind das der König, die Königin und der Marquis Sherrinford. Wenn Master Sean mir nicht mitteilt, daß am Schloß manipuliert wurde, was er mit Sicherheit kaum tun wird, dann hätten weder der Mörder noch sein Opfer dort hineinkommen können. Die anderen drei Türen werden ständig bewacht, und die Wachen schwören darauf, daß niemand in den letzten vier Stunden, nämlich seit acht Uhr, diesen Raum betreten oder verlassen hat. Und Lord Peter versichert mir, daß sie die Wahrheit sagen.«

»Aber dieser Mann ist doch noch nicht mal eine Stunde tot!« versetzte Sir Moses.

»Lord Peter«, ergriff der Marquis Sherrinford plötzlich das Wort, »fragt mich, ob ich in den letzten vier Stunden jemanden hier hereingeführt habe, bevor ich den Saal mit Seiner Majestät betrat.«

»Wie bitte, Euer Lordschaft?« sagte Lord Peter. »Ich verstehe nicht.«

»Fragt mich«, wiederholte der Marquis, »damit ich nein sagen kann.«

»Aha«, machte Lord Peter. »Jetzt begreife ich. My Lord Marquis, habt Ihr das Opfer oder sonst jemanden außer Seiner Majestät in den vergangenen vier Stunden hier hereingeführt?«

»Nein, Lord Peter, das habe ich nicht getan«, erwiderte der Marquis Sherrinford mit fester Stimme.

Lord Peter sah Lord Darcy an. »Seine Lordschaft sagt die Wahrheit«, meldete er. »Nicht daß ich auch nur einen Augenblick daran gezweifelt hätte, müßt Ihr wissen.« Nachdenklich hielt er inne. »Aber woher wollt Ihr wissen, daß *ich* die Wahrheit sage?« fragte er Lord Darcy.

»Es hieße die Grenzen der Wahrscheinlichkeit unzulässig zu strapazieren, davon auszugehen, daß diese Morde eine Verschwörung zwischen Euer Lordschaft und My Lord Marquis darstellen«, antwortete Lord Darcy. »Vor allem diese besonderen Morde, die auf diese besondere Weise ausgeführt wurden.«

»Ihr glaubt nicht, daß wir ein derart groteskes Verbrechen begehen könnten?« fragte der Marquis.

»Das ist es nicht«, widersprach Lord Darcy. »Lord Peter, wenn Ihr einen Mann töten wolltet, wie würdet Ihr das tun?«

»Na ja …« Lord Peter dachte eine Minute nach. »Ich habe nie einen Menschen töten *wollen*«, sagte er. »Gewiß, ich habe einige Menschen getötet, in Ausübung meines, äh, Berufs, doch nie vorsätzlich. Immer nur zur Selbstverteidigung. Der allergeheimste Dienst arbeitet nicht mit Attentaten, müßt Ihr wissen.«

»Aber wenn Ihr es tun *müßtet*«, beharrte Lord Darcy. »Wenn Ihr davon überzeugt wärt, daß ein Mensch zum

Wohle des Reiches beseitigt werden müßte, wie würdet Ihr das dann tun?«

»Ich weiß es nicht«, erwiderte Lord Peter. »Wahrscheinlich irgend etwas Schnelles und Sauberes, würde ich sagen. Wahrscheinlich würde ich ihn in die Wälder hinausführen, und dann gäbe es eben einen Jagdunfall.«

»Genau das meine ich«, sagte Lord Darcy. »Selbst wenn Ihr oder Marquis Sherrinford daran dächtet, wäre es nicht diese Art von Mord. Der hier wird beworben, er ragt heraus, wird uns vor die Füße geworfen wie eine riesige Herausforderung – und er ist völlig aberwitzig.«

»Wir bedanken uns für Euer großartiges Kompliment, My Lord«, sagte der Marquis Sherrinford trocken. »Ihr haltet uns also nicht für geifernde Wahnsinnige.«

»Dieser Mörder mag vielleicht verrückt sein«, entgegnete Lord Darcy, »aber mit Sicherheit geifert er nicht. Er hat schon drei Männer getötet – möglicherweise mehr –, und dabei hat er herausfordernde Verse hinterlassen, aber herzlich wenig Hinweise auf seine Identität.«

»Helft Ihr mir, Master Sean?« fragte Sir Moses. »Ich will diesen armen Kerl entpfählen und die oberflächliche Leichenuntersuchung durchführen, danach könnt Ihr ihn für die Justizhexerei haben.«

»Mit Vergnügen, Sir Moses«, antwortete Master Sean.

Gemeinsam lösten der Chirurgus und der Magier sorgfältig die Hellebarde, erst vom Rückenteil des Throns und dann aus dem Körper. Sie legten sie beiseite und hoben den Leichnam sanft auf den gekachelten Boden. Lord Darcy trat herbei, um die Hellebarde zu untersuchen, während sie mit der Leiche beschäftigt waren.

Sir Moses öffnete die blaue Robe und untersuchte den Mann sorgfältig, mal drückend, mal stechend, und brummte dabei vor sich hin. »Keine sichtbaren Schürfwunden oder Prellungen«, sagte er schließlich. »Aber mehrere andere Druckstellen. Kleine, an verschiedenen Stellen in der Brust- und Magengegend. Ich würde sagen, daß man das Opfer vor dem Todesstoß ein wenig mit dieser Hellebarde gestoßen hat. Die äußere Untersuchung deckt sich völlig mit dem Erscheinungsbild – dieser arme Mann wurde getötet, indem man ihm eine zwölf Fuß lange Hellebarde mit stählerner Spitze durch die Eingeweide stieß, während er auf dem Königlichen Thron saß.«

»Danke, Sir Moses«, sagte Lord Darcy und legte die blutüberströmte Hellebarde wieder auf den Boden. »Es tut mir leid, Euch zu dieser Stunde aus dem Bett geholt zu haben, aber die Sache duldete keinen Aufschub, und ich ziehe es immer vor, daß ein Chirurgus einen Leichnam so bald wie möglich untersucht.«

»Kein Problem, Lord Darcy«, erwiderte Sir Moses. »Ich war beim Kartenspiel. Ich schätze, es wird wohl noch im Gange sein, deshalb sollte ich jetzt besser zurückkehren. Es sei denn, Ihr braucht mich noch, Master Sean?«

»Nein, danke, Sir Moses«, entgegnete Master Sean. »Aber ich sollte mich wohl besser an die Arbeit machen. Je frischer das, äh, Ereignis, um so besser sind die Ergebnisse, müßt Ihr wissen.«

»Wir lassen Euch allein, Master Sean«, entschied Lord Darcy. »Sagt mir Bescheid, wenn Ihr fertig seid.«

»Jawohl, My Lord«, bestätigte Master Sean und zerrte seinen symbolverzierten Reisesack zu dem Leichnam, wo er ihn öffnete. »Es wird eine Weile dauern. Sagen wir eine halbe Stunde.«

»Fabelhaft«, sagte Lord Darcy.

»Werdet Ihr mich noch brauchen?« wollte der Marquis Sherrinford wissen.

»Ich denke nicht, My Lord«, gab Lord Darcy zur Antwort. »Oh, bevor Ihr geht, da wäre doch noch eine Sache ...«

»Ja?«

»Ich muß noch einmal in den Trakt, zu dem die Hintertür führt, und da der Schlüssel auf Euch abgestimmt ist, brauche ich Eure Hilfe dazu.«

»Natürlich, My Lord«, willigte der Marquis ein. »Sollen wir das sofort erledigen?«

Der Marquis Sherrinford zog die Vorhänge zurück und ging, gefolgt von Lord Darcy, zur Hintertür. Dann nahm er einen Schlüsselring aus seiner Gürteltasche, wählte den passenden Schlüssel aus und drehte ihn im Schloß. Lord Darcy hörte das leise Klicken, als der Bolzen sich zurückschob.

»Sie verriegelt sich selbst«, erklärte der Marquis Sherrinford, die Tür öffnend. »Das ist Teil des Zaubers. Wenn sie sich erst einmal geschlossen hat, kann man sie nicht aus Versehen geöffnet zurücklassen.«

Lord Darcy bat den Marquis, die Tür mehrere Male auf verschiedene Weise zu öffnen und zu schließen. Er bemerkte, daß sie sich selbst dann mit sanftem Klicken schloß, wenn man sie in angelehntem Zustand sanft losließ. »Das ist ein wirkungsvoller Zauber«, bemerkte er.

»Nur vom Besten«, bekräftigte der Marquis. »Und jetzt, My Lord?«

»Haltet bitte die Tür für mich auf, My Lord Marquis«, bat Lord Darcy. »Ich möchte mich im Gang umsehen.«

Lord Darcy begab sich in den Gang und kniete nieder, um den Boden und die gegenüberliegenden Wände mit einer kleinen Lupe zu untersuchen. Zehn Minuten lang arbeitete er sich durch den Gang vor, wobei er gelegentlich innehielt, um einen kleinen Gegenstand aufzuheben, dann stand er auf und verstaute die Lupe wieder in seiner Gürteltasche.

»Was habt Ihr gefunden, My Lord?« begehrte der Marquis zu wissen. Er hatte sich große Mühe gegeben, während des Untersuchungsrituals keine Ungeduld zu zeigen.

Lord Darcy öffnete die Hand und zeigte dem Marquis die drei Gegenstände, die er aufgehoben hatte. »Zwei Stofffetzen, der eine weiß, der andere bunt, selbst dieses winzige Muster, sowie ein etwas größeres Holzstück, keilförmig, ungefähr drei Zoll lang.«

»Und was sagt Euch das?«

»Es ist noch zu früh dafür«, antwortete Lord Darcy, »aber die Möglichkeiten sind immerhin gegeben. Was den Stoff angeht, so hege ich keine große Hoffnung, müßt Ihr wissen, aber ich schätze, dieses Stück Holz kann eine interessante Geschichte erzählen. Die Frage ist nur, wie wir es zum Sprechen bringen.«

Der Marquis Sherrinford nahm das Holzstück in die Hand und untersuchte es. »Hartholz«, sagte er, »knapp über drei Zoll lang, an einem Ende etwa ein halbes Zoll dick, am anderen keilförmig zulaufend. Etwas über ein Zoll breit. Was für eine Geschichte hofft Ihr davon zu erfahren?«

»Eine Mordgeschichte, My Lord Marquis«, sagte Lord Darcy. Er verneigte sich knapp, nahm das Holzstück wieder auf und kehrte in den Thronsaal zurück.

»Ihr teilt es mir mit«, sagte der Marquis Sherrinford, »wenn Ihr etwas über dieses schreckliche Verbrechen herausbekommt – oder über die Bedrohung Seiner Majestät Leben.«

»Das werde ich tun, My Lord«, versicherte Lord Darcy ihm.

»Gut. Dann werde ich mich jetzt schlafen legen. Es ist schon fast ein Uhr früh, und ich muß um sieben an meinem Schreibtisch sitzen.«

Der Marquis Sherrinford ging davon, und Lord Darcy beschäftigte sich damit, den Thronsaal sorgfältig zu untersuchen, wobei er sich Mühe gab, Master Sean und die grünen Rauchwolken zu ignorieren, die dieser mit seiner Gerichtshexerei vor dem Thron erzeugte. Lord Peter hielt sich im Hintergrund, damit er diesen beiden Experten bei der Arbeit zusehen konnte, wollte ihnen aber auch nicht im Weg sein, weshalb er sich an den reichverzierten Schreibtisch des Marquis Sherrinford gesetzt hatte, der glücklicherweise an der thronabgewandten Seite stand, in einiger Entfernung von Master Seans Beschwörungen.

Nachdem er den Saal untersucht hatte, ging Lord Darcy zu Lord Peter hinüber und setzte sich neben ihn. »Ich glaube, ich habe jetzt wohl alles, was aus diesem Saal herauszuholen ist«, meinte er. »Nun muß ich nur noch hören, was Master Sean zu sagen hat.«

»Habt Ihr etwas gefunden?« wollte Lord Peter wissen.

»Details ... nur Details«, erwiderte Lord Darcy. »Aber sie werden sich schon zusammenfügen. Man weiß zwar vorher nicht, wie das genau geschehen wird – aber es wird geschehen. Dort zum Beispiel«, er deutete auf eine Ziergruppe mittelalterlicher Waffen an der gegenüberliegenden Wand, »hat unser Mörder die Hellebarde geholt, mit der er Master Dandro das Leben aus dem Leib gestoßen hat.«

»Das wäre doch eigentlich ein Hinweis darauf, daß der Mord eine spontane Entscheidung war, nicht wahr?« fragte Lord Peter. »Wenn der Mörder tatsächlich hätte töten wollen, als er Master Dandro hier hineinlockte, hätte er doch wohl seine eigene Waffe mitgeführt.«

»Eure Logik ist makellos«, erwiderte Lord Darcy, »doch in diesem Fall gibt es drei Tatsachen, die dagegen sprechen, daß es sich um eine plötzliche Entscheidung zum Mord gehandelt hat. Die erste ist der Reim.«

»Oh, ja«, räumte Lord Peter ein. »Den hatte ich ganz vergessen.«

»Die zweite ist die Raffinesse, mit der der Mörder sich und sein Opfer in den Thronsaal einschleuste. Das hat er mit Sicherheit nicht nur getan, um ein wenig zu plaudern.«

»Und die dritte?« fragte Lord Peter.

»Wenn Ihr die Spitze der Hellebarde einmal untersucht, nachdem Master Sean damit fertig ist«, fuhr Lord Darcy fort, »werdet Ihr feststellen, daß Schneide und Spitze geschliffen wurden, sorgfältig und methodisch geschliffen mit einer Art Stein oder Feile, die sich nicht hier im Raum befinden. Wenn sie ebenso stumpf war wie die anderen Waffen dort, kann ich mir nicht vorstellen, daß es weniger als zehn Minuten gedauert hat, bis sie scharf war.«

»Das«, sagte Lord Peter, »beschert uns aber ein höchst ungemütliches Bild. Dann müßte man sich ja vorstellen, wie Master Dandro dort sitzt und geduldig darauf wartet, wie sein Angreifer methodisch die Waffe schärft, mit der er ihn ermorden will.«

»Das würde schon ein gewisses Maß diabolischer Selbstsicherheit verlangen, nicht wahr?« bestätigte Lord Darcy. »Und doch ist es so oder sehr ähnlich geschehen. Der arme Meister Dandro glaubte, daß er zu einem Gespräch mit Seiner Majestät hierherkommen würde. Ich stelle mir vor, daß man ihn bat zu warten, daß man ihm sagte, seine Majestät würde gleich kommen.«

»Auf dem Thron?« fragte Lord Peter ungläubig.

»Nein«, widersprach Lord Darcy. »Ich kann mir die Szene bildlich ausmalen. Master Dandro wartet vor dem Thron darauf, daß Seine Majestät erscheint. Der Mörder schleift gerade die Klinge der Hellebarde und spricht dabei mit ihm. Erzählt ihm, wie Seine Majestät sich auf diese Begegnung freut. Master Dandros Gedanken schweifen ab. Soll er die Königliche Berufung annehmen – oder was immer man ihm in Aussicht gestellt haben mag. Zweifellos irgend etwas Wunderbares und Aufregendes. Da spürt Master Dandro plötzlich durch seine Robe ein Stechen. Er dreht sich um. Der Mörder steht vor ihm, die Hellebarde in der Hand, sticht damit nach Master Dandro. ›Setzt Euch‹, befiehlt der Mörder. ›Auf den Thron?‹ ›Ja, auf den Thron.‹ Verschreckt weicht Master Dandro zurück, bis seine Waden den unteren Teil des Thronpodests berühren. Der Mörder sticht weiterhin nach ihm. Master Dandro schreitet rückwärts bis zum Thron empor. Möglicherweise schreit er um Gnade – der Raum ist, wie Ihr mir versichert habt, schalldicht. Und dann ...«

»Ja«, sagte Lord Peter und nickte angesichts des schrecklichen Bildes, das Lord Darcy da heraufbeschwor. »Und dann!«

»Der Mann, nach dem wir suchen«, meinte Lord Darcy, »besitzt einen grausamen und rachsüchtigen Geist.«

»Rachsüchtig?«

»Ja, das glaube ich. Er wurde tief verletzt, oder glaubt, daß es so gewesen ist, entweder von Hexern im allgemeinen oder von diesen Opfern im besonderen.«

Der Rauch aus Master Seans Räuchergefäßen hatte eine tiefblaue Farbe angenommen und wurde immer dichter.

»Ich glaube, unser Justizhexer ist bald fertig«, kommentierte Lord Darcy. »Ich habe festgestellt, daß es in solchen Dingen immer dann am finstersten ist, kurz bevor schließlich der Tag anbricht.«

16

»Es war keine Magie, My Lord, das kann ich beschwören.« Master Sean schloß seinen Reisesack, verschnürte sorgfältig den komplizierten Doppelriemen und nahm ihn auf. »Ich bin jetzt fertig, aber ich weiß kaum mehr als vorher.«

»Was wißt Ihr denn, Master Sean?« wollte Lord Darcy wissen und schritt zu der Stelle hinüber, wo Master Sean stand, um mit ihm zusammen auf das mitleiderregende Objekt hinunterzublicken, das vor so kurzer Zeit noch ein Meisterhexer gewesen war.

»Ich weiß, daß die Magie bei diesen Morden in keiner Weise im Spiel war. Dem Akt hängen zwar böse Schwingungen nach, aber das ist gewissermaßen ein säkulares Böses, wenn Ihr versteht, was ich meine. Es ist das Böse einer Absicht, die in körperliche Aktion umgesetzt wurde, nicht in geistige oder magische.«

»Ich glaube, ich verstehe«, sagte Lord Darcy. »Ich hoffe, daß die, äh, Aura des Bösen nicht allzu lange am Thron haften bleiben wird.«

»Ich habe sie bereits beseitigt, My Lord«, teilte Master Sean ihm mit.

»Natürlich«, sagte Lord Darcy.

»Zur Mordzeit befanden sich außer dem Opfer noch zwei weitere Leute hier im Saal. Eine sehr starke – mächtige – Person. Im geistigen Sinne, meine ich. Die andere ... Nun, mir wird es langsam lästig, immer wieder das gleiche berichten zu müssen, aber die andere war ein Gespenst.«

»Ich begreife Eure Reaktion, Master Sean«, versicherte

Lord Darcy. »Zwei Leute – also das ist wirklich interessant. Was ist mit dem Bildtest?«

»Ihr meint den Augentest, My Lord? Bei dem wir das Retinalabbild entwickeln, das das Auge des Opfers von seinem Mörder gemacht haben könnte? Ich habe die Augen überprüft, My Lord, aber ich befürchte, daß der Tod dafür nicht schnell genug kam. Wenn er nicht so gut wie sofort eintritt, bekommen wir mit diesem Test keinerlei Ergebnisse.«

»Ein Jammer«, meinte Lord Darcy. »Aber das wäre wahrscheinlich zuviel verlangt gewesen. Erzählt mir etwas über die Hintertür, Master Sean.«

»Die Zauber an diesem Türschloß sind nicht manipuliert worden«, teilte Master Sean ihm mit.

»Und was ist mit den Wachen an den anderen Eingängen?« wollte Lord Darcy wissen.

»Nun, My Lord, was ist mit ihnen?«

»Könnte man sie mit Magie beeinflußt haben, um ein Eintreten zu erzwingen? Könnte beispielsweise jemand unter Verwendung des Tarnhelmeffekts an ihnen vorbeigegangen sein, dabei unsichtbar bleibend?«

Master Sean schüttelte den Kopf. »Ich möchte nicht behaupten, daß das unmöglich wäre, My Lord, aber es ist doch so nahe an der Unmöglichkeit, daß es unvorstellbar ist. Ja, wenn die Bedingungen genau richtig wären, für die genau erforderliche Zeit, dann hätte es wohl funktioniert. Aber der Magier hätte niemals *wissen* können, daß dem so sein würde, also hätte er sich auch nicht darauf verlassen können.«

»Und wenn die Bedingungen nun *nicht* genau richtig gewesen wären?«

»Nun, Ihr werdet Euch sicherlich erinnern, daß der Tarnhelmeffekt seinen Besitzer nicht wirklich unsichtbar macht. Er sorgt lediglich dafür, daß die anderen im Raum überall hinschauen, nur nicht an jene Stelle, wo er sich befindet.«

»Das stimmt«, bestätigte Lord Darcy. »Ich erinnere mich noch daran, wie Ihr mich darauf hingewiesen habt, als wir das letzte Mal darüber sprachen. Aber für einen Laien ist es schwierig, das in praktische Begriffe umzusetzen.«

»Nun, dann seht es einmal von dieser Seite, My Lord. Ihr könnt den unsichtbaren Mann vielleicht nicht sehen, aber Ihr könnt seine *Wirkungen* erkennen. Wenn ihr beispielsweise ein Wachposten in der Königsgalerie seid und ein Magier, der in einen auf dem Tarnhelmeffekt beruhenden Zauber gehüllt ist, kommt an Euch vorbei, dannn werdet Ihr überall hinschauen, nur nicht dorthin, wo er ist. Ihr werdet ihn nicht sehen, auch wenn er ganz deutlich direkt neben Euch steht. Mit dem äußeren Gesichtsfeld werdet Ihr ihn dann zwar wahrnehmen, aber Euer Geist wird das als einen Schirmständer deuten oder als Porträt Seiner Majestät Gwiliam II.«

»Nun, und?«

»Nun mag so etwas in einem größeren Raum, der mit Gegenständen überfüllt ist, durchaus funktionieren. Solange es dort keine Spiegel gibt. Aber auf solch langem Raum, wie am Ende eines langen Ganges? Stellt Euch doch nur mal das Gespräch vor, wie die beiden Wachen sich darüber unterhalten. Wie der eine sagt: ›War das nicht gerade ein Porträt von Gwiliam II., das hier vorbeikam und in den Thronsaal ging?‹ Worauf der andere erwidert: ›Komisch, ich dachte, es wäre ein Schirmständer auf einem Elefantenfuß.‹«

»Ich denke, Ihr habt die Sache klargemacht, Master Sean«, pflichtete Lord Darcy ihm bei.

»Ich werde den Wachen auftragen, durch den Leichenbeschauer des Schlosses den Leichnam vor Morgenanbruch beiseite schaffen zu lassen – das heißt, ich vermute, daß Euer Lordschaft damit fertig seid?«

»Da vermutet Ihr richtig«, bestätigte Lord Darcy. »Und bittet sie auch, einen Reinigungstrupp vor dem Morgengebet hierher zu schicken. Blutflecken lassen sich nur schwer entfernen.«

»Das stimmt, My Lord«, meinte Master Sean. »Und dann gehe ich zu Bett und werde meine Tür gleich doppelt verriegeln, und wenn ich schon dabei bin, kommen noch ein paar zusätzliche Schutzzauber dazu.«

»Ich könnte nicht behaupten, daß Ihr damit töricht handeln würdet«, erwiderte Lord Darcy. »Ich wünschte, es wäre so.«

Am nächsten Morgen erzählte Lord Darcy Mary von Cumberland, was in der Nacht zuvor im Thronsaal geschehen war. »Die Krönung ist nur noch … wie lange genau? Kaum noch eine Woche entfernt«, sagte er. »Und hier läuft ein manischer, poetischer Mörder frei herum, und die Bedrohung Seiner Majestät Leben ist immer noch eine Bedrohung, und die Tode im *Gryphon d'Or* sind immer noch ein Rätsel. Und alle anderen sitzen herum und warten darauf, daß ich die Mörder fange. Was ja auch nicht verkehrt ist, denn schließlich ist das meine Aufgabe.« Er seufzte. »Ein Glück, daß ich nicht gerade zur Beförderung anstehe, meinst du nicht, Mary?«

»Du bist wohl deprimiert, weil du diese Morde noch nicht aufgeklärt hast, wie?«

Lord Darcy nickte. »Das ist es ganz genau«, sagte er und goß Sahne in seinen Kaffee.

»Na, dann sollten wir uns wohl an die Arbeit machen, nicht wahr?« fragte die Herzoginwitwe von Cumberland.

Lord Darcy lächelte. Dann lachte er. »Ja«, erwiderte er, »das sollten wir wohl besser.«

»Gut! Was sollen wir also tun?«

»Du befragst einige der Leute auf dieser Liste – diejenigen, die im Gasthof waren, als die Morde dort begangen wurden.«

»Also gut. Was soll ich sie fragen?«

»Das«, teilte Lord Darcy ihr mit, »ist der schwierige Teil. Ich weiß selbst nicht genau, wonach man sie fragen muß. Ich suche nach irgend etwas Ungewöhnlichem, etwas, das mir einen Hinweis darauf gibt, was in dieser Nacht passiert ist. Wenn ich es zu hören bekomme, Mary, werde ich es erkennen, und ich kann nur hoffen, daß du es auch tust.«

»Ich werde mein Bestes geben«, versprach Mary von Cumberland. »Und was wirst du tun, während ich die Leute verhöre?«

»Ich werde mich mit einigen anderen unterhalten. Und mit etwas Glück«, sagte er ihr, »auch mit einem Spion.«

Nach ihrer zweiten Tasse Kaffee ging Mary von Cumberland davon, um mit den Leuten zu sprechen, die auf einer Kopie von Präfekt Henris Liste standen, während Lord Darcy Lord Peter Whiss aufsuchte.

»Ich möchte mit Eurem Mann in der polnischen Delegation reden«, teilte er Lord Peter mit, der auf der anderen Seite seines antiken Walnußholzschreibtisches stand und mit den Fingerkuppen auf der polierten Fläche trommelte.

Lord Peter überlegte kurz, dann nickte er. »Ich schätze, soweit ist es jetzt wohl«, meinte er. »Ich werde es so früh wie möglich arrangieren. Haltet am frühen Nachmittag noch einmal Rücksprache mit mir.«

Lord Darcy nickte und drehte sich um, blickte auf seine Namensliste. Als er gerade die Tür erreichte, trat der Chevalier Raoul d'Espergnan ein, um zu fragen, ob Lord Peter irgendwelche Anweisungen für diesen Tag hätte. Lord Darcy erkannte, daß dies der junge Mann war, den man nach ihm gesandt hatte, um ihn in Tournadotte über den zweiten Hexermord zu informieren. Und außerdem stand sein Name auf der Liste von Präfekt Henri.

»Ich möchte gern einmal mit Euch sprechen, Sir Raoul, wenn ich darf«, teilte Lord Darcy dem jungen Chevalier mit, nachdem Lord Peter bestätigt hatte, daß es für ihn heute nichts zu tun gab.

»Selbstverständlich, My Lord«, erwiderte Sir Raoul und gab sein Bestes, um nicht verwirrt dreinzusehen.

»Ihr könnt das innere Büro benutzen – einfach durch die rechte Tür gehen«, bot Lord Peter an.

»Nein, ich denke nicht«, widersprach Lord Darcy. »Wir werden ein wenig nach Zwischen den Mauern schlendern und bei einigen Tassen Kaffee oder vielleicht auch einigen Krügen guten normannischen Bieres in diesem kleinen Gasthof sitzen, der auch draußen auf dem Platz Tische aufgestellt hat. Das heißt, wenn Sir Raoul nichts dagegen hat?«

»Im *Schwert im Stein*? Gewiß, My Lord, das paßt mir gut«, sagte Sir Raoul. Nun mußte er sich sehr anstrengen, um nicht besorgt dreinzusehen. Was konnte der Oberste Ermittlungsrichter des Reichs von ihm wollen?

Mit Sir Raoul verließ Lord Darcy das Schloß und trat in die schmalen, gewundenen Straßen von Zwischen den Mauern. Dahinter stand keine bestimmte Absicht, doch fühlte er sich unruhig und glaubte, daß ein Spaziergang an der frischen Luft und eine weitere Tasse Kaffee seinen Kopf klarmachen und zu einigen produktiven Gedanken führen könnten. »Immer mit der Ruhe, Chevalier«, sagte er. »Ich möchte Euch nur einige Fragen über etwas stellen, was Ihr vor ungefähr einem Monat gesehen oder nicht gesehen haben könntet.«

»Vor einem Monat?« Der Chevalier d'Espergnan überlegte. »In London?«

»Auf Eurem Weg von London hierher«, erläuterte Lord Darcy. »In Tournadotte.«

Sie gelangten zu dem Gasthof und nahmen an einem der Außentische Platz. »O ja, My Lord«, sagte Sir Raoul. »An diese Reise kann ich mich erinnern. Mit dem Postboot nach Cherbourg, mit der Bahn nach Tournadotte, dort übernachtet, und am nächsten Morgen weiter nach Schloß Christobel. Das war kurz vor den schweren Überschwemmungen. Alles lief sehr gut. Bin pünktlich angekommen. Und was wollt Ihr darüber wissen, My Lord?«

Der Wirt kam zu ihnen, wischte sich die Hände an seiner gestärkten weißen Schürze ab und lächelte sie mit dem Lächeln des glücklichen Gastwirts an. Lord Darcy bestellte einen Brandy und Kaffee, und der Chevalier beschloß, daß ein Krug vor dem Mittagessen ihm nicht schaden könnte.

»Kehrt einmal im Geiste in jene Nacht im *Gryphon d'Or* zurück«, forderte Lord Darcy Sir Raoul auf, nachdem der

Wirt sich entfernt hatte, um ihre Bestellung zu erledigen. »Ich möchte, daß Ihr mir alles erzählt, was Ihr noch über diese Nacht wißt.«

Einen Augenblick wirkte Sir Raoul völlig leer. »Der *Gryphon d'Or*?« fragte er. »Ich fürchte, nach einem Monat kann ich mich nicht mehr an allzu viel erinnern. Bestimmt nicht an irgend etwas Bedeutungsvolles oder Wichtiges.«

»Versucht nicht, Euch an etwas Bestimmtes zu erinnern«, sagte Lord Darcy, »keiner von uns weiß, was davon bedeutungsvoll sein könnte. Versucht einfach nur, Euch daran so zu erinnern, wie es geschah. Um welche Zeit seid Ihr in dem Gasthof eingetroffen?«

»Der Zug traf um ungefähr vier Uhr ein«, erinnerte sich der Chevalier d'Espergnan. »Ich bin zu Fuß vom Bahnhof zum Gasthof gegangen. Das dürfte etwa fünfzehn oder zwanzig Minuten gedauert haben. Ich nahm mir ein Zimmer und ging nach oben, um ein Nickerchen zu machen. Gegen sieben wachte ich auf und begab mich zum Abendessen nach unten. Kalbfleisch, glaube ich. Zerkocht.«

»Habt Ihr beim Abendessen irgend jemanden erkannt?«

Sir Raouls Gesicht verspannte sich, während er sein Gedächtnis zermarterte. »Ja«, sagte er schließlich. »Sir Darryl Longuert speiste an einem Tisch in der Nähe.«

»Allein?«

»Soweit ich das sehen konnte, ja. Tatsächlich dachte ich sogar daran, ihn zu fragen, ob er etwas dagegen hätte, wenn ich mich zum Kaffee zu ihm gesellte. Aber ich kenne ihn nur flüchtig, vom Hof zu London, müßt Ihr wissen. Und ich dachte, daß er es vielleicht als aufdringlich empfinden würde. Deshalb habe ich es nicht getan.«

»Noch jemanden?«

»Niemand, den ich wiedererkannte«, sagte der junge Mann. »Mal sehen. Da war ein Major von einem der Kolonialregimenter. In voller Legionsuniform. Das weiß ich noch, weil ich mich daran erinnere, wie ich versuchte, festzustellen, für welche Schlachten die verschiedenen Streifen standen, die er trug. Außerdem war da eine sehr hübsche schwarzhaarige Dame, die in Begleitung eines älteren Mannes aß, der sich über alles aufzuregen schien. Und schließlich war da noch ein italienischer Gentleman.«

»Woher wißt Ihr, daß er Italiener war?«

»Das habe ich wohl an seiner Kleidung erkannt. Ein kleiner, dunkelhaariger Mann mit Spitzbart. Sehr adrett. Das sind die einzigen Leute, an die ich mich ausdrücklich erinnern kann. Ich weiß noch, daß der Speisesaal einigermaßen voll war, aber die anderen erscheinen mir nur sehr verschwommen.«

»Eine sehr gute Leistung, nach dieser langen Zeit«, meinte Lord Darcy. »Und was war nach dem Abendessen?«

»Ich fürchte, da bin ich wieder schlafen gegangen. Im Kurierdienst lernt man, so viel zu schlafen, wie man nur kann. Deshalb habe ich mich kurz nach dem Essen schlafen gelegt. Ganz allein.«

Lord Darcy hob den Blick. »Warum habt Ihr das gesagt?« fragte er in scharfem Ton.

»Was?«

»Ganz allein. Warum habt Ihr gesagt, daß Ihr ganz allein zu Bett gegangen seid?«

»Nur eine Redensart«, meinte der junge Chevalier. »Ich wollte damit nicht andeuten ...«

»Tatsächlich wolltet Ihr das wahrscheinlich doch«, unterbrach ihn Lord Darcy. »Ich meine nicht bewußt, sondern unterbewußt. Ihr habt aus Eurem Gedächtnis Erinnerungen an diese Nacht hervorgeholt, und irgend etwas hat euch zu dieser Reaktion bewegt.«

Der Chevalier sah verwirrt aus. »Meint Ihr?« fragte er. »Aber ich gehöre nicht zu der Sorte, die, äh, gewissermaßen herumküßt und dann herumprahlt.«

»Davon bin ich überzeugt, Chevalier«, versicherte ihm Lord Darcy. »Wenn Ihr *tatsächlich* in dieser Nacht die Gesellschaft irgeneiner einheimischen Demoiselle genossen hättet, so hättet Ihr wahrscheinlich gewissermaßen versucht, es nicht zu erwähnen, es sei denn, ich hätte Euch davon überzeugt, daß es von Bedeutung ist. Aber ›ganz allein‹ ist nichts, was man freiwillig von sich gibt, es sei denn, es gibt Gründe dafür, daran zu zweifeln. Oder die Tatsache, daß Ihr allein wart, ist Euch aus irgendeinem Grund im Gedächtnis haften geblieben.«

»Ich verstehe, was Ihr meint«, erwiderte der Chevalier d'Espergnan. Er lehnte sich auf seinem Stuhl zurück und blickte tief in seinen Bierkrug. »Also tatsächlich ...« Er überlegte weiter. Plötzlich richtete er sich auf. »Ich erinnere mich«, sagte er. »Die Sache ist mir ziemlich peinlich, und ich bin sicher, daß sie keinerlei Bedeutung hat, aber ich schätze, ich sollte sie Euch wohl besser doch erzählen.«

»Das wäre gut«, meinte Lord Darcy.

»Es ist komisch, wie das Gedächtnis funktioniert«, überlegte der Chevalier. »Ich hätte geglaubt, daß ich es vollkommen vergessen habe. Damals war es nur eine beiläufige Beobachtung. Aber die Sache muß wohl doch eindrücklicher gewesen sein, als ich dachte, weil sie diese alberne Aussage hervorbrachte, daß ich allein ins Bett gegangen bin.« Er hielt inne und dachte kurz nach. »Das wird sich jetzt anhören ... Na ja, ich weiß auch nicht, wie es sich für Euch anhören wird. Tatsache ist, daß ich gesehen habe, wie eine der Mägde des Gasthofs zusammen mit einem Gast aufs Zimmer ging. Und ich erinnere mich auch daran, wie ich daran dachte, daß *er* wenigstens nicht allein schlafen würde.«

»Ja?« sagte Lord Darcy in einem Tonfall, der darauf abzielte, Sir Raoul dazu zu ermuntern, sich die Sache von der Seele zu reden.

»Es war wohl nicht sehr nett von mir, denke ich«, meinte der junge Chevalier, »aber ich erinnere mich an den Gedanken, daß es doch seltsam sei, daß sie einen alten Mann mir vorgezogen hatte.«

»Einen alten Mann?«

Sir Raoul zuckte die Schultern. »Verglichen mit mir, My Lord. Und es war ein junges Mädchen. Nicht älter als siebzehn, würde ich sagen.«

»Zwanzig«, berichtigte Lord Darcy.

»Wirklich? Dann wißt Ihr, wer das Mädchen war? Wie seltsam.«

»Ich fürchte ja«, antwortete Lord Darcy. »Aber ich weiß nicht, wer der, äh, alte Mann war, in dessen Zimmer sie mitging. Wißt Ihr es?«

»Das war dieser Italiener«, antwortete Sir Raoul.

»Seinen Namen kennt Ihr nicht?«

»Nein, My Lord.«

Lord Darcy dachte darüber nach. Der einzige Italiener auf seiner Liste war der Graf d'Alberra, und der war ganz eindeutig nicht tot. Aber vielleicht war das Mädchen in dieser Nacht ja auch fröhlich von einem Zimmer zum anderen gesprungen.

»Würdet Ihr ihn wiedererkennen, wenn Ihr ihn zu sehen bekämt?« fragte Lord Darcy.

»Ich bin mir nicht sicher, My Lord. Vielleicht.«

»Nun gut«, sagte Lord Darcy und warf einen Sechser für die Getränke auf den Tisch, »dann werden wir es vielleicht mal mit einem Experiment versuchen. Kommt mit, Chevalier.«

17

Die Herzogin von Cumberland klopfte an die Tür von Meisterhexer Sir Darryl Longuerts Suite und wartete auf Antwort. Ungefähr zwanzig Sekunden später hörte sie, wie von innen zwei schwere Riegel beseite gezogen wurden, dann schwang die Tür auf. Sir Darryl stand mit aufgerollten Hemdsärmeln da, unter den breiten Hosenbeinen lugten die Spitzen eines Paars Baumwollpantoffeln hervor. Er lächelte sie herzlich an. »My Lady von Cumberland«, sagte er. »Welch unerwartetes Vergnügen. Bitte tretet ein. Ihr werdet meinen Aufzug entschuldigen, ebenso den Zustand meines Zimmers. Ich war am Arbeiten und rechnete nicht mit Gesellschaft.«

»Wenn ich zu einem anderen Zeitpunkt wiederkommen soll ...« erbot sich Mary von Cumberland.

»Nein, nein«, versicherte ihr Sir Darryl. »Ich bin dankbar, wenn mir eine schöne Frau einen Vorwand bietet, meine Arbeit beiseite legen zu können.«

»Wie hübsch formuliert«, meinte Mary von Cumberland. »Eigentlich bin ich gekommen, um Euch ein paar Fragen zu stellen.«

»Ah!« machte Sir Darryl. »Wie kann ich Euch helfen? Geht es um Rat in einer Herzensangelegenheit? Wir älteren Herren sind sehr gut darin, in Liebesdingen Ratschläge zu erteilen.«

Mary von Cumberland lachte. »Ich glaube, daß ein solcher Rat von Euch sicherlich präzise und nützlich wäre. Doch geht es mir leider nur um Informationen zu einem anderen Thema.«

»Ach ja?« Sir Darryl verschloß die Tür hinter Mary von Cumberland, verriegelte sie auch und führte die Herzogin ins Wohnzimmer. »Eine kleine Erfrischung gefällig, Euer Gnaden? Ich habe etwas Xerez da. In Spanien im Jahre 1892 ins Faß abgefüllt. Er ist lieblich genug, um getrunken zu werden, und recht angenehm, obwohl er wohl weitere fünfzig Jahre brauchen wird, um den komplizierten Alterungsprozeß zu bewältigen.«

»Sagt mir«, warf Mary von Cumberland ein. »Ihr habt Eure Tür doppelt verriegelt ...«

»Da draußen läuft ein Wahnsinniger herum«, erklärte Sir Darryl, »der es auf Hexer abgesehen zu haben scheint. Da möchte ich mich lieber nicht überrumpeln lassen.«

»Natürlich«, sagte Mary von Cumberland. »Aber als ich klopfte, da habt Ihr die Tür entriegelt und geöffnet, ohne auch nur zu fragen, wer da war.«

»Das wußte ich«, erklärte Sir Darryl. »Natürlich wußte ich es. Meine liebe Herzogin, ich bin schließlich nicht nur wegen meiner schönen Augen zum Hofhexer ernannt worden.«

»Selbstverständlich«, räumte Mary von Cumberland ein. »Wie töricht von mir.« Sie setzte sich und nahm ein Glas von dem zähflüssigen, strohfarbenen Likör.

»Was für Informationen kann nun der Meister seiner Lieblingswanderhexe geben?« fragte Sir Darryl, während er die Karaffe wieder abstellte und sich ihr gegenüber setzte.

»Es ist nett von Euch, so etwas zu sagen, Sir Darryl, aber ich weiß, daß ich viel zu sehr Dilettantin bin, um wegen meiner magischen Fähigkeiten geschätzt zu werden.«

»Euer Talent ist sehr stark, Euer Gnaden«, widersprach Sir Darryl. »Und wenn Ihr auch nie genug von jener Engstirnigkeit gehabt habt, die es uns ermöglicht, uns auf eine einzige Kleinigkeit zu konzentrieren, so ermöglicht Ihr es uns doch immerhin, vom breiten Spektrum Eures Wissens zu profitieren.«

Mary von Cumberland lachte. »Das müßt Ihr einmal für mich niederschreiben, Sir Darryl. Das ist die beste Entschuldigung für ein unkonzentriertes Leben, die ich bisher gehört habe.«

Sir Darryl lächelte und stieß schweigend mit ihr an.

»Ich bin heute morgen für Lord Darcy unterwegs«, erklärte sie.

»Aha!« erwiderte Sir Darryl und nippte an seinem goldenen Xerez.

»Wir müssen wissen, was Ihr noch über Euren letzten Besuch – ich nehme jedenfalls an, daß es Euer letzter war – im *Gryphon d'Or* in Tournadotte wißt. Vor ungefähr einem Monat.«

Sir Darryl nickte. »Ja, ich war vor ungefähr einem Monat dort. Auf meinem Weg hierher, um mich dem Hof anzuschließen, wie es der Zufall so will. Ihr müßt wissen, daß ich früh hier sein mußte, um die zeremonielle Magie vorzubereiten, mit der die Krönung einhergehen soll. Wenn man Hofzauberer ist, bekommt man eben solche Aufgaben aufgebrummt.«

»Könnt Ihr Euch an irgend etwas Besonderes an Eurem Aufenthalt in dem Gasthof erinnern?«

»Laßt mich überlegen. Ach, du meine Güte – war das die Nacht, als die Morde stattfanden?«

»Das ist richtig«, bestätigte Mary von Cumberland.

»Nun, dann ist es doch recht wichtig, nicht wahr? Mal sehen. Tournadotte. Ich traf früh am Morgen dort ein. Daran kann ich mich noch erinnern. Ich habe den größten Teil des Tages auf dem Bahnhof damit verbracht, herauszufinden, weshalb mein Gepäck nicht mit demselben Zug gekommen war wie ich. Als es schließlich auftauchte, war es zu spät, um nach Christobel weiterzureisen, deshalb habe ich mich für diese Nacht in dem Gasthof einquartiert. Dort aß ich zu Abend und zog mich danach in mein Zimmer zurück, um an einem Manuskript zu arbeiten.«

»Ist Euch irgend etwas Merkwürdiges aufgefallen? Oder irgend jemand, den Ihr kanntet?«

»Nein, das kann ich nicht behaupten. Aber am nächsten Tag, im Zug nach Schloß Christobel, traf ich auf Master Raimun DePlessis. Wenn ich mich richtig erinnere, fühlte er sich verabscheut.«

»Master Raimun DePlessis? War das nicht der Hexer, der in einer Bäckerei ermordet wurde? Warum benutzt er den Begriff ›verabscheut‹?«

»Ja, das ist er. Ich bin mir auch nicht sicher, was er mit ›verabscheut‹ meinte. Er hatte einfach nur das Gefühl, daß irgend jemand im Zug ihn nicht mochte.«

»Nun, *irgend jemand* hat ihn bestimmt nicht gemocht!« meinte Mary von Cumberland.

»Das stimmt«, räumte Sir Darryl ein und stellte sein Glas auf den kleinen, mit Intarsienarbeit versehenen Tisch, der zwischen ihren Sesseln stand. »Auf diesen Zusammenhang bin ich überhaupt nicht gekommen, bis Ihr es gerade erwähntet. Oh, meine Liebe, ich fürchte, da habe ich wirklich einen schlimmen Patzer zu verantworten. Ich hätte es Lord Darcy schon vor einer ganzen Weile mitteilen müssen.«

»Nun, das könnt Ihr ja jetzt wieder wettmachen. Wer war das, der Master Raimun nicht mochte?«

Sir Darryl schüttelte den Kopf. »Ich weiß es nicht«, gab er zur Antwort. »Anscheinend jemand in seinem Abteil. Er verließ sein Abteil, um sich zu mir zu setzen, weil er meinte, daß er die mentale, äh, Aura nicht ertrage, die von dieser Person ausging. Aber er sagte mir auch, daß er nicht wisse, wer diese Person sei.«

»Erinnert Ihr Euch, wer sich in seinem Abteil befand?«

»Ich fürchte, das habe ich nie erfahren«, berichtete Sir Darryl. »Wir haben uns unterhalten, über ...« Mitten im Satz brach er ab und starrte Mary von Cumberland erschrocken an. »Ach du liebe Güte, du liebe Güte«, sagte er. »Da habe ich aber *wirklich* einen Patzer begangen! Euer Gnaden, Ihr müßt mich sofort zu Lord Darcy bringen. Ich muß ihm etwas berichten. Etwas von allergrößter Wichtigkeit. Wie töricht von mir, nicht darauf gekommen zu sein.« Er stand auf und sah um sich, viel zu zerstreut, um wahrzunehmen, was er sah. »Wer hätte das gedacht«, sagte er. »Und wenn ich daran denke, daß ich eine Verabredung ... das erklärt natürlich ... aber ja! Wo ist meine Jacke? Wir müssen sofort los!«

»Natürlich, Sir Darryl«, sagte Mary von Cumberland, stellte ihr Glas ab und erhob sich. »Sofort. Woran habt Ihr Euch erinnert?«

»Ich glaube, ich weiß jetzt, wer diese armen Hexer umbringt«, teilte Sir Darryl ihr mit. »Und warum. Und sogar wie – oder zumindest, wie er sie in den Tod lockt. Wir müssen sofort Lord Darcy erreichen, bevor noch jemand umgebracht wird.«

»Wißt Ihr denn, wer das nächste Opfer sein wird?« fragte Mary von Cumberland.

Gedankenverloren hielt Sir Darryl einen Augenblick inne. »Ja«, sagte er schließlich. »Ich glaube schon.«

»Dann sollten wir den Betreffenden wohl am besten sofort warnen«, schlug Mary vor. »Wer ist es denn?«

»Ich«, sagte Sir Darryl.

Lord Darcy und der Chevalier d'Espergnan überquerten den äußeren Innenhof von Arthurs Hort und klopften ans Tor des Stephainiterklosters. »Ist Graf d'Alberra da?« fragte Lord Darcy den Novizen in der braunen Kutte, als dieser an die Tür kam.

»Hier entlang, My Lord«, sagte der Novize und führte sie durch einen Gang aus Steinmauern.

Graf d'Alberras Klinik war inzwischen in mehreren Zimmern des Klosters untergebracht; es gab einen hellgrünen Wartesaal, ein privates Büro und einen Behandlungsraum. Eine Krankenschwester in weißer Robe lächelte sie vom Schreibtisch im Warteraum an, als Lord Darcy und Sir Raoul eintraten. »Einen guten Nachmittag«, sagte sie, »habt Ihr einen Termin?«

»Einen guten Nachmittag«, wiederholte Lord Darcy und lächelte sie gewinnend an. »Ich bin Lord Darcy, Oberermittlungsrichter des Adelsgerichtshofs.« Er holte seine schwarze Dokumentenmappe hervor und zeigte ihr die Ausweiskarte. »Ich möchte den Grafen ein paar Minuten sprechen. Es wird nicht lange dauern, das verspreche ich.«

»Großer Gott!« sagte die Krankenschwester und bedeckte den Mund unwillkürlich mit der Hand. »Gibt es irgendwelche Schwierigkeiten?«

»Nein, nein, nichts dergleichen«, versicherte Lord Darcy ihr. »Graf d'Alberra war möglicherweise Zeuge bei dem Ereignis, das ich gerade untersuche. Ich muß ihm nur ein paar Routinefragen stellen. Der Graf kennt mich; sagt ihm nur, daß ich hier bin.«

»Nun ...« Die Krankenschwester blickte auf die große Standuhr in der Ecke. »Der Graf hat noch weitere zehn Minuten mit seinem jetzigen Patienten zu tun. Solange müßt Ihr wohl warten. Wir haben strenge Anweisung, den Grafen niemals während einer Sitzung zu unterbrechen. Aus *keinem* Grund!«

»Das macht nichts«, willigte Lord Darcy ein. »Wir warten.« Er bedeutete Sir Raoul, sich zu setzen, und ließ sich selbst auf den nächsten Stuhl sinken. Mit überschlagenen

Beinen entspannte er sich etwas und sah sich um. Der Warteraum war sorgfältig möbliert und dekoriert, um die wartenden Patienten zu beruhigen. Die Gemälde an der Wand bestanden alle aus hellen Spritzern fröhlicher Farbe nach einem neuen Konzept der ›Ausgewogenen Massen‹, bei dem die Form zweitrangig war. Tische und Stühle waren hell und leicht, wirkten auf einen aufgewühlten Geist weniger drückend als schweres, düsteres Mobilar. Zweifellos war es sehr modern und sehr gut durchdacht, überlegte Lord Darcy, aber in einem Kloster wirkte es ganz eindeutig etwas fehl am Platz.

Zehn Minuten später streckte der Graf d'Alberra seinen Kopf durch die rechte Tür. »Habe ich noch Patienten, Demoiselle Deville?«

»Lord Batheskill trifft in Kürze ein, My Lord«, teilte die Krankenschwester ihm mit. »Und Seine Lordschaft möchte Euch sprechen.« Mit einem Nicken wies sie auf Lord Darcy.

»Nur ein paar Routinefragen, Graf d'Alberra«, rief Lord Darcy fröhlich.

»Lord Darcy, nicht wahr? Also gut«, sagte der Graf. Er wirkte etwas verärgert. »Aber nicht im Behandlungsraum. Kommt in mein Büro.«

Als der Graf d'Alberra zu seinem Büro hinüberging, beugte Lord Darcy sich zu dem Chevalier d'Espergnan. »Ist er das?« fragte er flüsternd. »Ist das der italienische Bursche, den Ihr im Gang des Gasthofs gesehen habt?«

»Er sieht so aus«, erwiderte Sir Raoul flüsternd, »aber ganz sicher sein kann ich mir nicht. Es ist immerhin einen Monat her, Euer Lordschaft. Und so genau habe ich nicht auf sein Äußeres geachtet.«

»Aber er könnte es sein?«

»Jawohl, My Lord, das könnte er sehr wohl.«

»Danke«, sagte Lord Darcy. »Wartet hier auf mich.« Er erhob sich und folgte dem Grafen d'Alberra in sein Büro.

Das Büro des Grafen war alles andere als hell und beruhigend; das blieb dem Warte- und dem Behandlungszimmer vorbehalten. Die Büromöbel waren schwer und imposant, aus dunklen Hölzern mit scharfen Ecken. An der Wand hing eine Vielzahl eingerahmter Diplome und Zertifikate, die in ihrer latinisierenden Sprache Ausbildung und Erfahrung des Adeligen dokumentierten.

Graf d'Alberra hatte hinter seinem Schreibtisch Platz genommen. »Und was kann ich für Euch tun, My Lord?« fragte er, die Ellenbogen auf den Tisch gestützt und die Finger unter dem Kinn verschränkt.

»Vor ungefähr einem Monat wart Ihr im *Gryphon d'Or,* My Lord?« fragte Lord Darcy.

»Im *Gryphon d'Or*? Ach ja, dieser Gasthof in Tournadotte. Ja, das muß jetzt ungefähr einen Monat her sein. Warum?«

»Wir ermitteln in einem Mord, der dort um ungefähr diese Zeit stattfand.«

Graf d'Alberras Hände sanken auf den Schreibtisch. »Ein Mord? Aber nein! Wie kann das sein? Was für eine abscheuliche Sache. Wer ist denn umgebracht worden?«

»Einer der Gäste«, teilte Lord Darcy ihm mit. »Und ein Mitglied des Personals. Wir versuchen herauszufinden, ob irgend jemand, der damals im Gasthof wohnte, etwas, äh, Ungewöhnlicher bemerkte. Etwas, das irgendwie, und sei es auch noch so geringfügig gewesen, außerhalb des Normalen zu sein schien.«

Graf d'Alberra schien einen Augenblick nachzudenken, wobei er mit der rechten seinen Spitzbart zwirbelte, dann schüttelte er den Kopf. »Ich fürchte, ich kann Euch nicht helfen, My Lord. Es war ein recht ereignisloser Abend.«

»Ihr wart nur eine Nacht dort?«

»Das ist richtig.«

»Könnt Ihr mir beschreiben, was Ihr getan habt und wen Ihr im Laufe des Abends gesehen habt?«

Graf d'Alberra gab ein ausdrucksloses italienisches Schulterzucken von sich. »Ich habe nicht Bemerkenswertes getan und habe auch niemanden gesehen. Ich aß zu abend. Ich ging zu Bett.«

»Seid Ihr allein zu Bett gegangen?«

In leichtem Erstaunen schlug Graf d'Alberra die Handfläche auf die Tischplatte. »Also wirklich!« sagte er. »Das ist aber mal ein Paradebeispiel für eure berühmte normannische Direktheit!«

»Ich bedaure, Graf, wenn Euch die Frage taktlos oder unhöflich erscheint«, erwiderte Lord Darcy, beugte sich vor und musterte den Grafen mit festem Blick. »Aber ich habe einen Grund dafür, sie zu stellen.«

»Nennt mir diesen Grund«, konterte der Graf d'Alberra entschieden, »dann gebe ich Euch vielleicht eine Antwort darauf.«

»Ihr wurdet in dieser Nacht gesehen, wie Ihr Euch mit einer jungen Demoiselle zurückzogt.«

»Ich verstehe«, sagte der Graf. »Und was meint die Demoiselle dazu?«

»Sie ist tot.«

»Tot?« Der Graf sackte kurz auf seinem Stuhl zusammen, dann richtete er sich wieder auf. »Ihr meint, sie … sie war es … die umgebracht wurde?«

»Wenn die Demoiselle, die Ihr mit aufs Zimmer nahmt, jene ist, die ich in Verdacht habe, ja, dann wurde sie in jener Nacht ermordet.«

»Unglaublich. So jung. So lebendig. Wer würde denn so etwas tun?«

»Ihr habt die junge Demoiselle also tatsächlich mit aufs Zimmer genommen?«

»Ja.«

»Und?«

»Müßt Ihr das wirklich auch noch fragen?«

»Ich meine hinterher. Was ist da passiert?«

Graf d'Alberra zuckte die Schultern. »Ich gab dem Mädchen einen silbernen Sovereign und schickte sie fort. Anscheinend gab es da noch jemanden, den sie an diesem Abend, äh, zu besuchen beabsichtigte.«

»Ich verstehe«, sagte Lord Darcy. »Dann war es also ein rein geschäftliches Arrangement, wie?«

»Mein lieber Lord Darcy«, sagte der Graf mit der Geduld, die man aufbrachte, einem kleinen Kind etwas zu erklären,

»ich hatte die Demoiselle schließlich erst an diesem Abend kennengelernt. Ich war nicht verliebt in sie, und sie auch nicht in mich. Sie wollte Geld, und ich wollte, äh, Erleichterung. Wir haben beide bekommen, was wir wollten. Fair bleibt fair.«

»Ich wollte nicht den Eindruck erwecken, daß ich darüber ein Urteil fälle, Graf d'Alberra«, erläuterte Lord Darcy. »Darum geht es überhaupt nicht. Wißt Ihr, wen sie nach Euch aufsuchen wollte?«

»Das weiß ich nicht.«

»Verstehe. Nun, dann danke ich Euch sehr.« Lord Darcy stand auf und schritt zur Tür. »Es könnte später noch ein paar Fragen geben«, sagte er und drehte sich dabei in der Tür um. »Danke für Eure Zeit.«

»Ich wünschte nur, ich hätte Euch mehr erzählen können«, sagte der Graf d'Alberra. »Das arme Mädchen.«

Der Graf folgte Lord Darcy bis an die Bürotür. Sein nächster Patient saß im Wartezimmer, als Lord Darcy herauskam, und musterte ein Gemälde, das eine große rote Wolke zu zeigen schien, die von kleinen grünen und purpurnen Fruchtstücken angegriffen wurde. Graf d'Alberra rief ihn in den Behandlungsraum, dann verabschiedete er Lord Darcy mit einem Kopfnicken.

»Wenn Ihr bitte weiterhin versuchen würdet, Lord Darcy zu finden«, sagte Sir Darryl Longuert zu Mary von Cumberland, »und sagt ihm, er soll sich mit mir in, laßt mich überlegen, im Büro des Marquis Sherrinford treffen. Ich werde Nachricht für ihn haben. Vielleicht sogar mehr als das.«

»Wo geht Ihr denn hin?« fragte Mary von Cumberland. Sie hatten Lord Darcy bis zum *Schwert im Stein* verfolgen können und leerten gerade ihre Tassen Kaffee, die sie bestellt hatten, nachdem sie feststellen mußten, daß die Spur dort endete.

»Ich habe eine Verabredung«, sagte Sir Darryl.

»Und meint Ihr, daß das sicher ist?«

»O nein, meine Liebe, die Sache ist sogar äußerst unsicher. Aber ich glaube doch, daß nicht ich es bin, der dabei eine Überraschung erleben wird.«

»Vielleicht sollte ich mit Euch gehen«, erbot sich Mary von Cumberland. »Wir könnten aber auch eine Wache organisieren, falls Ihr glaubt, daß ich Euch im Weg wäre.«

»Das ist es nicht, meine Liebe. Aber ich bin wirklich durchaus dazu in der Lage, auf mich selbst aufzupassen – nun, da ich weiß, daß so etwas notwendig ist. Und das, von dem ich hoffe, daß es geschehen wird, würde nicht geschehen, wenn Ihr dabei wärt.«

»Wenn Ihr meint, Sir Darryl«, gestand Mary von Cumberland ihm zähneknirschend zu. »Dann werde ich Lord Darcy weiter suchen. Aber bitte – paßt auf Euch auf.«

»Ich verspreche es«, versicherte Sir Darryl ihr. Er sah ihr nach, wie sie fortging, lange genug, um sich davon zu überzeugen, daß sie *tatsächlich* fort ging, dann blickte er kurz auf die Uhr und verschwand in die entgegengesetzte Richtung.

Der Kräutergarten befand sich auf einem kleinen Hof, der auf der einen Seite von den Küchen von Arthurs Hort eingerahmt wurde und auf der anderen von den Fenstern der Staatsämter – darunter das Büro des Lordkämmerers und des Seneschalls, sowie im Stockwerk darüber die Privatbüros des Königs und Kaisers.

Sir Darryl traft pünktlich zu seiner Verabredung auf dem abgeschiedenen Gang neben dem Kräutergarten ein. Man durfte nicht zu spät zum Schicksal kommen. Er sah sich um. Es war niemand zu sehen, was nicht weiter überraschte. Die Leute wurden nicht dazu angehalten, sich im Kräutergarten auszuruhen. Erstens wurden die Kräuter tatsächlich für die Küche gebraucht, und zweitens liebten es weder der Lordkämmerer noch seine Majestät, durch Lärm vor ihren Fenstern gestört zu werden.

Eine Minute später hörte er hinter sich ein Rascheln.

»Guten Nachmittag, Sir Darryl«, sagte eine dünne, winselige Stimme dicht an seinem Ohr. »Dreht Euch nicht um.«

»Und warum nicht?« fragte Sir Darryl, ohne sich umzudrehen. Er nahm seine ganze beachtliche Selbstbeherrschung zusammen und hielt sich im Griff.

Eine Hand legte sich auf seine Schulter, etwas Kaltes fuhr um seinen Hals. Einen Augenblick später spürte er ein leichtes Ziehen an seinem Jackettaufschlag.

»Ich werde euch umbringen«, sagte die Stimme, »und ich werde mitansehen, wie Ihr sterbt. Ihr habt den Tod verdient. Ich habe bekommen, was ich verdiente, Sir Darryl, nun nun ist die Zeit gekommen, da auch Ihr bekommt, was Ihr verdient.«

»Ich glaube nicht ...«

»Lauft, Sir Darryl!« befahl die Stimme. »Lauft! Vielleicht könnt Ihr Euer Leben retten.«

»Ich denke, ich bleibe wohl lieber hier stehen«, erwiderte Sir Darryl gelassen.

»Ihr wollt nicht laufen?« schrie die Stimme und wurde immer schriller, bis es fast ein Kreischen war. »Dann muß ich Euch eben so umbringen, wie Ihr hier steht!«

Sir Darryl wirbelte herum, um einen gedrungenen Mann mittlerer Größe vor sich zu sehen, mit sehr hellen Augen, der soeben ein großes Messer aus seinem Gürtel gezogen hatte.

»Stirb, verfluchter Hexer«, schrie der Mann und stieß heftig nach der Brust des Zauberers.

Sir Darryl machte eine kleine Geste, und das Messer sauste durch die Luft. Der Mann schrie – es war ein langgezogener, tierischer Schrei –, und sprang mit ausgestreckten Armen nach Sir Darryls Kehle.

Sir Darryl vollführte eine weitere Geste und trat beiseite. Der Mann war plötzlich erstarrt, die Arme noch ausgestreckt, das Gesicht zu einem mörderischen Grinsen verzerrt, und so stürzte er ins Basilikum.

»Ich denke, so werdet Ihr noch eine Weile bleiben, guter

Mann«, sagte Sir Darryl mit zufriedenem Lächeln zu der lebendigen Statue. »Und laßt Euch das einen Beweis dafür sein, daß ein vorgewarnter Zauberer ein bewaffneter Zauberer ist. Ich werde jemanden nach Euch schicken.«

18

Sie befanden sich im inneren Zimmer des Büros des Marquis Sherrinford: Lord Darcy, Lord Peter und ein maskierter Mann. Der Mann, der Lord Darcy gegenübersaß, trug seinen Domino mit leichter Anmut, obwohl die Maske auf seinem eckigen, stämmigen Gesicht ganz besonders deplaziert wirkte.

»Hat Lord Peter Gelegenheit gehabt, Euch zu erklären, was wir von Euch erfahren müssen?« fragte Lord Darcy.

»Das hat er nicht, My Lord«, antwortete der Mann mit heiserer Stimme, von der Lord Darcy argwöhnte, daß es nicht seine natürliche war.

»Er ist erst einen Augenblick vor Eurer Lordschaft hier eingetroffen«, erläuterte Lord Peter. »Und er kann auch nur wenige Minuten bleiben, damit sie nicht mißtrauisch werden.«

»Die Wahrscheinlichkeit ist sehr gering«, meinte der Maskierte. »Aber in diesem Geschäft pflegen sich kleine Wahrscheinlichkeiten anzuhäufen, und selbst kleine Fehler können oft tödlich enden.«

»In diesem Fall, äh, Sir …«

»Ihr dürft mich ohne jeden Bruch der Etikette einfach ›My Lord‹ nennen, My Lord Darcy«, unterbrach der maskierte Mann.

»Nun, My Lord, es gibt da ein paar Fragen, die ich Euch gern stellen würde.«

»Das habe ich vermutet«, meinte der Mann trocken, »sonst wäre ich wohl nicht hier.«

»Wißt Ihr um irgendeine Bedrohung des Lebens Seiner Majestät?« fragte Lord Darcy.

»Seiner Majestät?« Der Mann wirkte überrascht. »Welche Majestät meint Ihr damit?«

»John von England.«

»Das habe ich befürchtet. Nein, ich weiß nichts von einer solchen Bedrohung. Und da Ihr es offensichtlich tut, kann ich nur hoffen und beten, daß Ihr Euch irrt.«

»Würdet Ihr es wissen, wenn es ein polnisches Komplott gegen das Anglo-Französische Reich gäbe?« fragte Lord Darcy.

»Es gibt immer irgendein polnisches Komplott gegen das Anglo-Französische Reich«, versetzte der Mann. »Wenn dem nicht so wäre, könnte ich in mein kleines Haus in Kent zurückkehren und Flieder züchten. Von einem Komplott mit dem Ziel, John IV zu beseitigen, würde ich allerdings möglicherweise nichts erfahren.«

Lord Peter schenkte drei Gläser eines stark gewürzten pikardischen Weins ein, der die Kälte vertreiben sollte, und verteilte sie. »Die Quellen Seiner Lordschaft sind begrenzt«, sagte er zu Lord Darcy, »da er sich im Gefolge Seiner Majestät von Kurland befindet. Was der König tut oder befiehlt, wird dem Sohn nicht immer mitgeteilt.«

»So ist es«, bestätigte der Maskierte. »Der Kronprinz gilt gewissermaßen als Liberaler, weshalb der Kronrat und das Leitungskomitee der *Serka* ihm mißtraut.«

»Wißt Ihr etwas über die *Serka*?« fragte Lord Darcy.

»Oh, ja«, erwiderte der Mann. »Ihr müßt nämlich wissen, daß ich ein Agent der *Serka* bin, der ins Gefolge Seiner Majestät des Kronprinzen eingeschleust wurde. Nicht daß die mir irgendwas erzählen würden, was ich nicht wissen dürfte.«

Lord Darcy musterte den Mann neugierig. Der grobschlächtige Mut, der sich hinter dieser Maske verbarg, mußte gewaltig sein, überlegte er. Und es stand ihm nicht zu, ihn unnötigerweise aufs Spiel zu setzen. »Eine letzte Frage«, sagte er. »Verfügt die *Serka* über irgendwelche magischen Geräte, die von Laien benutzt werden können? Dinge, deren Zauber auch von jemandem verwendet werden kann, der nicht über das Talent verfügt?«

»Oh, ja«, erwiderte der Maskierte. »Es gibt alle möglichen magischen Geräte für die Agenten der *Serka*, um sie im Feld zu gebrauchen, obwohl wir auch jede Menge eigene Hexer zur Verfügung haben. Zwei davon sind im Augenblick bei uns; ihre einzige Aufgabe besteht darin, alle Anglo-Französischen Zauber umzuwandeln und sicherzustellen, daß es nicht möglich ist, sich heimlich an Seine Majestät heranzuschleichen. Und außerdem sollen sie, wie ich vermute, die Qualität der Anglo-Französischen Zauber prüfen und einen Bericht für die *Serka* schreiben.«

»Besitzt die *Serka* ein Gerät – etwa eine Decke – mit eingewobenem Vermeidungszauber?«

Der Mann nickte. »Das benutzt man für Attentate«, sagte er. »Wenn man einen Leichnam darin einhüllt und vergräbt, löst er sich sehr gründlich auf, bevor er entdeckt wird.«

»Es sei denn, daß zufällig ein Hund einen Hasen darauf jagt«, bemerkte Lord Darcy. »Danke, My Lord. Ihr wart mir eine große Hilfe.«

Der Mann verneigte sich leicht. »Ich weiß zwar nicht wie, aber es freut mich«, sagte er.

»Was habt Ihr in Erfahrung gebracht?« wollte Lord Peter wissen, der bemerkt hatte, daß Lord Darcys Worte präzise waren und daß irgend etwas in diesem kurzen Gespräch dem Ermittlungsrichter einen Schlüssel zu diesem Rätsel in die Hand gegeben hatte.

»Ich habe in Erfahrung gebracht, daß die Sterbensworte von Edelmann Albert Chall doch nicht der delirierende Unfug waren, nach dem sie sich anhörten«, sagte Lord Darcy. »Und ich habe erfahren, daß es tatsächlich eine Bedrohung gibt. Aber ...«

»My Lords! My Lords!« rief plötzlich jemand draußen im Hauptbüro.

»Das ist die Herzogin von Cumberland«, sagte Lord

Darcy. »Sie hat für mich einige Ermittlungen durchgeführt.« Er erhob sich. »Sie wäre nicht so beharrlich, wenn es nicht wichtig wäre.«

Lord Peter nickte dem Maskierten zu, worauf dieser durch eine Seitentür verschwand. »Bittet sie herein, My Lord«, sagt er.

Lord Darcy öffnete die Tür. »Euer Gnaden«, sagte er. »Was ist?«

»Oh, My Lord, ich bin froh, daß ich Euch endlich gefunden habe«, sagte Mary von Cumberland und rang keuchend nach Luft. »Ich habe überall nach Euch gesucht. Ich glaube, Sir Darryl Longuert ist fortgegangen, um sich mit dem Mörder zu treffen!«

»Wie? Und Ihr habt ihn gehen lassen?«

»Ich bin eine Wanderhexe, die aus der Übung ist, My Lord Darcy«, wandte Mary von Cumberland ein. »Er ist ein Meister. Er ist der Hofhexer. Ich wüßte nicht, wie ich ihn hätte aufhalten können.«

»Ihr habt recht, Euer Gnaden, ich entschuldige mich«, sagte Lord Darcy. »Aber wir sollten ihn besser finden. Ihr könnt mir unterwegs davon berichten.«

»Ich komme mit Euch«, entschied Lord Peter. »Vielleicht könnt Ihr etwas Hilfe gebrauchen.«

Als sie gerade in den Gang kamen, stürzte einer der Palastwächter von hinten auf sie zu; laut klatschte sein Schwert im Lauf gegen seine Seite. »Lord Darcy, Lord Darcy«, rief er, »ihr werdet verlangt, My Lord!«

Lord Darcy drehte sich um. »Von wem?« wollte er wissen.

»Von Sir Darryl Longuert. Er hat den Mörder gefangen, My Lord.«

»Wie bitte? Das darf doch wohl ... Führt uns hin, Serjeant.«

Der Gardeserjeant machte auf dem Absatz kehrt und trabte denselben Weg zurück, den er gekommen war, Lord Darcy, Lord Peter und die Herzoginwitwe von Cumberland dicht auf seinen Fersen.

Er führte sie hinunter und durch die inneren Korridore des Schlosses, bis sie zum Wachraum bei den Hauptküchen gelangten. Sir Darryl stand an der Tür, er wirkte niedergeschmettert, neben ihm Master Sean O Lochlainn, der in ernstem Unterton auf ihn einredete.

Sie Darryl hob den Blick, als Lord Darcy keuchend ins Zimmer stürzte. »Ich hatte ihn, My Lord«, sagte er und hob die rechte Faust. »Ich habe ihn mit dieser Hand hier erstarren lassen. Den Mörder. Er hatte es auf mich abgesehen, aber ich war bereit für ihn. Jedenfalls glaubte ich das.«

»Nun regt Euch deswegen nicht so auf, Sir Darryl«, wollte Master Sean ihn beruhigen. »Woher solltet Ihr das wissen?«

»Was ist passiert?« fragte Lord Darcy. Lord Peter und Mary von Cumberland stürzten hinter ihm ins Zimmer.

»Er versuchte mich umzubringen, My Lord. Der Mörder, nach dem Ihr sucht. Er wollte die hier gegen mich verwenden« – Sir Darryl zeigte auf ein Messer und einen Draht, die auf dem Schreibtisch des Wachoffiziers lagen –, »aber ich habe ihn erstarren lassen.«

Lord Darcy trat an den Schreibtisch und nahm den Draht auf. »Ich habe mir gedacht, daß wir so etwas finden würden«, meinte er. »Seht Ihr, Master Sean – damit ist Meisterhexer Paul Elovitz im Ballsaal umgebracht worden. Der Mörder legt den Draht locker um den Hals des Opfers, dann erschreckt er es so sehr, daß es wegläuft. Der Draht durchschneidet die Kehle des Opfers, wenn er gestrafft wird, und das Opfer bringt sich tatsächlich selbst um. Sehr sauber, sehr raffiniert.«

»Dann hat das also die Markierungen auf dem Fußboden des Ballsaals verursacht, My Lord?«

»So ist es. Der Draht war so lang, daß er auf dem Boden aufkam, bevor der Mörder ihn gestrafft hat, und hinterließ so eine Spur im feuchten Firnis.« Er wandte sich wieder an Sir Darryl. »Und was ist dann geschehen?«

»Ich habe ihn erstarren lassen, My Lord. Aber er ist

davongekommen. Ich hätte es wissen müssen, aber ich habe nicht daran gedacht.«

»Woran habt Ihr nicht gedacht?«

»Ich denke, Sir Darryl, Ihr solltet wohl besser am Anfang beginnen«, riet Master Sean. »Ich bin sicher, daß Lord Darcy gerne alle Einzelheiten erfahren würde.« Er wandte sich an Lord Darcy. »Wir haben allgemeinen Alarm geschlagen, um den Schurken ausfindig zu machen, My Lord«, sagte er. »Jetzt, da wir wissen, wer es ist, sollte er leicht festzunehmen sein.«

»Fabelhaft«, meinte Lord Darcy. »Aber wer ist es denn?«

»Sein Name ist Bowers.«

»Wer *ist* er?« wiederholte Lord Darcy.

»Erzählt seiner Lordschaft davon«, sagte Master Sean.

»Es ist mein Fehler«, meinte Sir Darryl, mit ernster Miene an Lord Darcy gewandt. »An das Offensichtliche habe ich nicht gedacht. Edelmann Bowers hegt einen Groll gegen Hexer. Und ganz besonders gegen die Zauberer, die er bisher ermordet hat.«

»Wie das?«

Sir Darryl ging zu der Bank, die an der Wand stand, und ließ sich darauf nieder. »Er war einmal ein Zauberer«, sagte er. »Ein Wanderhexer, der sich schon fast zum Meister qualifiziert hatte. Er, äh, schlug eine schlechte Richtung ein.«

»Eine schlechte Richtung?« fragte Lord Darcy.

»Schwarze Magie?« fragte Mary von Cumberland und setzte sich neben Sir Darryl auf die Bank. »Was hat ihn denn vom Weg abgebracht?«

»Soweit ich mich erinnere, war es so ziemlich die alte Geschichte«, erwiderte Sir Darryl. »Es gibt immer nur drei oder vier Muster, denen diese Dinge zu folgen scheinen, und dies war eines davon. Er häufte Spielschulden an, wollte den feinen Mann spielen. Um aus der Misere herauszukommen, spielte er schwer mit Geld, das ihm nicht gehörte, und natürlich verlor er.«

»Und dann hat er versucht, mit schwarzer Magie zu gewinnen?« wollte Mary von Cumberland wissen.

»Nein, Euer Gnaden«, widersprach Sir Darryl. »Das hätte nicht funktioniert. Die Kartenspielhäuser sind gegen derlei Dinge stark geschützt. Ein bißchen Präkognition für jene, die mit derlei Dingen umgehen können, wird als Kartenschicksal akzeptiert, da diese Fähigkeit unkontrollierbar und fast völlig willkürlich ist. Aber in den Kartenspielhäusern ist keine normale Magie gestattet. Außer, in manchen Fällen, ihre eigene.«

»Aber wenn die Magie gegen ihn verwendet wurde, hätte er sie dann nicht aufspüren können?«

»Ganz gewiß, Euer Gnaden. Aber manche Leute sind eben einfach nur schlechte Kartenspieler.«

»Oh. Ja, natürlich.«

»Bowers begann damit, den Leuten den einen oder anderen Gefallen zu tun, indem er seine Magie verwendete. Unter der Drohung, daß man ihn bloßstellen würde. Und dann begannen sie ihn um Dinge zu bitten, die sich mit weißer Magie nicht erreichen ließen.«

»Und die hat er dann getan?« fragte Lord Darcy.

Sir Darryl nickte. »Anscheinend. Nun haben schon viele Magier in ähnlicher Weise in der Klemme gesteckt. Meistens entwickelt sich das bis zu einem Punkt, an dem sie aufhören. An dem sie ihrem Beichtvater alles erzählen. Und ihre Strafe tragen. Diese Leute kann man retten.

Aber einige andere entdecken dabei, daß es ihnen gefällt. Das Gefühl der Macht – der Kontrolle – ist stark. Irgendwie *weiß* man zwar im Hinterkopf, daß man sich selbst vernichtet. Aber es ist ein bißchen wie die suchterzeugenden Drogen. Man kann nichts gegen das ausrichten, was man tut, und wird so immer und immer tiefer in abscheuliche Taten verwickelt. Das ist auch mit Bowers geschehen. Als der Fall endlich aufgedeckt und dem Bischof vorgelegt wurde, war er schon nicht mehr zu heilen.«

»Und dann?« fragte Lord Darcy.

»Und dann kam er vor ein Standesgericht und wurde der Ausübung schwarzer Magie für schuldig befunden. Für seine säkularen Verbrechen – Manipulation von Pferderennen oder was auch immer – wurde er zu einigen Jahren Gefängnis verurteilt. Für seine Ausübung schwarzer Magie wurde ein Scharfrichterkomitee gebildet, und er wurde entmachtet. Sein gesamtes Talent wurde beseitigt. Alles. Und er wurde blind der Welt ausgesetzt.«

Lord Darcy nickte. »Ich verstehe«, sagte er. »Offensichtlich hegt er also einen Groll.«

»Das ist richtig, My Lord«, sagte Sir Darryl. »Und alle ermordeten Zauberer waren Mitglieder des Komitees.«

»Und Ihr selbst?«

»Ja. Aber das war vor ungefähr zehn Jahren. Seitdem ist viel geschehen. Ich hatte es schon fast vergessen.«

»Das erklärt auch, wie es ihm gelingen konnte, sich aus Sir Darryls Lähmungszauber zu befreien, My Lord«, sagte Master Sean. »Darüber hinaus erklärt es einige der Ergebnisse, die ich mit meinen magischen Tests erzielt habe. Ihr müßt nämlich wissen, daß eine entmachtete Person fast völlig durchlässig für Magie wird. Das ist eine Art unbeabsichtigter Nebeneffekt des ganzen.«

»Aha!« machte Lord Darcy. »Da habt Ihr also Euer Gespenst.«

»So ist es, My Lord«, bestätigte Master Sean. »In gewissem Sinne war unser Mörder ein Gespenst. Ein Gespenst, das einen Groll hegte.«

»Zehn kleine Zauberer«, sagte Lord Darcy.

Sir Darryl nickte. »Ja, My Lord. Das erinnert mich an etwas.« Er grub in seiner Tasche und holte einen Zettel hervor. »Das hat Bowers an meine Jacke geheftet, als er mich angriff.«

Lord Darcy öffnete den Zettel und reichte ihn herum. »Nett«, bemerkte er.

Sieben kleine Zauberer, die sagten zu oft ›Hex!‹
einer sprach die Formel falsch – da waren's nur noch sechs

»Ich gestehe, daß ich überrascht bin, My Lord«, sagte Sir Darryl. »Dieser Fall sollte genau untersucht werden. Normalerweise – ja fast immer – verliert eine entmachtete Person jede Initiative. Deshalb stellt sie auch keine Gefahr für sich selbst oder seine Gemeinschaft mehr dar. In diesem Fall haben wir uns eindeutig verschätzt.«

»Vielleicht aber auch nicht«, bemerkte Lord Darcy und sah nachdenklich drein. Einen langen Augenblick schwieg er, dann wandte er sich an Lord Peter. »My Lord, wenn ich recht haben sollte, droht unmittelbar ein weiterer Mord. Wir müssen sofort mit Seiner Majestät dem König reden!«

»Ich gehe den Marquis Sherrinford suchen«, erbot sich Lord Peter.

»Ich würde das lieber nicht über den Marquis erledigen«, wandte Lord Darcy ein. »Ich glaube, daß wir zusammen bei Seiner Majestät eine Audienz erhalten werden. Und wir brauchen seine Hilfe, um zu verhindern, was möglicherweise eine große Gefahr für das Reich werden könnte.«

»Folgt mir«, sagte Lord Peter.

19

Im Schlafzimmer war es stockfinster. Aus dem dichtverhängten Bett ertönte gleichmäßiges Atmen, ein Hinweis darauf, daß sein königlicher Bewohner tief schlief. Doch das war zweifelhaft.

Zwei Männer warteten schweigend an der Schlafzimmertür; Lord Darcy zur Rechten und Lord Peter zur Linken. Sie warteten auf das, was, wie Lord Darcy wußte – und wovon er sie alle überzeugt hatte –, geschehen würde. Ein Stück weiter im Zimmer stand Oberst Lord Waybusch versteckt neben einem Schrank, während Master Sean O Lochlainn am Kopfende des Betts wartete.

Drei Stunden lang, die ihnen wie drei Monate vorkamen, geschah nichts. Und dann, ganz langsam, mit einem so leisen Geräusch, daß nur solche Ohren es vernehmen konnten, die sich so sehr auf die Stille eingestellt hatten, gab das Türschloß nach. Nach längerer Wartezeit schwang die Tür nach innen auf.

Lord Darcy hielt die Luft an und lauschte dem leisen Knarren der Türangeln, nur wenige Zoll von seinem Gesicht entfernt, als sich die Tür auf ihn zubewegte. Ein vorsichtiger Schritt ins Zimmer, dann noch einer.

Lord Darcy konnte nicht ausmachen, ob es eine Person war, die den Raum betrat, oder zwei. Er glaubte, daß es zwei waren. Was die Sache vereinfachen würde.

Das Geräusch von Schritten kroch über den Boden auf das Bett zu.

»JETZT!«

Ein Brüllen in Master Seans Stimme – das vereinbarte Signal. Lord Darcy schlug die Schlafzimmertür zu und verschloß sie mit geübter Geste.

Plötzlich flammte das ganze Zimmer in grellweißem hexerhaftem Licht auf, als Master Sean den vorbereiteten Erleuchtungszauber aktivierte. Dort, in der Mitte des Raums, mit dem Gesicht zum Bett, vom plötzlichen Gleißen erstarrt, standen zwei Männer. Der eine trug ein altes, zweihändiges Schwert mit Korbgriff, die Klinge flach gegen die Brust gepreßt, die Spitze drei Fuß über seinen Kopf emporragend.

Einen Augenblick waren sie zu erschrocken, um sich zu rühren, dann schossen sie davon; einer zur Tür und der andere – der Schwertträger – auf das Bett zu.

Plötzlich geschahen mehrere Dinge auf einmal. Lord Darcy und Lord Peter stürzten sich auf den Mann, der zur Tür wollte, und nach kurzem Widerstand hörte er auf, sich zu wehren, und hob die Hände. »Ich werde nicht gegen euch kämpfen«, sagte er.

Der andere Mann erreichte das Bett, das Breitschwert hoch über den Kopf gehoben, schrie: »Stirb! Stirb! Stirb!« in wahnwitziger Liturgie und schwang damit nach der schlafenden Gestalt.

Der Mann im Bett warf die Decken beiseite und vollführte mit beiden Händen eine komplizierte Geste.

Das Schwert glühte hellrot auf und sprang seinem Besitzer aus den Händen, dann grub es sich tief und fest in die Zimmerdecke. Der Mann stürzte rücklings auf den Boden und blieb bewegungslos neben dem Bett liegen.

Der Mann im Bett stand auf und rieb sich die Hände. »Das war sehr gut«, meinte er. »Ein guter, kräftiger Zauber, den Ihr da gewoben habt, Master Sean O Lochlainn. Ihr Anglo-Französischen Zauberer seid doch nicht alle Triefel.«

Master Sean grinste. »Es war sehr wirkungsvoll, Euer Majestät, nicht wahr?«

Seine Majestät der König von Kurland und Kronprinz von Polen zuckte die Schultern. »In Polen«, sagte er, »haben wir auch gute Magier.«

Lord Darcy zerrte den Mann am Boden auf die Beine. »Ich denke, Graf d'Alberra, Ihr werdet wohl eine Menge Fragen beantworten müssen«, sagte er.

Der Graf richtete seine Kleider und bürstete sie gelassen ab. »Mal gewinnt man, mal verliert man«, sagte er und lächelte seinen Sieger an. »Aber ich glaube nicht, daß Ihr mir irgendwelche Fragen stellen werdet. Ich wünschte, ich wüßte, wie Ihr herausbekommen habt, daß ich es war – aber ich werde es nie erfahren. Ihr seid ein schlauer Mann, Lord Darcy.« Sein Grinsen verzerrte sich an der Seite, und seine Kieferlade verspannte sich.

»Aufgepaßt, My Lord!« sagte Lord Peter scharf und griff nach Graf d'Alberra. »Er nimmt gerade Gift!«

Doch noch bevor sie etwas dagegen unternehmen konnten, stürzte Graf d'Alberra schon mit einem schrillen, gurgelnden Geräusch zu Boden. Zweimal trat er im Krampf aus, dann war er tot.

»Na ja!« sagte Lord Darcy. »Jetzt, da die ganze Aufregung anscheinend vorbei ist, sollten wir wieder gehen. Oberst Lord Waybusch, würdet Ihr bitte den Gefangenen übernehmen. Und sorgt bitte auch dafür, daß die Leiche entfernt wird. Ach ja, und noch etwas.« Er öffnete die

Schlafzimmertür, die ins Wohnzimmer der polnischen Suite führte. »Johnson!« rief er.

Ein kleiner Mann kletterte unter dem Wohnzimmersofa hervor. »Ja, My Lord?«

»Habt Ihr gesehen, wer sie hier hereinließ?«

»Ein großer, hagerer Mann mit kurzgeschorenem blondem Haar«, meldete Johnson. »Er kam aus der dritten Tür zur Linken, draußen im Gang.«

»Sehr gut. Euer Majestät, habt Ihr das gehört?«

»Ja. General Vitapeski. Wer hätte das gedacht? Wir kümmern uns um ihn.«

»Zweifellos. Gute Nacht, Euer Majestät.«

Der Kronprinz von Polen begleitete sie zur Tür. »Heute nacht«, sagte er, »werde ich wohl bei meiner Frau schlafen. Zum Teufel mit dem Protokoll. Und morgen werden wir wohl eine andere Suite beziehen. Diese hier gefällt mir nicht mehr.«

»Der Seneschall wird entzückt sein«, meinte Lord Darcy. »Kommt, My Lords, lassen wir Seine Majestät etwas Schlaf finden.«

20

»Nun, My Lord Darcy«, sagte die Herzogin von Cumberland, »ich denke, jetzt solltet Ihr uns allen wohl davon erzählen.«

Es war am nächsten Nachmittag, und auf Einladung der Herzogin hatten sie sich in ihrer Suite im Weißen Chateau versammelt. Der Stiefsohn Ihrer Gnaden, der Herzog von Cumberland, hatte seine Gäste empfangen und sich danach diskret zurückgezogen, um wieder seine Angelausrüstung zu reinigen. Zu den geladenen Gästen gehörten außer Lord Darcy und Master Sean der Marquis Sherrinford, Lord Peter, Oberst Lord Waybusch und Sir Darryl

Longuert. Herzog Richard war nicht anwesend, doch als Lord Darcy die Spanische Wand erblickte, die eine Ecke vom Rest des Raums abtrennte, hatte er das Gefühl, daß sich dennoch eine Königliche Person im Zimmer befinden könnte.

»Was wollt Ihr wissen?« fragte Lord Darcy.

»Alles!« erwiderte Mary von Cumberland und sah unschuldig zu ihm auf.

»Woher wußtet Ihr, daß es der d'Alberra war?« fragte der Marquis Sherrinford. »Und wie hätte er es überhaupt sein können? Er ist mit Empfehlungsschreiben Seiner Heiligkeit aus Italien hierher gekommen. Wie konnte er ein polnischer Agent sein?«

»Und warum würde ein polnischer Agent versuchen, den Kronprinzen von Polen zu töten?« fügte Lord Peter hinzu. »Und woher habt Ihr das gewußt?«

»Also gut«, erwiderte Lord Darcy. Er lehnte sich auf seiner Couchecke zurück und nippte an seinem Ouiskie mit Wasser. »Ich will es euch Zug um Zug erläutern.

Was uns alle auf die falsche Spur brachte, waren die Worte ›Seine Majestät‹ in Albert Challs Sterbebotschaft. Er hat jemanden belauscht – wahrscheinlich war es der Mann, den wir als Graf d'Alberra kennen –, der davon redete, daß die Zielperson ›Seine Majestät‹ sei, und so ist weder ihm noch De London noch irgendeinem anderen von uns der Gedanke gekommen, daß es sich dabei vielleicht gar nicht um Seine Anglo-Französische Majestät handeln könnte.«

»Merkwürdigerweise bestehen in Polen auch nur seine Feinde darauf, ihn ›Seine Majestät‹ zu nennen«, warf Lord Peter ein. »Es ist eine Art Witz.«

»Und wir haben oft genug gehört, wie er ›Seine Majestät‹ genannt wurde, um darauf zu kommen.«

»Das Ganze war also nur eine Verschwörung, den Kronprinzen von Polen umzubringen«, folgerte der Marquis Sherrinford.

»Ja«, bestätigte Lord Darcy. »Und die Sache auf uns zu schieben.«

»Aber er sollte doch von einem Verrückten umgebracht werden«, warf Oberst Lord Waybusch ein.

»Gewiß, aber von einem *Anglo-Französischen* Verrückten. Das macht einen großen Unterschied.«

»Erzählt uns vom Grafen d'Alberra«, forderte Mary von Cumberland ihn auf.

»Ein gelehrter Mann, ein brillanter Seelenarzt«, meinte Lord Darcy, »der vor einem Monat im *Gryphon d'Or* ermordet wurde. Die Person, die letzte Nacht starb, war ein Agent der *Serka*, der seine Stelle eingenommen hatte.«

»Aha!« machte Oberst Lord Waybusch.

»Ging er damit nicht ein fürchterliches Risiko ein?« wollte Mary von Cumberland wissen.

»Ein gewisses Risiko schon«, antwortete Lord Darcy. »Aber so fürchterlich groß war es auch wieder nicht. Er muß gewußt haben, daß nicht sehr viele Leute aus Italien zur Krönung kommen würden. Und außerdem haben seine Recherchen ihm wahrscheinlich mitgeteilt, vermute ich, daß der wirkliche Graf Italien nie zuvor verlassen hat und daß ihn folglich hier so gut wie niemand kannte. Und außerdem ist seine Ähnlichkeit mit dem wirklichen Grafen verblüffend. Außerdem war er alles andere als ein Feigling, und er fürchtete sich auch nicht, für seine Sache zu sterben, wie er letzte Nacht bewies.«

»Eine böse Sache«, versetzte Oberst Lord Waybusch. »Ein Komplott, den Kronprinzen von Polen umzubringen und es einem Anglo-Französischen Verrückten in die Schuhe zu schieben.«

»Dieser arme Mann«, meinte Mary von Cumberland. »Ist er unheilbar verrückt?«

»Der Erzbischof von Paris befürchtet es, Euer Gnaden. Doch wir werden ihn von kundigen Heilern untersuchen lassen. Er ist ein Mann, der mit einem Groll gegen Hexer begann, der wiederum von einem geschickten Seelenwissenschaftler gehegt wurde. Denn auch wenn der Mann, der letzte Nacht starb, nicht der wirkliche Graf d'Alberra war, so gibt es doch keinen Zweifel daran, daß er ein geschickter Seelenwissenschaftler war. Man denke nur an den Erfolg, den er bei der Behandlung der Kopfschmerzen des Marquis Sherrinford erzielte.«

»In diesem Punkt werde ich ihn vermissen«, meinte der Marquis Sherrinford. »Ich werde nach Italien um die Schriften des wirklichen Grafen d'Alberra schicken müssen, da ich vermute, daß der Hochstapler dieselben Techniken verwandte.«

»Das würde ich auch denken, My Lord«, pflichtete Lord Darcy ihm bei. »Eine notwendige Ähnlichkeit.«

»Es ist auch kein Wunder, daß meine polnischen Agenten keine Spur von dem geplanten Anschlag entdecken konnten«, warf Lord Peter ein. »Eine Intrige einer polnischen Gruppe gegen eine andere wird sorgfältigst getarnt. Vor allem dann, wenn das Opfer der Kronprinz selbst sein soll. Und es war auch wirklich eine sehr raffinierte Idee. Jeder Schlag gegen Prinz Stanislaw von Polen wäre sofort suspekt. Ihn aber auf Schloß Christobel umbringen zu lassen, würde ihn als Erbfolger beseitigen und gleichzeitig die Beziehungen zum Anglo-Französischen Reich verschlechtern.«

»Das erklärt übrigens auch einen weiteren Faktor, der mir zu schaffen machte«, setzte Lord Darcy seinen Bericht fort. »Nämlich weshalb die Morde wie unmögliche Verbrechen dargestellt wurden.«

»Und warum das?« fragte der Marquis Sherrinford.

»Damit der letzte Mord – der des Kronprinzen – auch wie ein unmögliches Verbrechen aussehen würde. Sonst wäre jeder sofort darauf gekommen, daß irgend jemand im Gefolge des Prinzen ein Verräter war. Doch wenn man Leute schon in verschlossenen Bäckereien umbringt, mitten in einem frisch versiegelten Ballsaal und im verschlossenen und streng bewachten Thronsaal, dann wird es auch möglich, jemanden in einer bewachten Suite umbringen zu lassen.«

»Wie wurde das getan, Lord Darcy?« meldete sich Oberst Lord Waybusch wieder. »Mit Magie?«

»Nein, My Lord«, versicherte Master Sean ihm. »Diesen Punkt konnte ich ausschließen, falls Ihr Euch erinnert. Sonst wären es auch keine unmöglichen Verbrechen gewesen, müßt Ihr wissen.«

»Die Sache mit der Bäckerei war leicht«, erklärte Lord Darcy. »Nur weil wir uns mit Gewalt Zutritt verschaffen mußten, dürfen wir noch lange nicht davon ausgehen, daß man die Tür beim Hinausgehen nicht schließen kann. Ein Stab, den man durch die Tür schiebt, um den hölzernen Riegel hochzuhalten, während man sie schließt, um ihn dann im letzten Augenblick herauszuziehen, damit der Riegel einrastet, würde schon gute Dienste leisten. Es könnte aber auch eine kräftige Schnur sein, die um den Riegel gewickelt wird und oben über die Türkante nach außen führt. Ich weiß zwar nicht genau, welche Methode er verwendete, glaube aber, daß es eine von diesen beiden war.«

»Und der Ballsaal?« wollte Oberst Lord Waybusch wissen.

»Dort hat Bowers den dünnen Draht benutzt, mit dem er versuchte, Sir Darryl umzubringen. Der Draht ist ungefähr zwanzig Fuß lang. Er wurde um den Hals des Opfers gelegt, und dann hielt man das eine Ende an seinem hözernen Griff fest. Als das Opfer dann in den Saal lief, hat es sich die eigene Kehle durchgeschnitten.«

»Gräßlich!« meinte Mary von Cumberland.

»In der Tat«, stimmte Lord Darcy ihr zu. »Aber schließlich war ja dieses ganze Komplott eine ziemlich gräßliche, aufs bösartigste geplante Sache.«

»Und der Thronsaal?« fragte der Marquis Sherrinford.

»Da bin ich mir nicht ganz sicher«, sagte Lord Darcy. »Die Sache untersuche ich immer noch. Ich schreibe einen Bericht, sobald ich eine Antwort darauf habe.«

»Bin froh, daß Ihr auch nicht unfehlbar seid, My Lord«, warf Oberst Lord Waybusch ein. »Es macht Euch sehr viel menschlicher, versteht Ihr das?«

Sie setzten die Konversation noch eine Weile fort, dann brachen sie ab, als die beschäftigten Männer zu ihren Pflichten zurückkehrten. Schließlich war die Krönung keine Woche mehr entfernt.

Nachdem der letzte sichtbare Gast verschwunden war, schob eine königliche Hand die Trennwand beiseite. »My Lord Darcy«, sagte die vertraute Plantagenetstimme.

Lord Darcy kniete auf einem Bein nieder, und die Herzogin von Cumberland machte einen tiefen Knicks. »Euer Majestät.«

»Einmal mehr, My Lord, haben Wir Gelegenheit, dankbar dafür zu sein, daß Ihr Euch vor vielen Jahren dazu entschlossen habt, Euch Eurer Fähigkeit hinzugeben, Rätsel zu lösen, anstatt nur Eure Ländereien zu verwalten oder Euch der Bienenzucht zu widmen.«

»Danke, Euer Majestät«, sagte Lord Darcy.

»Eine Frage«, fuhr Seine Majestät fort. »Verratet mir bitte die Wahrheit über den Tod im Thronsaal. Ihr wißt doch in Wirklichkeit, wie es geschah, nicht wahr?«

»Jawohl, Euer Majestät.«

»Und wie?«

»Es gibt nur eine einzige Möglichkeit. Der falsche Graf d'Alberra praktizierte seine Seelenwissenschaft am Marquis Sherrinford, aber auch mehr als das. Seine Lordschaft wurde hypnotisiert. In jener Nacht führte er den Grafen und das Opfer in den Thronsaal, und die Erinnerung daran wurde aus seinem Geist gelöscht. Dann kehrte er in den Ballsaal zurück, und der Graf benutzte einen hölzernen Keil, um die Tür offenzuhalten.«

»Habt Ihr dafür denn auch Beweise?«

»Ich habe den Holzkeil«, antwortete Lord Darcy.

»Wir verstehen«, sagte Seine Majestät. »Wir sollten es dem Marquis Sherrinford wohl besser nicht mitteilen. Es würde ihm nur Unbehagen bereiten.«

»Der Meinung bin ich auch«, stimmte Lord Darcy zu.

»Einmal mehr habt Ihr gute Arbeit für Uns geleistet, Lord Darcy«, sagte seine Majestät. »Wir sind zufrieden.« Er drehte sich um und schritt zur Tür hinüber. »Ich wünsche euch noch einen guten Tag, Lord Darcy, und auch Euch, Mary von Cumberland. Wir können uns glücklich schätzen, solche Untertanen zu haben.«

»Möge Gott Euer Majestät beschützen«, sagte Mary von Cumberland, als der König die Tür hinter sich schloß.

»So, das war es«, sagte Lord Darcy. »Ich bin froh, daß ich es hinter mir habe.«

»Das sagst du zwar jetzt«, entgegnete Mary von Cumberland, »aber spätestens nach einer Woche langweilst du dich doch schon wieder.«

»Wahrscheinlich hast du recht«, gestand Lord Darcy. »Aber so, wie der Mensch eben ist, glaube ich kaum, daß ich mich sehr lange langweilen werde.«

»Komm«, forderte Mary von Cumberland ihn auf. »Die Köchin bereitet gerade ihre Spezialomeletts für das Mittagessen vor. Und außerdem sieht es so aus, als würde sich das Wetter aufklären; vielleicht machen wir nach dem Mittagessen einen Spaziergang.«

ENDE

Band 20 127

Randall Garrett

Lord Darcy

Die vollständigen Ermittlungen in Sachen Mord und Magie

Stellen Sie sich eine Welt vor, in der Richard Löwenherz nicht 1199 starb, sondern das mächtigste Imperium der Geschichte gründete. Eine Welt, die im 20. Jahrhundert von der englischen Krone und ihren Lords regiert wird und in der die Magie den Platz einnimmt, den in unserer Welt Naturwissenschaft und Technik haben.
Das ist die Welt von Lord Darcy, dem größten Detektiv seiner Zeit. Mit dem Spürsinn eines Sherlock Holmes und der Zähigkeit eines Philip Marlowe ermittelt er gegen Verbrecher, die im wahrsten Sinne des Wortes zaubern können.
Sämtliche Lord-Darcy-Erzählungen des verstorbenen Randall Garrett – darunter eine neue, noch nie auf deutsch erschienene Geschichte – liegen in dieser einmaligen Sonderausgabe erstmals gesammelt vor.

BASTEI LÜBBE

Sie erhalten diesen Band im Buchhandel, bei Ihrem Zeitschriftenhändler sowie im Bahnhofsbuchhandel.

Vorsicht Magie!
CRAIG SHAW GARDNER
Ein Magier in Nöten
FANTASY-ROMAN
BASTEI LÜBBE
Robert Asprin
Ein Dämon für alle Fälle
Fantasy-Roman
BASTEI LÜBBE
FANTASY
PIERS ANTHONY
HIMMELS-TALER
Die Saga vom magischen Land Xanth
BASTEI LÜBBE
CRAIG SHAW GARDNER
Ein Magier im Monsterland
FANTASY-ROMAN
BASTEI LÜBBE
Robert Asprin
Ein Dämon dreht durch
BASTEI LÜBBE
FANTASY
PIERS ANTHONY
HELDEN-MAUS
Die Saga vom magischen Land Xanth
BASTEI LÜBBE
BASTEI
LÜBBE
Taschenbücher
WARNUNG!
Diese Romane gefährden Ihre Lachmuskeln.
Sie enthalten Hunderte magische Tricks
und Tausende aberwitzige Gags.
Ihr Genuß kann zu Lachkrämpfen
und zur Erschütterung des Zwerchfells führen.